UN TRÈS SALE BOULOT

DU MÊME AUTEUR

Abandon sans scrupule, L'Archipel, 2008.

Mort à New York, de Fallois, 2002.

Le Lac aux sortilèges, de Fallois, 2001.

Hollywood mafia, de Fallois, 1999.

La Mort entre deux eaux, de Fallois, 1998.

Piège à flic, de Fallois, 1998.

La Veuve noire, de Fallois, 1997.

Échange mortel, de Fallois, 1997

STUART WOODS

UN TRÈS SALE BOULOT

traduit de l'américain par
Sebastian Danchin

ARCHIPOCHE

Ce livre a été publié sous le titre
Dirty Work
par Putnam, New York, 2003.

Si vous souhaitez recevoir notre catalogue et être tenu au courant de nos publications, envoyez vos nom et adresse, en citant ce livre, aux éditions Archipoche,
34, rue des Bourdonnais 75001 Paris.
Et, pour le Canada, à
Édipresse Inc., 945, avenue Beaumont,
Montréal, Québec, H3N 1W3.

ISBN 978-2-35287-090-6

1

C'était une soirée faste au restaurant Chez Elaine : il y avait dans la salle plusieurs réalisateurs de cinéma, une demi-douzaine d'écrivains, quelques vedettes de l'écran, une poignée de journalistes et de rédacteurs en chef, et le quota habituel d'attachés de presse et autres flics, vieux roublards, alcooliques, pique-assiettes, rombières argentées et femmes entretenues. Sans parler de la clientèle du bar.

Stone Barrington, rassasié, se recula sur sa chaise. Il repoussa l'assiette que Gianni, le serveur, s'empressa de débarrasser.

— Ça vous a plu ? demanda ce dernier.

— Si ma mère n'avait pas eu le tort de m'élever convenablement, j'aurais léché mon assiette jusqu'à la dernière goutte de sauce, répondit Stone.

Gianni sourit et s'éloigna en direction des cuisines.

Elaine en profita pour s'asseoir à sa table.

— Quoi de neuf ? demanda-t-elle.

— Pas grand-chose, répondit Stone.

C'était bizarre de la voir sans une cigarette aux lèvres. Si incroyable que cela puisse paraître, elle s'était arrêtée du jour au lendemain, apparemment sans difficulté.

— Tu dis toujours ça, remarqua Elaine.

— Pour une fois, c'est vrai.

La porte du restaurant s'ouvrit et Bill Eggers pénétra dans la salle.

— Eh bien, en voilà du neuf, souffla Elaine. Pour qu'Eggers vienne ici, c'est qu'il a besoin de toi, donc qu'il est dans le pétrin.

— La médisance est un péché, Elaine, répliqua Stone en faisant signe à Eggers de le rejoindre.

Elle avait pourtant raison. Si Eggers avait besoin de lui pour une bricole, il lui téléphonait ; s'il le poursuivait jusque chez Elaine, c'est qu'il avait un boulot urgent à lui confier.

— Bonsoir, Elaine. Salut, Stone, lança l'homme. Ton portable est débranché ?

— Ça fait longtemps que tu cherches à me joindre ?

— Bon, je vous laisse à vos affaires, dit Elaine en se levant, faisant aussitôt halte à la table voisine.

— Tu bois quelque chose ? demanda Stone.

Michael, le chef de salle, apparut comme par enchantement.

— Un Johnny Walker Black. Avec des glaçons, commanda Eggers.

— J'ai comme l'impression que je vais avoir besoin d'un Wild Turkey, bien tassé, dit Stone à Michael qui s'éclipsa aussitôt.

— Comment va ? demanda Eggers.

— C'est à toi qu'il faut poser la question.

L'homme haussa les épaules.

— Pas terrible, à ce que je vois, conclut Stone.

— Oh, ça pourrait être pire.

— Alors, qu'est-ce qui t'amène dans ce lieu de perdition à une heure pareille ?

— Tu te souviens de cette tête de cochon de flic irlandais, celui à qui tu confiais des petits boulots, de temps en temps ?

— Tu veux parler de Teddy ? Il est mort il y a trois mois. Ça l'a pris d'un seul coup, accoudé au bar chez P.J. Clarke's.

— Teddy a passé l'arme à gauche ? s'étonna Eggers. À cause de quoi ?

— De quoi peut bien mourir un Irlandais dans un troquet irlandais, à ton avis ?

— Ouais, t'as raison.

— C'est uniquement pour me parler de Teddy que tu es venu jusqu'ici ? demanda Stone.

— Tu te souviens de ce que tu m'as raconté, un jour, à propos de son truc du pistolet à eau ?

— Quand il enfonçait la porte, un appareil photo à la main, et qu'il arrosait ses victimes, à poil sur le lit ? Pas con, d'ailleurs. C'est un réflexe. Les gens cherchent automatiquement à protéger leur sexe, ils en oublient de se cacher le visage, et Teddy en profitait pour leur tirer le portrait en pleine action.

Eggers ricana.

— Exactement. Cette histoire m'a toujours fait rire. Les trucs les plus cons sont toujours les plus efficaces.

Michael revint avec le scotch et le bourbon, et les deux hommes restèrent silencieux un bon moment, le nez plongé dans leur verre.

— Pourquoi me parles-tu de ça ? Tu cherches un truc con et efficace ? finit par demander Stone.

— Tu te souviens de ce contrat de mariage que je t'ai montré, l'an dernier ? demanda Eggers.

Bill Eggers était l'un des associés de Woodman & Weld, un grand cabinet d'avocats new-yorkais pour lequel Stone travaillait épisodiquement, chaque fois qu'ils avaient besoin de quelqu'un pour se salir les mains.

— Tu veux parler du contrat de mariage d'Elena Marks ?

— Bingo.

— Oui, je m'en souviens. Pourquoi ?

Elena Marks avait hérité d'une chaîne de grands magasins avant de convoler en justes noces avec un membre de l'éminente confrérie des Branleurs Confortablement Entretenus. Lawrence Fortescue, Larry pour les intimes, était le type même du parfait gentleman anglais, beau garçon et très bien élevé, ravi de vivre aux crochets de son épouse.

— Je ne sais pas si tu t'en souviens, mais tu nous as recommandé d'ajouter une clause un peu particulière.

— Celle selon laquelle Larry peut dire adieu à la fortune d'Elena si jamais il se fait coincer avec une autre femme ? se souvint Stone.

— Exactement, répondit Eggers.

— Tu veux dire que notre Larry s'est mal conduit ? interrogea Stone, amusé.

— Non seulement il s'est mal conduit, mais il continue à mal se conduire.

— Je vois.

— Maintenant que Teddy est allé présenter ses hommages à saint Patrick, à qui t'adresses-tu quand tu as besoin d'un spécialiste en photos de nu ?

— À vrai dire, ça fait un bon moment que je n'ai pas eu à faire ce genre de chose, rétorqua sèchement Stone, masquant mal sa nervosité.

— On ne me parle pas sur ce ton-là, jeune homme, lança Eggers en se redressant, feignant l'indignation. Il n'y a pas de sot métier, et il faut bien que quelqu'un mette les mains dans le cambouis de temps en temps.

— Je devrais pouvoir m'arranger pour trouver quelqu'un, soupira Stone.

Eggers le regarda d'un air entendu.

— Ça vaudrait mieux, en effet. Le lieu est assez acrobatique et tu as passé l'âge, sans vouloir te vexer.

— Les acrobaties ne me font pas peur, si je suis vraiment motivé, s'offusqua Stone. Alors, de quoi s'agit-il ?

— Il faut grimper sur le toit d'un immeuble de cinq étages et prendre des photos à travers une verrière placée juste au bon endroit.

— Par définition, aucune verrière n'est jamais placée au bon endroit quand il s'agit de se balader sur un toit, commenta Stone.

— Il faudra que tu trouves un type du genre agile, poursuivit Eggers sans se démonter. Donc, aucun des flics ou ex-flics auxquels tu t'adresses d'habitude.

C'est à ce moment que le lieutenant Dino Bacchetti, l'ancien coéquipier de Stone Barrington à l'époque où il appartenait à la police de New York, passa la porte du restaurant et se dirigea droit vers leur table.

— Si tu vois ce que je veux dire… glissa alors Eggers.

Stone leva la main et désigna le bar du doigt afin de faire comprendre à Dino de l'y attendre.

— Oui, je vois ce que tu veux dire, répondit Stone. Je m'arrangerai pour trouver quelqu'un de compétent.

— Super ! Mais tu n'as pas la vie devant toi, avertit Eggers. Le rendez-vous a lieu demain soir, à 9 heures.

— Quel rendez-vous ?

— Celui qui nous concerne. Larry Fortescue a rendez-vous avec une masseuse qui, apparemment, ne masse pas uniquement la nuque de ses clients. Elena souhaiterait avoir les photos les plus parlantes possible de ce charmant épisode.

— Je vais voir ce que je peux faire, conclut Stone.

Eggers vida son verre et sortit de sa poche un papier plié en quatre qu'il déposa sur la table.

— Je savais que tu étais l'homme de la situation, déclara-t-il en se levant. Je te laisse l'adresse de l'immeuble en question. Arrange-toi pour me faire parvenir les négatifs et les tirages après-demain, avant midi.

— Elena Marks est toujours aussi peu patiente…

— Mon cher Stone, je constate avec plaisir que tu as parfaitement compris mon problème. Bonne nuit.

Eggers s'éloigna, donnant au passage une bourrade à Dino, installé au bar.

Il n'avait pas encore passé la porte que ce dernier s'installait à la table de Stone en se léchant la main. En le bousculant, Eggers lui avait fait renverser son verre.

— Qu'est-ce qu'il te voulait ? demanda-t-il, désignant du menton la silhouette d'Eggers.

— Comme d'habitude. C'est toujours moi qu'il vient chercher pour les sales boulots.

2

Dino essuya le reste de whisky qu'il avait sur la main avec une serviette en papier.

— Tu connais des boulots propres, toi ?

— Bien sûr que oui, rétorqua Stone, sur la défensive. D'habitude, ils font preuve d'un peu plus de considération à mon égard.

— Allons, allons ! Ce n'est tout de même pas la première fois qu'ils te demandent de te salir les mains pour eux. À qui comptes-tu t'adresser ?

— Maintenant que Teddy nous a quittés, il va falloir que je fasse appel à Bob Cantor, répondit Stone en sortant son téléphone portable.

— Bob te fera ça très bien, acquiesça Dino.

Stone composa le numéro et tomba sur un répondeur. Il laissa un message avant d'essayer le portable de son contact. Ce dernier décrocha aussitôt.

— Qui est à l'appareil ? hurla-t-il au-dessus d'un brouhaha dominé par la musique d'un orchestre de steel drums.

— C'est Stone. Où est-ce que tu es, encore ?

— À Saint Thomas, mon grand ! cria Cantor.

— Saint Thomas… dans les îles Vierges ?

— Tu préférerais que je sois dans une église ?

— Bob, j'ai besoin d'un coup de main. Tu as picolé ?

— À ton avis ? J'ai descendu assez de *piña coladas* pour remplir ton jacuzzi, mon grand.

— Jacuzzi, jacuzzi… C'est juste une grande baignoire avec quelques jets d'eau.

— Tu m'en diras tant ! Pourquoi tu ne viens pas me rejoindre, Stone ? Dommage que tu ne puisses pas voir les filles qu'il y a ici.

— Oh si, je vois. Je vois très bien, même.

— Tu as besoin de quoi, pour me déranger à cette heure-ci ?

Stone jeta un regard furtif autour de lui avant de répondre d'une voix sourde, en se protégeant avec la main :

— J'ai besoin d'un type démerdard capable de se servir d'un appareil photo.

— Pourquoi ? Tu t'es mis au chantage ?

— Pas tout à fait, mais presque. Il s'agit de prendre des photos depuis un toit, et je cherche un type suffisamment agile pour ne pas se ramasser. Il faut la jouer discret, très discret.

— T'as un crayon ?

Stone sortit un stylo de sa poche.

— Vas-y.

— Herbie Fisher.

— Qui est-ce ?

— Le fils de ma sœur. Il est jeune, démerdard, et il se débrouille plutôt bien avec un appareil.

— Il risque de ne pas y avoir des tonnes de lumière.

— C'est rare que les gens fassent ça sous les projecteurs.

— Je vois que tu as tout compris.

Cantor dicta le numéro de son neveu à Stone qui l'inscrivit sur une serviette en papier.

— Dis-lui que c'est moi qui t'envoie, et qu'il évite de faire des conneries.

— Pourquoi ? Il fait des conneries, d'habitude ? s'inquiéta Stone.

Trop tard. Cantor était déjà retourné à ses *piña coladas*.

— J'ai tout entendu, mais je ne sais rien, sourit Dino.

— C'est aussi bien comme ça, grommela Stone en composant le numéro qu'on venait de lui donner.

À la cinquième sonnerie, quelqu'un décrocha.

— Ouais ? fit une voix jeune, très essoufflée.

— Herbie Fisher ?

— Ouais ! Putain, faites vite, je suis occupé, là !

— Je m'appelle Stone Barrington et je téléphone de la part de Bob Cantor.

— O.K. Donnez-moi votre numéro, je vous rappelle dès que j'ai fini.

Stone obtempéra et Fisher raccrocha.

— J'ai comme l'impression que je suis tombé au mauvais moment, constata Stone.

— Il rejouait *La Chevauchée fantastique* ?

— J'en ai bien peur.

— Ah ! Ces gamins ! s'esclaffa Dino. De notre temps, jamais on ne se serait laissé surprendre comme ça.

— Non, c'est vrai, acquiesça Stone.

Au même moment, son regard s'arrêta sur la porte du restaurant. Il se pétrifia.

— Regarde discrètement derrière toi et dis-moi que je suis en train de rêver.

Dino se retourna aussitôt.

— Ça alors ! Carpenter !

C'était bien elle, dans un ravissant manteau de cachemire qui mettait en valeur ses boucles brunes. Un peu perdue, elle cherchait visiblement quelqu'un. Elle n'avait pas vu Stone, qui agrippa le bras de Michael au passage.

— Tu as vu cette dame à l'entrée ? Va la voir et dis-lui, comme ça : « Mademoiselle Carpenter ? M. Barrington vous attend. » Et tu me l'amènes.

Michael hocha la tête et s'approcha de la jeune femme. Stone, qui observait la scène, remarqua qu'elle ne bronchait pas. Carpenter avait toujours été un animal à sang froid. Le serveur la conduisit à la table des deux hommes qui se levèrent d'un même mouvement.

— Tu en as mis du temps ! dit Stone en la prenant dans ses bras, l'embrassant sur la joue.

— Je suis pourtant venue aussi vite que j'ai pu, dit-elle avec un délicieux accent anglais. Bonjour, Dino. Comment vas-tu ?

Elle le serra dans ses bras.

— Dans tes bras, ça va toujours, répondit Dino.

Stone prit le manteau de Carpenter et l'accrocha à une patère. Il lui présenta galamment une chaise et fit signe à Michael.

— Tu boiras bien quelque chose ?

Il ne connaissait pas son vrai nom, mais savait que Carpenter était un nom de code. Ils avaient fait connaissance l'année précédente, à Londres. Stone s'était fourré dans un drôle de pétrin et avait dû s'adresser aux services secrets britanniques. Dino était également de la partie.

— Un bourbon. Sans glace.

— Tu as entendu, Michael ?

Celui-ci hocha la tête et s'éloigna.

— Depuis quand les petites Anglaises boivent-elles du bourbon ? demanda Dino.

— Depuis que Stone m'en a vanté les mérites, répondit-elle.

Michael lui apporta un verre qu'elle porta goulûment à ses lèvres.

— Qu'est-ce qui t'amène à New York ? demanda Stone. À part moi, bien sûr.

— Eh bien, dit-elle avec un petit sourire, je suis accourue avant tout pour te voir, comme tu t'en doutes. Mais il se trouve aussi que ton gouvernement m'a confié un petit travail auquel je compte me consacrer chaque fois que j'arriverai à m'arracher de ta présence envoûtante.

— Compte sur moi pour te compliquer la tâche, rétorqua Stone. Oserais-je te demander quelle agence gouvernementale a eu la bonne idée de t'inviter ?

— Le FBI.

— J'aurais dû m'en douter. À peu de choses près, ce sont les cousins germains de tes propres employeurs.

— Qui sait ? répondit-elle évasivement.

— Arrête, Stone ! lança Dino. Tu vois bien qu'elle n'a pas la moindre intention de te révéler quoi que ce soit.

Elaine s'approcha et tira une chaise pour s'asseoir.

— Je te présente Elaine Kaufman, déclara Stone. Elaine, je te présente…

Il attendit que Carpenter veuille bien se présenter elle-même.

— Felicity, répondit Carpenter.

Elle tendit la main à Elaine tout en jetant à Stone un regard amusé.

— Tu t'appelles vraiment Felicity ? demanda Stone.

— Ça m'arrive, répliqua Carpenter.

Le portable de Stone interrompit la conversation.

3

Stone Barrington se leva.

— J'en ai pour un instant, s'excusa-t-il.

Il s'éloigna en direction des cuisines et se réfugia dans la vaste salle qui servait uniquement pour les banquets et les soirs de grande affluence.

— Allô ?

— C'est Herbie Fisher. Vous m'avez appelé tout à l'heure.

— Oui, je venais de raccrocher avec ton oncle Bob. Il m'a conseillé de m'adresser à toi pour un petit boulot.

— Quel genre de boulot ?

— Des prises de vue.

— La photo, c'est mon truc. De quoi s'agit-il ?

— C'est un peu long à expliquer au téléphone et c'est urgent. Le plus simple est que tu passes à mon bureau demain matin, 10 heures, ajouta-t-il en lui donnant l'adresse. Au rez-de-chaussée, précisa-t-il.

— Combien ça paye ?

— On parlera de ça demain matin, répondit Stone en raccrochant.

Lorsqu'il retrouva Carpenter et Dino, Elaine avait déjà migré vers une autre table.

— Un rendez-vous amoureux ? demanda Carpenter.

— Non, c'est pour le boulot. Tu es à New York pour longtemps ?

— Non, seulement quelques jours. Sauf si je trouve une bonne raison de rester.

Dino se leva.

— Je vous fais confiance pour trouver une bonne raison sans moi.

— Bonsoir, Dino, répondit Carpenter. J'espère qu'on se reverra avant mon départ.

— Sûrement, sourit Dino en s'éloignant.

— J'aime bien Dino, dit-elle.

— Puisque tu le dis. Alors, tu t'appelles Felicity ? Je trouve ça plutôt joli.

— Tant mieux, parce que je n'avais pas vraiment l'intention de changer.

— Tu as dîné ?

— Un dîner d'affaires.

— Où es-tu descendue ?

— Chez des amis.

— Dans quel coin ?

— L'East Side, du côté de la 40e Rue.

— Pas très loin de chez moi. Je t'invite à prendre un dernier verre ?

— D'accord.

Ils enfilèrent leurs manteaux et sortirent. Stone allait héler un taxi lorsqu'elle retint son bras.

— Pas la peine, j'ai déjà une voiture et un chauffeur. Aimablement fournis par le service, dit-elle en désignant du menton une Lincoln noire garée devant le restaurant.

— Encore mieux, approuva Stone en lui ouvrant la portière.

Il se glissa à son tour sur la banquette et donna son adresse au chauffeur.

— Tu habites à Turtle Bay ? s'étonna-t-elle.

— Pourquoi, tu connais ?

— Il m'arrive de feuilleter des guides touristiques, tu sais. Je suis imbattable sur Turtle Bay. Ta maison donne sur le jardin public ?

— Absolument.

— J'espère que tu me le feras visiter, demain.

— Avec plaisir, répliqua Stone, sans savoir exactement où elle voulait en venir.

— Comment fait-on pour s'acheter une maison ici, quand on connaît le prix de l'immobilier à New York ?

— Rien de plus simple. Il suffit d'hériter d'une grand-tante et de suer sang et eau pour remettre sa vieille maison en état.

— Je suis impatiente de voir ça.

— Tu n'auras pas longtemps à attendre, on est arrivé.

Il ouvrit la portière et Carpenter sortit sur le trottoir derrière lui. Elle se pencha vers le chauffeur :

— Ne m'attendez pas, dit-elle.

La remarque avait le mérite d'être claire, ce qui n'était pas pour déplaire à Stone. Il monta les quelques marches, déverrouilla la porte d'entrée et accrocha leurs manteaux dans un placard.

— Je ne savais pas que tu avais des amis à New York, dit-il.

— Des relations de travail.

— Si ce sont des redresseurs de tort comme toi, je suppose que leurs placards débordent de capes et d'épées, railla Stone.

— Exactement, répondit-elle sans se démonter.

Stone alluma plusieurs lampes et Carpenter s'engagea dans le living.

— Très réussi, commenta-t-elle. Tu as choisi le mobilier toi-même ou tu as fait appel à un décorateur ?

— La plupart des meubles appartenaient déjà à ma grand-tante, mais j'ai fait recouvrir les fauteuils et le canapé. Les tissus que j'ai choisis te plaisent ?

— J'aurais juré qu'il y avait une touche féminine…

Stone préféra ne pas s'aventurer sur un terrain aussi glissant.

— Viens, mon bureau est par là.

— Les boiseries et les bibliothèques sont splendides.

— C'est mon père qui les a dessinées et fabriquées.

— Le communiste ?

— L'ancien communiste, précisa Stone. Je vois que tu t'es renseignée sur mon compte.

— Je suis d'un naturel curieux. Mère peintre, père communiste, reniés tous les deux par leurs familles respectives, propriétaires de filatures en Nouvelle-Angleterre. Pour quelle raison ?

— Mon père, à cause de ses opinions politiques, et ma mère pour avoir épousé mon père. Le seul membre de la famille qui acceptait de leur parler était ma grand-tante. Elle a acheté cette maison avant d'engager mon père pour l'aménager. C'est ce qui leur a permis de ne pas crever de faim, au début de leur mariage. Qu'as-tu appris d'autre sur moi ?

— Tu as commencé tes études à l'université de New York avant de faire ton droit. Par la suite, tu as intégré la police new-yorkaise. Tu y es resté pendant quatorze ans, dont onze en qualité d'inspecteur. Tu as pris ta retraite officiellement pour raisons de santé. Une balle dans le genou, c'est bien ça ?

— Oui, mais ce n'était pas la seule raison. Je n'avais pas vraiment l'esprit maison.

— Il faudra que tu me racontes tout ça en détail quand nous aurons un peu plus de temps.

— Pourquoi, nous n'avons pas le temps, maintenant ?

— Pas vraiment. Où est ta chambre ?

Sans un mot, il la conduisit à l'étage.

— Ici.

Carpenter commença à déboutonner sa veste de tailleur.

— On ferait mieux de se coucher, dit-elle. J'ai un rendez-vous très tôt, demain matin.

Stone, éberlué, restait la bouche ouverte. D'un doigt caressant, elle la lui ferma en l'embrassant doucement.

— Il ne faut pas croire tout ce qu'on raconte sur la pudeur des Anglaises, dit-elle en défaisant les boutons de la chemise de Stone.

— Il faudra que je pense à m'en souvenir, murmura-t-il en l'aidant.

Lorsque Stone se réveilla, les premières lueurs de l'aube pénétraient dans la chambre par la fenêtre donnant sur le jardin. Un bruit d'eau lui indiqua qu'il y avait quelqu'un sous la douche. Il se leva, enfila sa robe de chambre et se passa la main dans les cheveux. Il s'apprêtait à entrer dans la salle de bains lorsqu'il se retrouva nez à nez avec Carpenter, le visage tout mouillé, nageant dans l'un de ses peignoirs

— Bonjour, dit-elle. C'était super, hier soir.

— Merci, merci, dit-il, un peu gêné.

— Tu parles tout le temps quand tu fais l'amour, reprit-elle. Jamais un Anglais ne ferait ça.

— C'est vrai ?

— Oh non, ils sont toujours trop pressés. Toi, tu as pris ton temps, c'était très agréable.

— Tu sais, Felicity, tu es très surprenante.

— J'espère bien, dit-elle. Sinon, à quoi serviraient ces airs à la fois mystérieux et flegmatiques que je me donne ?

Il l'enlaça.

— Je peux t'assurer que tu n'avais rien de flegmatique, hier soir. Tu es vraiment très surprenante.

Elle prit sa montre sur la commode.

— Nous avons même le temps de recommencer, dit-elle. Prêt à relever le défi ?

— Le défi, je ne sais pas. Pour le reste, je ferai de mon mieux.

4

Stone, sur le pas de la porte, tenait Carpenter dans ses bras.

— Veux-tu que je t'appelle un taxi ?

— Pas la peine, c'est tout près d'ici, dit la jeune femme.

— Qu'est-ce qui est tout près d'ici ?

— Eh bien… euh, chez mes amis.

— Ils habitent une maison ? Un appartement ?

— C'est très confortable chez eux, rétorqua-t-elle sans répondre, mais je préfère chez toi.

— Alors, pourquoi ne pas t'installer ici jusqu'à la fin de ton séjour ?

— Super idée, dit-elle en l'embrassant. Je vais voir si je peux m'arranger.

— On dîne ensemble ce soir ?

— Volontiers. Disons qu'on se retrouve vers 8 heures. Ça ira ?

— Parfait. À tout à l'heure.

Il la regarda s'éloigner à pas rapides et tourner le coin de la rue, puis rentra chez lui et entama son petit déjeuner.

Herbie Fischer arriva à son rendez-vous avec quarante minutes de retard. Il était petit avec une tête de fouine, plutôt bien habillé, mais il déplut d'emblée à Stone.

— Salut ! s'exclama-t-il en se vautrant sur la chaise qui faisait face au bureau.

— Tu es en retard, remarqua Stone.

Herbie se contenta de hausser les épaules.

— Les embouteillages.

— Pas question d'être en retard pour ce boulot-là.

Herbie haussa de nouveau les épaules.

— Vous n'avez qu'à vous trouver quelqu'un d'autre, dit-il en se levant.

Stone prit son téléphone et appuya sur un bouton au hasard.

— Joan, dit-il en feignant de s'adresser à sa secrétaire. Appelez-moi ce photographe dont on s'est servi le mois dernier, et passez-le-moi.

Il raccrocha et se plongea dans ses dossiers avant de relever les yeux sur son visiteur.

— Toujours là ? s'étonna-t-il.

— Bon, d'accord, grogna Herbie. Je vois le tableau. O.K., je ferai ce que vous voulez et je m'arrangerai pour être à l'heure. Combien ça paye, votre boulot ?

— Cinq cents dollars, répliqua Stone. Il y a encore cinq minutes, j'étais prêt à te donner mille dollars, mais j'ai changé d'avis. À moins que tu ne préfères deux cent cinquante ?

— Non, non ! Cinq cents, ça ira, déclara Herbie avec l'air d'un gamin pris en faute. C'est quoi, le topo ?

Stone lui tendit une feuille.

— Le topo, comme tu dis, est très simple. Tu te rends à cette adresse ce soir à 9 heures précises. Tu es capable de crocheter une serrure, au moins ?

— Ça dépend de la serrure.

— La porte d'entrée d'un immeuble.

— Pas de problème.

— Si tu n'y arrives pas, arrange-toi pour te faire ouvrir la porte du bas par un locataire, ou bien attends que quelqu'un sorte de l'immeuble pour entrer. S'il y a un ascenseur, prends-le jusqu'au dernier étage. Sinon, monte à pied.

— Il me faut quoi comme matos ?

— Au moins deux appareils, un grand angle, un trente-cinq millimètres et un téléobjectif moyen. Cent, cent trente millimètres, quelque chose comme ça. Pas question d'utiliser un flash, il te faut de la pellicule couleur ultrasensible. Tu devras faire avec la lumière ambiante. Quand tu arrives au dernier étage, tu t'arranges pour monter sur le toit. L'appartement du cinquième a une tabatière. Ce soir, à 9 heures, il devrait y avoir un type et une femme dans l'appartement. J'ai besoin de photos aussi parlantes que possible de leurs faits et gestes. C'est clair ?

— Comme de l'eau de roche.

— Une fois le boulot terminé, tu débarrasses le plancher en vitesse et tu développes le film toi-même. Pas question de confier ça à un labo. Compris ?

— Compris. Ne vous inquiétez pas, j'ai tout ce qu'il faut. C'est qui, ces gens ?

— Je ne veux pas le savoir, et toi non plus. Je veux les négatifs et deux jeux de tirages sur mon bureau demain matin, pas plus tard que 10 heures.

— J'ai pigé. Mais je veux être payé maintenant.

— Pas question. Cinq cents en liquide à la livraison, un point, c'est tout. Si le boulot est bien fait et si tout se passe comme sur des roulettes, je te donne une rallonge de cinq cents dollars. Si tu as des questions, c'est le moment de les poser. Et si tu as la trouille, pas de problème, je prends quelqu'un d'autre. Pas question de se planter sur ce coup-là. Le rendez-vous de ce soir est notre seule chance de prendre des photos de nos deux oiseaux.

— Je vais vous faire ça aux petits oignons, répondit Herbie.

Stone lui donna son numéro de portable.

— Appelle-moi dès que tu sors de l'immeuble pour me dire si tout s'est bien passé. Ne note pas mon numéro, apprends-le par cœur.

— C'est bon, soupira Herbie.

— Je veux que les choses soient claires, Herbie. Si tu te plantes, je n'ai jamais entendu parler de toi. En cas de pépin, pas la peine de m'appeler de chez les flics pour me demander de te tirer du pétrin. Compris ?

— Ouais, compris.

— Si tu te fais prendre, tu attends que ton oncle Bob rentre de vacances pour sortir de taule.

— J'ai pigé, c'est bon, dit Herbie en prenant sur le bureau l'une des cartes professionnelles de Stone.

— Repose ça. Je ne t'ai jamais rencontré et tu ne me connais pas.

— Putain, vous êtes dur en affaires, vous ! dit Herbie en reposant la carte sur le bureau.

— Je vois que tu commences à comprendre, rétorqua Stone. Pour être bien sûr que tu saches à quoi t'attendre, laisse-moi te dire ceci : si tu te fais choper, tu es bon au mieux pour effraction et voyeurisme, au pire pour tentative d'extorsion ; de quoi passer un bon bout de temps derrière les barreaux. Et ne compte pas sur moi pour t'apporter des oranges le week-end. Bref, si tu merdes, tu n'auras que les yeux pour pleurer.

Herbie leva les mains pour se défendre.

— J'ai compris, je vous dis. Je ne suis pas né de la dernière pluie. Je connais les risques et j'assume.

— Si tu n'es pas là demain matin à 10 heures avec les photos, ça voudra dire que les choses se sont mal passées. Dans ce cas-là, je pars rejoindre ton oncle Bob à Saint Thomas pendant une semaine ou deux. Comme ça, il pourra témoigner que j'étais avec lui au moment des faits.

— Oncle Bob me ferait un coup comme ça ?

— On s'est déjà mis d'accord. Il est comme moi, il n'aime pas les plans foireux.

Herbie se leva en hochant la tête et sortit sans demander son reste.

Stone espérait lui avoir fait suffisamment peur. Il appela Joan sur sa ligne intérieure.

— Oui, Stone ?

— Réservez-moi une table pour deux au Café des Artistes pour ce soir, 8 heures et demie, s'il vous plaît.

— D'accord. Et je vous promets de ne rien dire à Elaine.

— Ça vaudrait mieux pour vous. Je vous rappelle que si elle me tue, vous perdez votre emploi.

— Je vais y réfléchir.

— Autre chose. Si une jeune femme du nom de Carpenter me demande, donnez-lui mon numéro de portable. Je ne voudrais pas rater son appel.

— Une nouvelle, Stone ?

— Non, une ancienne qui revient sur le devant de la scène.

5

Carpenter sonna à la porte de Stone avec une ponctualité toute britannique, suivie d'un chauffeur en uniforme portant deux grandes valises.

— J'ai décidé d'accepter ton invitation, dit-elle en frôlant des lèvres la bouche de Stone.

— Et tu as bien fait, répondit Stone, avant d'ajouter à l'adresse du chauffeur : vous n'avez qu'à déposer les valises devant l'ascenseur. Je m'occuperai du reste.

Quelques instants plus tard, ils arrivaient dans la chambre de Stone. Carpenter commença à ouvrir ses valises.

— Dépêche-toi, dit-il. J'ai retenu une table pour 8 heures et demie.

Il regarda sa montre. Normalement, Herbie Fisher devait déjà se trouver dans l'immeuble.

Pour les grandes occasions, Stone engageait un chauffeur, par l'intermédiaire d'une société spécialisée. Ce soir-là, son chauffeur habituel attendait devant la porte du bâtiment, au volant de sa Mercedes E55.

— Quelle classe ! s'étonna Carpenter en se glissant sur la banquette arrière.

— En plus, tu n'as rien à craindre, c'est une voiture blindée.

— Tu plaisantes, je suppose.

— Pas du tout. Je faisais le tour des concessionnaires l'autre jour, et celle-ci venait de rentrer. Elle avait été commandée par un ponte de la mafia qui a eu la mauvaise idée de se faire descendre avant qu'on ait eu le temps de la lui livrer.

— Tu n'avais pas besoin de ça, tout de même !

— Au contraire, ça tombait pile pour moi. Comme j'avais quelques ennemis plutôt coriaces à l'époque, je l'ai achetée sans hésiter, d'autant que le concessionnaire m'a fait un prix. Le blindage n'est pas fait pour résister aux mines ou aux missiles, mais il est amplement suffisant pour les armes à feu.

— On trouve beaucoup de mines et de missiles dans les rues de New York ? demanda-t-elle.

— Pas autant qu'il y a quelques années. L'ancien maire, Giuliani, a tout fait pour décourager les contrevenants, et Bloomberg, son successeur, a l'air de vouloir l'imiter.

À l'heure pile, le chauffeur arrêta la Mercedes devant le numéro 1 de la 67e Rue Ouest. Leur table était prête et le maître d'hôtel du Café des Artistes les installa aussitôt. Stone commanda deux kirs royaux à la fraise des bois.

— Des kirs royaux ? s'enquit Carpenter.

— Du champagne parfumé à la liqueur de fraises des bois, expliqua Stone.

On leur apportait déjà leurs apéritifs.

— Tu as remarqué les fresques ? demanda Stone, désignant du regard des nymphes dans le plus simple appareil qu'observaient avec concupiscence de vaillants conquistadors. C'est en partie pour elles que je viens ici.

Si tu regardes bien, tu remarqueras que leurs visages sont différents, mais qu'elles ont toutes l'air d'avoir le même corps. Le peintre, Howard Chandler Christy, a dû flasher sur l'un de ses modèles.

— J'ose espérer que tu ne m'as pas invitée ici uniquement pour m'extasier sur des filles à poil, fussent-elles des nymphes, s'inquiéta Carpenter.

— N'aie pas peur, la cuisine est à la hauteur des fresques.

Il jeta un nouveau coup d'œil à sa montre. Herbie devait être en train de faire le guet sur le toit.

Stone avait commandé un plat de charcuterie et deux assiettes d'une soupe de poisson exhalant un délicieux fumet d'ail.

— Hmmm ! fit Carpenter en goûtant. Avec tout cet ail, tu as bien fait de prendre la même chose pour nous deux.

— Tu t'appelles vraiment Felicity ? demanda Stone. Ce n'est pas une blague ?

— Pas du tout. Mes parents m'ont appelée comme ça en l'honneur de ma grand-mère.

— Felicity comment ?

— Je ne suis pas certaine de te connaître suffisamment pour te révéler un secret aussi bien gardé.

— Depuis la nuit dernière, je vois mal ce qui pourrait rester secret entre nous.

La réponse fit rire la jeune femme.

— Bon, tu as gagné. Je m'appelle Devonshire.

— Comme le comté anglais ?

— Exactement.

— Felicity Devonshire. Un nom tout droit sorti du « Masterpiece Theater ».

— Le « Masterpiece Theater » ? dit-elle en fronçant les sourcils.

— C'est une émission sur la chaîne de télévision publique, PBS, qui diffuse des dramatiques anglaises.

Stone regarda machinalement sa montre. 9 heures et demie. Herbie n'allait pas tarder à l'appeler.

— Tu n'arrêtes pas de regarder l'heure.

— Excuse-moi, une affaire en cours. Une opération un peu délicate. J'attends un coup de fil d'une minute à l'autre. J'aimerais être sûr que tout s'est bien déroulé.

— À t'entendre, on dirait que tu fais le même boulot que moi.

— Pas tout à fait, sourit Stone, mais nous avons certaines techniques en commun.

— Pourquoi ? De quoi s'agit-il ?

— Ce soir, caméra invisible au programme. Ou plutôt, appareil de photo invisible.

— Tu ne vas pas me faire croire que tu t'amuses à jouer les voyeurs, tout de même !

— Que veux-tu… Dans les histoires de divorce, tous les moyens sont bons.

— Là, tu m'en bouches un coin. Moi qui croyais qu'à part les Français il n'y avait que les Anglais pour s'abaisser à ce genre de trucs…

— Pas du tout. Tout simplement parce que l'État de New York ne pratique pas le « sans faute ».

— Le « sans faute » ? On dirait une clause d'assurance.

— Non, ça veut tout simplement dire que le divorce par consentement mutuel n'est pas encore accepté ici, contrairement à beaucoup d'autres États. Dans notre jargon, on appelle ça le « sans faute ». Ici, il te faut une raison juridiquement valable pour divorcer, du genre cruauté mentale ou adultère. En cas d'adultère, on me demande généralement d'apporter des preuves. Dans le cas présent, c'est d'autant plus important que le mari a accepté par contrat de renoncer à la fortune de sa femme si jamais il était convaincu d'adultère.

— Le pauvre…

— Je ne sais plus si je t'ai déjà posé la question, mais pourquoi ne t'es-tu jamais mariée ?

— À cause de mon job. Mon employeur voit d'un très mauvais œil les gens qui se marient, à moins d'épouser quelqu'un de la boîte. Ceux qui se marient en dehors du boulot finissent presque toujours par divorcer, généralement dans les pleurs et les grincements de dents, et le service ne prise guère ce genre de publicité.

— Tu n'as jamais trouvé chaussure à ton pied au sein de la noble institution qui t'emploie ?

— J'ai failli, répondit-elle. Il y a quelques années, j'ai eu une relation que je croyais sérieuse avec l'un de mes collègues. Il faut croire qu'il ne voyait pas les choses du même œil. On lui a proposé un poste à l'étranger qu'il s'est empressé d'accepter, à mon grand déplaisir, et j'ai rompu. Il a fait le mauvais choix.

— Qui te dit que son choix était si mauvais que ça, puisqu'il était capable de te quitter à la première occasion ?

— Tu as tout à fait raison, acquiesça-t-elle. D'ailleurs, je m'en suis remise. Tu es mon premier… comment dirais-je ? Tu es ma première liaison depuis ce triste incident, ce qui explique mon empressement à forcer ton lit hier soir. J'espère seulement ne pas t'avoir choqué.

— Pourquoi, j'ai eu l'air choqué ?

Elle éclata de rire.

— Non, pas tout à fait. Je t'ai même trouvé pour le moins… intéressant.

— Intéressant ? Je serais curieux de savoir ce que tu entends par là.

— Exactement ce que ça veut dire. Mais rassure-toi, dans ma bouche, c'est un compliment.

Ils étaient passés au dessert, puis au café. Stone avait oublié jusqu'à l'existence d'Herbie Fisher lorsque son portable vibra. Un coup d'œil à sa montre lui indiqua qu'il était un peu plus de 11 heures.

— Tu m'excuses une seconde ? dit-il à l'adresse de sa compagne en désignant son téléphone.

— Je t'en prie.

— Allô ? chuchota Stone en ouvrant l'appareil.

— Je vous jure, c'est pas ma faute, dit la voix affolée d'Herbie.

— Quoi ?

— La tabatière était trop vieille, ou alors elle était mal scellée, je ne sais pas, moi…

— Mais qu'est-ce qui s'est passé, nom de Dieu ? demanda Stone, faisant des efforts désespérés pour ne pas attirer l'attention des clients.

— La tabatière s'est effondrée, répondit Herbie, et je suis tombé en plein sur eux.

— Tu es tombé en plein sur… s'écria Stone avant de s'arrêter brusquement. Où es-tu en ce moment ?

— Je vous assure, j'y suis pour rien si le type est mort, répondit Herbie.

— Le type est quoi ?

— Faut que vous veniez. Tout de suite !

— Où ça ?

— On m'a arrêté et je dois passer devant le juge ce soir même. Comparution immédiate.

— Tu vas m'écouter très attentivement, Herbie. Tu ne parles à personne. Tu m'entends ? Ni aux flics, ni au substitut du procureur, à personne. C'est bien clair ?

— Bien sûr, que c'est clair. Vous me prenez pour un idiot, ou quoi ?

— Je suis là dans moins d'une heure. En attendant, tu ne dis pas un mot, conclut Stone d'une voix sèche avant de refermer son téléphone.

— C'est dangereux de regarder par le trou de la serrure, commenta Carpenter. Quand on ne fait pas attention, on se prend la porte en pleine figure.

— Je ne te le fais pas dire, répondit Stone d'un air sombre en faisant signe au serveur de lui apporter l'addition.

— Ça n'a pas l'air d'aller, poursuivit Carpenter.

— Ça pourrait aller mieux, répondit Stone, à la limite de vomir son dîner. Ça pourrait même aller beaucoup mieux.

Il paya, prit le bras de Carpenter et se dirigea vers la porte.

— Où allons-nous ? demanda Carpenter.

— Moi, je vais au tribunal, et toi, tu rentres sagement te coucher.

— Pas question. Je n'ai jamais assisté à une comparution immédiate, c'est l'occasion ou jamais.

Stone la poussa dans la voiture.

— Ça risque de durer un moment, dit-il.

— Ne t'inquiète pas, j'ai toute la nuit devant moi.

— Tu as raison, il ne faut surtout pas que je m'inquiète, grommela Stone à mi-voix, se parlant à lui-même.

6

Stone s'assit sur une chaise dans l'une des petites pièces réservées aux rencontres entre avocats et clients. Carpenter attendait sagement dans la salle d'audience, découvrant d'un œil curieux le fonctionnement du système judiciaire américain.

De l'autre côté du grillage, une porte s'ouvrit, laissant passer Herbie Fisher. Délesté de sa ceinture et de ses lacets de chaussures, les cheveux en bataille, les traits tirés, il avait l'air terrorisé. Il se laissa tomber sur un tabouret en face de Stone et s'agrippa au grillage.

— Il faut absolument que vous me sortiez de là, s'écria-t-il d'une voix larmoyante.

— Calme-toi, Herbie, le rassura Stone. Tu n'as rien à craindre, personne n'a l'intention de te faire le moindre mal.

— Vous n'avez pas vu la gueule des types qui partagent ma cellule, rétorqua Herbie. Débrouillez-vous comme vous voulez, mais faites-moi sortir tout de suite.

— Herbie, tu te souviens de notre petite conversation d'hier ? demanda Stone. J'ai pourtant été clair : en cas de pépin, ne compte pas sur moi.

— Mais c'était même pas ma faute ! gémit Herbie.

— Arrête de crier comme un putois, Herbie ! Tu veux que la terre entière t'entende ? Maintenant, raconte-moi exactement ce qui s'est passé.

— Faites-moi sortir d'abord, sinon je ne vous dis rien, répondit Herbie d'un air de gamin buté.

— Écoute, Herbie, je te donne le choix : ou bien tu me racontes tout de suite ce qui s'est passé, ou bien je m'en vais et je te laisse moisir en taule.

— Vous n'avez pas le droit ! Je veux sortir ! J'en peux plus, moi.

— Herbie, écoute-moi attentivement, reprit Stone. Respire un grand coup et calme-toi.

Herbie poussa un énorme soupir.

— Écoute-moi bien, Herbie. Je vais commencer par t'expliquer comment ça va se passer.

Rassuré par le ton posé de Stone, Herbie commençait à retrouver un semblant de calme.

— Cette nuit, tu vas passer devant un juge. Tu risques d'être accusé d'homicide involontaire ou d'homicide par imprudence, d'effraction et de tentative de cambriolage. Tu entends ce que je te dis ?

— Mais j'ai tué personne, moi ! hurla Herbie. Faites-moi sortir d'ici !

— Tais-toi et écoute-moi. Au moment de passer devant le juge, en présence d'un avocat, tu plaideras non coupable pour l'ensemble des charges retenues contre toi. Le juge fixera ta caution avant de te libérer, et tu devrais être chez toi à l'heure du petit déjeuner.

— C'est vous qui allez me représenter ? geignit Herbie.

— Non, je vais te trouver quelqu'un d'autre. Tu ne dois parler de moi à personne. Ni à ton avocat, ni à personne. C'est compris ?

— Ouais.

— Maintenant, tu vas me raconter ce qui s'est passé ce soir. Commence par le début, au moment où tu es entré dans l'immeuble.

Herbie prit longuement sa respiration avant d'entamer son récit.

— Eh ben, la porte d'entrée était ouverte. Enfin, entrouverte, et je n'ai eu qu'à la pousser.

— C'est déjà un bon point, ça fait tomber l'accusation d'effraction.

— Ensuite, j'ai pris l'ascenseur jusqu'au cinquième, comme vous me l'aviez dit, et j'ai trouvé la porte conduisant au toit. Une fois là-haut, la porte s'est refermée toute seule et je me suis retrouvé bloqué. J'ai commencé par paniquer un peu, j'avais peur d'être obligé de redescendre le long d'une gouttière ou un truc du genre.

— Bon, tu étais sur le toit. Que s'est-il passé ensuite ?

— J'ai aperçu la tabatière, et j'ai vu que l'appartement du cinquième était dans le noir. Un peu avant 9 heures, quelqu'un a allumé une petite lumière et j'ai pu voir à l'intérieur.

— Qu'est-ce que tu as vu ?

— Il y avait une fille dans la pièce. Elle était en train d'installer une table pliante, comme celles qu'on trouve dans les salons de massage.

— Très bien. Continue.

— Elle l'a dépliée et s'est assurée que tout était en ordre dans la pièce. Ensuite, elle a allumé et éteint plusieurs lumières avant de trouver le bon éclairage, et puis elle a mis des draps sur la table pliante.

— Continue.

— Un peu après 9 heures, le type est arrivé et il s'est déshabillé. Elle aussi, soit dit en passant.

— Ils se sont embrassés ou enlacés ?

— Pas vraiment. Un bisou sur la joue et une petite tape sur le cul.

— Tu as pu les photographier à ce moment-là ?

— Non, pas encore. Il fallait que je finisse de déballer tout mon matériel.

Stone réprima une furieuse envie d'étrangler son interlocuteur.

— Ensuite, que s'est-il passé ?

— Ben, le type s'est allongé sur la table. Comme il était sur le ventre, je me suis dit que ça ne servirait à rien de prendre des photos puisqu'on ne pouvait pas voir sa figure.

— Tu veux dire que tu n'avais toujours pas pris la moindre photo ?

— Non, pas encore. Bref, la fille lui faisait des petits massages partout, vous voyez le tableau, et il commençait à remuer dans tous les sens. À ce moment-là, il s'est retourné et j'ai enfin vu sa tête.

— Tu l'as aussitôt pris en photo.

— Non, pas encore.

— Herbie, rassure-moi. Tu as bien pris des photos, ce soir ?

— Mais bien sûr !

— À quel moment ?

— J'y arrive. Bref, elle a commencé à s'occuper de son machin, enfin vous voyez ce que je veux dire. Il s'agitait de plus en plus, mais comme je n'avais pas un angle de vue terrible, j'ai cherché à me rapprocher et j'ai voulu ramper sur la tabatière, persuadé qu'elle était assez solide.

— Passe-moi les détails. Tu as pu prendre des photos, à ce moment-là ?

— Ben ouais, j'en ai pris quelques-unes avec le grand angle, mais pas beaucoup, parce qu'à ce moment-là, j'ai entendu… ou plutôt non, j'ai senti que la tabatière était en train de s'écrouler.

— Continue, Herbie.

— J'ai tout de suite arrêté de prendre des photos pour me reculer.

— Tu as arrêté de prendre des photos ?

— Ben oui, la tabatière allait craquer, il fallait bien que je me remette comme avant.

— Tu as donc reculé ?

— Pas vraiment.

— Qu'est-ce que tu veux dire, pas vraiment ?

— J'ai voulu reculer en rampant, mais la tabatière s'est à nouveau mise à faire des craquements bizarres. Le bruit a attiré l'attention de la fille, elle a levé la tête et elle m'a vu.

— Tu as pu photographier son visage ?

— J'en suis pas certain. Il faut dire que tout est allé très vite, répondit Herbie d'une petite voix.

— Ensuite, que s'est-il passé ?

— Le type était allongé sur la table. On aurait dit qu'il dormait. Ça fait souvent ça après… enfin, vous voyez bien. Au même moment, j'ai vu la fille s'éloigner à toute vitesse.

— Et ensuite ?

— Ensuite, la tabatière s'est effondrée et je suis tombé dans la pièce.

— Et alors ?

— Je me rappelle plus.

— Comment, tu ne te rappelles plus ?

— Je crois que je suis resté dans les vaps un petit moment. Quand je suis revenu à moi, j'étais allongé sur le type et il était mort.

— Attends une seconde. Comment sais-tu qu'il était mort ?

— Parce qu'il me regardait fixement avec des yeux de poisson. Ses cils ne battaient plus. Rien du tout.

— À ce moment-là, qu'est-ce que tu as fait ?

— Ben, je me suis relevé, j'ai enlevé les morceaux de verre que j'avais un peu partout et j'ai fait quelques pas pour voir si j'avais rien de cassé.

— Tu n'avais rien ?

— Moi, ça allait, mais le type avait passé l'arme à gauche. En plus, je crois que je lui ai cassé une jambe.

— En lui tombant dessus ?

— Ben, ouais. Je lui suis tombé en plein sur les jambes.

— Alors, tu n'as pas pu le tuer.

— C'est ce que je me tue à vous expliquer depuis tout à l'heure ! Je sais bien que c'est pas moi qui l'ai tué.

— Ensuite, qu'est-ce que tu as fait ?

— J'ai entendu du bruit du côté de l'escalier, comme des gens qui montaient à toute vitesse.

— L'escalier ou l'ascenseur ?

— L'escalier.

— Ensuite ?

— J'ai pensé que c'étaient les flics, alors j'ai cherché un endroit où planquer mon appareil photo. J'ai aperçu une caisse près de la cheminée, pour ranger le bois. Je l'ai ouverte, j'ai sorti une grosse bûche et j'ai coincé mon appareil photo comme je pouvais avant de remettre la bûche par-dessus. J'étais en train de chercher une autre issue quand la porte s'est ouverte et les types sont entrés.

— Ces types, c'étaient des flics ?

— Je suppose.

— Ils étaient en uniforme ?

— Non, plutôt des inspecteurs en civil.

— Qu'est-ce qu'ils ont fait ?

— Y'en a deux qui m'ont attrapé et qui m'ont collé au mur pendant que les autres se précipitaient sur le type à poil sur sa table. Un des types a remarqué qu'il avait une jambe cassée, et un autre a dit qu'il était surtout mort.

— Ensuite, que s'est-il passé ?

— Après ça, ils sont partis.

— Partis ? Tu ne vas tout de même pas me raconter qu'ils sont partis en te laissant tout seul dans l'appartement ?

— Ben si. Y'en a un qui m'a dit de rester là ! Alors, je n'ai pas osé bouger.

— Et alors ?

— J'ai continué à faire le tour de l'appartement en cherchant une autre porte pour m'échapper, mais il n'y en avait pas. Alors, je me suis assis sur une chaise et j'ai regardé le macchabée pendant un moment, et puis les flics sont arrivés. Des flics en uniforme, cette fois. Avec des flingues. Ils m'ont arrêté, ils m'ont conduit au commissariat, jusqu'au moment où ils m'ont mis dans un panier à salade avec des types terribles, des vrais durs, et on nous a emmenés ici.

— Si je comprends bien, les flics en civil sont sortis et ceux en uniforme ne sont arrivés que quelques minutes plus tard.

— Ouais, sauf que je ne suis pas certain que c'étaient des flics en civil.

— Qu'est-ce qui te fait dire ça ?

— Je les ai entendus parler entre eux, et ils avaient un drôle d'accent.

— Quel genre ?

— Un accent comme celui qu'on entend sur PBS dans l'émission « Mystery ».

— Tu veux dire l'accent anglais ?

— Ouais, c'est ça. Comme les flics dans les séries anglaises à la télé.

Stone n'y comprenait plus rien.

— Écoute-moi bien. Je vais te trouver un avocat et je vais m'arranger pour ta caution. Si ton avocat te pose la moindre question sur moi, tu lui dis que je suis un ami de ton oncle Bob, c'est tout. Comme ton oncle est en vacances et que tu avais besoin d'un avocat, tu as pensé à moi et tu m'as appelé. C'est compris ?

— Ouais.

— Tu ne parles à personne de notre rendez-vous d'hier. S'il te demande ce que tu fabriquais sur ce toit, tu lui expliques que tu es photographe et que tu voulais faire des photos pour les vendre à la presse à scandales. Personne ne t'a engagé pour faire ça. Pigé ?

— Ouais.

— Une fois ta caution versée, on va te remettre en liberté. Tu rentres chez toi, tu te couches et tu ne t'occupes surtout plus de rien. Je me charge du reste, et je t'appelle dès que j'ai du nouveau.

— D'accord.

— Tu as déjà été arrêté, Herbie ?

— Non, c'est la première fois.

— Jamais ? Même pour conduite en état d'ivresse ? Un vol dans un magasin ? Tapage nocturne ? Rien du tout, tu es sûr ? Si jamais tu as déjà été arrêté, ils le sauront et ça peut faire une sacrée différence.

— J'ai jamais été arrêté, je vous dis !

— Tu as un boulot régulier, Herbie ?

— Ouais, je bosse comme photographe dans un drugstore à Brooklyn. C'est moi qui m'occupe de développer les photos des clients. Tirage en une heure.

— Quel âge as-tu ?

— Vingt-deux ans.

— Tu vis seul ?

— Oui, j'ai un petit appart' pas loin de mon boulot.

— Raconte tout ça à ton avocat.

— Comment il s'appelle, cet avocat ?

— Je ne sais pas encore. Je m'en occupe tout de suite.

— Vous croyez que je vais sortir quand ?

— Je te l'ai déjà expliqué, dès que ton affaire sera passée devant le juge. Ça peut prendre dans les deux ou trois heures, c'est difficile à dire. Ton avocat saura ça mieux que moi.

Stone sonna afin d'appeler le gardien.

— Maintenant, retourne dans ta cellule et tiens-toi tranquille. Ne raconte à personne ce qui t'amène ici, et ne fraternise pas avec tes codétenus. Ils vendraient leur mère pour un paquet de cigarettes.

— D'accord.

Lorsque Herbie fut reparti avec son gardien, Stone retourna vers la salle d'audience.

7

Il parcourut la salle d'audience du regard et aperçut Carpenter assise au deuxième rang, absorbée par le spectacle. Un peu plus loin, il découvrit l'homme qu'il cherchait, assis à côté d'un prisonnier en tenue orange qui attendait sagement de comparaître devant le juge.

Tony Levy était aussi petit et trapu qu'il était malin. Il passait son temps dans les tribunaux à la recherche de clients auxquels il proposait ses services. Pour l'avoir déjà croisé à plusieurs reprises, Stone savait que c'était l'homme de la situation. Il se pencha par-dessus la rambarde et lui tapota l'épaule.

— Stone ! lança Levy en lui tendant la main avec un grand sourire. Quel bon vent t'amène ? Ça fait longtemps que je ne t'avais pas vu ici.

— J'essaye d'éviter ce lieu de perdition autant que faire se peut, répondit Stone. J'ai une affaire pour toi, Tony. Tu as une minute ?

Levy se tourna vers son client dont les chevilles et les poignets étaient entravés.

— Ne bouge pas de là, j'en ai pour trente secondes, lui recommanda-t-il avant de faire signe à Stone de le suivre.

L'avocat ouvrit une petite porte latérale et ils se retrouvèrent dans une salle de réunion.

— De quoi s'agit-il ?

— Il s'agit du neveu d'un ami. Tu connais Bob Cantor ?

— Cantor, celui qui était flic ? Oui, j'ai déjà fait appel à lui comme témoin sur plusieurs affaires.

— Son neveu, un dénommé Herbert Fisher, se trouve ici. Il est accusé d'homicide involontaire, d'effraction et de tentative de cambriolage.

— Beau palmarès, constata Levy.

— Apparemment, il prenait des photos compromettantes pour un divorce quand la tabatière sur laquelle il était appuyé s'est effondrée. Le type qu'il photographiait était en train de se faire masser par une jeune personne lorsque Fisher lui est tombé dessus.

— Oh, putain !

— Comme tu dis. Et ce n'est pas tout. Quand Herbie est revenu à lui, le type était mort.

— C'est ça, l'homicide involontaire ?

— Exactement, mais ça ne colle pas, pour la bonne raison qu'Herbie lui est tombé sur les jambes. Les flics sont arrivés et l'ont embarqué. Pour le chef d'inculpation, je m'arrangerai plus tard, mais je voudrais que tu t'occupes de le faire libérer. Je vais appeler Irving Newman pour la caution. Il a toujours un de ses hommes au tribunal ; tu n'auras qu'à le chercher le moment venu.

— Pas de problème.

— Herbie a vingt-deux ans, pas de casier judiciaire, il a un boulot régulier et un appartement. À mon avis, la caution ne devrait pas dépasser les vingt-cinq mille dollars, mais je suis prêt à payer plus s'il le faut.

— Oui, ça devrait coller. Pour moi, ce sera mille dollars.

— Je te ferai porter ça en liquide demain, acquiesça Stone. Il ne faut surtout pas que mon nom apparaisse dans la presse au sujet de cette affaire. Je n'ai rien à voir là-dedans. Compris ?

— Cinq sur cinq. Je me doute que les huiles de Woodman & Weld ne verraient pas d'un très bon œil les activités de ton Herbie Fisher.

— Je vois qu'on est sur la même longueur d'ondes. Ils n'aiment pas tellement me voir traîner la nuit dans la salle des comparutions immédiates quand ce n'est pas pour un de leurs clients, répondit Stone. Il faut que je m'en aille. Appelle-moi sur mon portable si tu as un problème. Le gamin a une trouille bleue, je préférerais qu'il dorme chez lui cette nuit.

— C'est comme s'il était déjà dans son lit, répondit Levy.

De retour dans la salle d'audience, Stone rejoignit Carpenter. Il lui tapa sur l'épaule et lui fit signe de le suivre.

— Ça t'a plu ? demanda-t-il dans la salle des pas perdus.

— J'ai trouvé ça fascinant, répondit-elle. Ton client doit passer bientôt ?

— Ce n'est pas mon client. Je rends service à un copain, c'est tout.

Il sortit son portable et composa un numéro.

— Je te demande une seconde, dit-il.

— Allô ?

À l'autre bout du fil, son correspondant n'avait pas l'air endormi, malgré l'heure tardive. Irving Newman, le prêteur auquel Stone faisait toujours appel lorsqu'il avait une caution à verser, était habitué à se faire appeler en pleine nuit.

— Irving, c'est Stone Barrington.

— Stone, comment va ? Tu es accusé de quoi cette fois-ci ?

— De rien, Irving, je te remercie, répondit-il en riant. Cette fois, ce n'est pas moi. Tu connais Bob Cantor ?

— Celui qui était flic autrefois ?

— Ouais. Son neveu, un certain Herbert Fisher, doit passer devant le juge cette nuit pour homicide involontaire, effraction et tentative de cambriolage. La caution devrait être dans les vingt-cinq mille, mais sois prêt à mettre plus s'il le faut.

— Je vais donner des instructions à mon correspondant là-bas, dit Irving. Je suppose que tu mets ta maison en garantie, comme d'habitude.

Irving Newman avait une notion toute personnelle du sens de l'humour.

— Compte là-dessus, Irving. Appelle ma secrétaire demain matin, elle te fera porter deux mille cinq cents dollars en liquide. Et surtout, je ne t'ai jamais appelé.

— Bien sûr que non. D'ailleurs, qui est à l'appareil ? demanda Irving avant de raccrocher.

Stone referma son téléphone et le remit dans sa poche. Il prit Carpenter par le bras et ils sortirent du tribunal. La Mercedes les attendait devant le bâtiment.

— Alors, de quoi s'agit-il, et pourquoi n'as-tu rien voulu me dire en venant ? demanda Carpenter.

— Secret professionnel, répondit Stone. Tu as déjà entendu parler de ça dans ton boulot, non ?

— Je sais déjà comment s'appelle ton client et les raisons de son inculpation. Je sais aussi qu'un certain Irving s'occupe de verser la caution.

— Herbie n'est pas mon client. Je rends service à un copain, c'est tout.

— Je ne sais pas pourquoi, mais je reste persuadée que ce petit service remonte à l'heure du dîner, rétorqua Carpenter. Tu n'as pas arrêté de regarder ta montre toute la soirée, et quand le coup de fil que tu attendais est enfin arrivé, ça n'était pas ce que tu croyais.

Stone désigna le chauffeur du menton et mit un doigt sur ses lèvres.

— Très bien, dit-elle. J'attendrai qu'on soit chez toi. Mais pas question de me toucher tant que tu ne m'auras pas tout raconté.

Carpenter, debout au pied du lit, entrouvrit sa robe, révélant son corps mince et musclé.

— Maintenant, raconte-moi tout.

Stone, les yeux exorbités, attendait impatiemment qu'elle vienne le rejoindre.

— Allez, viens te coucher, grogna-t-il.

Elle referma les pans de sa robe.

— Pas tant que tu ne m'auras pas tout dit.

— C'est du chantage, s'indigna Stone.

— Non, de l'extorsion. Je m'étonne que tu ne saches pas faire la différence.

— Bon, bon, finit par céder Stone. J'ai demandé à un petit photographe de prendre des photos compromettantes d'un homme marié et d'une femme qui ne l'est pas. Par excès de zèle, mon photographe est passé à travers une tabatière et il est allé s'écraser sur le type. Sans qu'on sache très bien comment, le type a été retrouvé mort et les flics ont embarqué mon photographe.

Carpenter avait l'air de plus en plus intriguée.

— Comment s'appelle ton mort ?

— Tu n'as pas besoin de le savoir.

— Tu sais, Stone, il suffira que j'achète le journal de demain.

— Bon, bon. Il s'agit d'un compatriote à toi, un certain Lawrence Fortescue, marié à l'une de mes clientes.

Le visage de la jeune femme se ferma aussitôt.

— Tu dis qu'il est mort ?

— Tout ce qu'il y a de plus mort, répliqua Stone. Mais sa mort est d'autant plus étrange qu'Herbie lui est tombé sur les jambes et que le choc n'a pas pu le tuer. En plus, une escouade de types en civil, probablement des flics, sont arrivés sur les lieux presque tout de suite. D'après Herbie, l'un d'entre eux avait l'accent anglais. Mais je ne crois pas qu'Herbie connaisse grand-chose à l'accent anglais, à part les séries qu'il a pu voir à la télé.

— Qu'est-il arrivé à la femme qui se trouvait avec la victime ?

— Je n'en ai pas la moindre idée. Herbie est tombé dans les pommes et elle a dû en profiter pour s'éclipser, ce qui n'a rien de bien étonnant étant donné les circonstances.

— Excuse-moi une minute, il faut que je passe un coup de fil, dit Carpenter. Je vais dans la pièce d'à côté, et ne t'avise pas d'écouter la conversation.

— Tu ne viens pas te coucher ?

— J'arrive tout de suite, répliqua Carpenter en quittant la pièce. N'en profite pas pour t'endormir.

Stone vit la petite lumière s'allumer sur son téléphone, mais il résista à l'envie d'espionner la jeune femme depuis son poste. Lorsqu'il sombra dans les bras de Morphée quelques minutes plus tard, la diode lumineuse brillait toujours.

8

Tôt le lendemain matin, Stone fut tiré de son sommeil, par une vessie un peu trop pleine. Il eut le temps d'aller aux toilettes et de retourner se coucher avant de s'apercevoir qu'il était seul au lit.

— Carpenter ? appela-t-il.

Comme personne ne lui répondait, il sortit péniblement du lit et alla inspecter la salle de bains, puis la pièce qui lui servait de bureau. Personne. La jeune femme était partie, mais ses bagages étaient encore là. Il retourna se coucher sans parvenir à se rendormir, puis finit par s'asseoir sur son lit et jeta enfin un coup d'œil au réveil posé sur sa table de nuit. 9 h 10.

Il décrocha le téléphone et appela Dino à son bureau.

— Bacchetti à l'appareil, annonça la voix à l'autre bout du fil.

— C'est Stone.

— Surtout, ne dis rien. Contente-toi de me retrouver chez P.J. Clarke's à l'heure du déjeuner.

Dino avait déjà raccroché.

— Voilà autre chose… grommela Stone, complètement réveillé.

Il prit une douche, se rasa, s'habilla et descendit à l'étage inférieur où se trouvaient ses bureaux officiels. Les doigts de Joan Robertson couraient sur le clavier d'un ordinateur lorsqu'il pénétra dans son bureau par l'entrée privée.

— Je suis arrivé, cria-t-il.

Le bruit s'arrêta aussitôt et la silhouette de Joan se découpa sur le seuil de la pièce.

— Herbie Fisher a appelé trois fois en moins de vingt minutes, dit-elle en posant un mémo sur son bureau.

Stone grogna.

— Appelez-le et passez-le-moi. Pour le reste, je dois déjeuner avec Dino, ne prenez pas de rendez-vous avant 15 heures.

Joan retourna à son travail. Une lumière s'alluma sur le téléphone de Stone. Quelques instants plus tard, sa secrétaire lui passait la communication.

— Tais-toi, Herbie, dit-il avant même que le gamin ait eu le temps de dire un mot.

— Vous m'avez foutu dans une merde épouvantable, c'est à vous de m'en sortir, hurla Herbie.

— Je t'ai dit de te taire ! Sinon je raccroche et tu te débrouilleras tout seul avec le juge.

Herbie s'arrêta aussitôt.

— Maintenant, tu vas m'écouter très attentivement, parce que c'est la dernière fois que nous nous parlons, que ce soit face à face ou au téléphone. J'espère m'être bien fait comprendre.

— Ouais, ouais, marmonna Herbie, comme un gamin pris en faute.

— Pour l'instant, mon objectif est de te faire inculper pour…

— Qu'on *m'inculpe* ? Pas question, je ne veux pas retourner en prison !

— Herbie, tais-toi.

— Excusez-moi.

— Je disais donc que mon objectif est de te faire inculper pour une infraction mineure avec, à la clé, une simple mise à l'épreuve.

— Attendez une seconde ! Ça veut dire que je vais avoir un casier, protesta Herbie.

— Herbie, tais-toi.

— Excusez-moi.

— Tu n'as jamais été condamné, tu n'as jamais été arrêté, et tu as un boulot régulier. Je pense même pouvoir obtenir une mise à l'épreuve sans contrôle judiciaire. Ça t'évitera d'aller pointer chez le juge toutes les semaines.

— Ce serait bien.

— Ce serait même super, si tu veux mon avis, étant donné que tu risques actuellement de cinq à sept ans pour homicide involontaire.

— Et sinon, vous me payez quand ? demanda Herbie.

— Je te paye quand ? s'étrangla Stone. Et pour quoi voudrais-tu être payé ?

— Ben, pour le boulot que j'ai fait. Enfin, en partie, reprit Herbie.

— Ah oui ? Et où se trouvent les photos compromettantes que tu as prises de nos deux oiseaux ?

— Ben, mon appareil doit toujours se trouver dans l'appartement, expliqua Herbie. Je pourrais y retourner et…

— Je t'interdis d'approcher à moins d'un kilomètre de cet appartement ! hurla Stone.

— Vous pourriez arrêter de crier, un peu ? cria à son tour Herbie, vexé. C'est pas très poli et, en plus, je voudrais tout de même vous faire remarquer que c'est un appareil photo tout neuf, que la garantie est à mon nom et que si les flics le trouvent, ils n'auront aucun mal à établir un lien entre cet appareil et moi.

Stone, un instant décontenancé de découvrir chez Herbie une parcelle d'intelligence, se reprit rapidement.

— Tu as déjà été arrêté pour être entré par effraction dans cet appartement. Quelle différence veux-tu que ça leur fasse de trouver ton appareil en prime ?

— Ah ouais, concéda Herbie. J'avais pas pensé à ça.

— Ne t'occupe pas de ton appareil, je m'en charge, poursuivit Stone. Où travailles-tu ?

— Dans un Walgreens, à Brooklyn.

Quelques instants plus tard, Stone notait sur un bloc l'adresse et le numéro de téléphone du drugstore.

— Écoute-moi bien, reprit-il. Si j'arrive à récupérer ton appareil, si les photos donnent quelque chose et si tu me promets de ne plus jamais chercher à m'appeler, je suis prêt à te payer.

— L'affaire est faite, dit Herbie avec enthousiasme.

— Tony Levy t'a donné sa carte, je suppose ?

— Qui ça ?

— L'avocat qui s'est chargé de ta caution, cette nuit.

— Ah, lui ! Ouais, j'ai son téléphone.

— Si jamais les flics te font la moindre misère, tu appelles Levy, pas moi. Il réglera ça.

— D'accord.

— À propos, combien a coûté ta caution ?

— Deux cent cinquante mille dollars.

— QUOI ?

— C'est ce qu'a dit le juge.

— Et merde, marmonna Stone. Si jamais tu fais l'imbécile et que tu te fais la belle, Herbie, je te garantis que je m'occupe personnellement de toi. Tu m'entends ?

— Oui, je vous entends.

— J'espère que Levy t'a bien expliqué comment fonctionnait la libération sous caution ?

— Ben, ouais.

— Je compte sur toi pour suivre ses instructions à la lettre.

— Pas de problème.

— Maintenant, reste tranquille et laisse-nous nous occuper de ton dossier. Dès que j'ai du nouveau, je préviens Levy qui t'appellera.

— Pigé.

— Tu ne m'appelles plus, c'est bien compris ?

— Oui, j'ai compris. Et comme on ne se parlera plus, Stone, je tenais à vous dire que ça avait été un vrai plaisir de travailler pour vous et que…

Stone raccrocha violemment en étouffant un juron, puis il appela Joan sur l'interphone.

— Oui, patron ?

— Joan, vous serez gentille de prélever un peu de liquide dans le coffre. Il faudrait porter vous-même vingt-cinq mille dollars à Irving Newman, et mille à Tony Levy. Vous trouverez leurs coordonnées dans l'agenda.

— Je fais ça tout de suite ?

— Vous n'aurez qu'à prendre votre pause déjeuner plus tôt, vous ferez ça après. Assurez-vous qu'ils comptent l'argent devant vous, et n'oubliez pas de demander un reçu.

— Pas de problème, sauf qu'il ne restera presque plus rien en liquide dans le coffre.

— Je sais.

Stone raccrocha. Son estomac commençait à gargouiller. Il n'avait pas pris de petit déjeuner, et il était encore trop tôt pour se rendre à son rendez-vous avec Dino. Il posa son front sur le bureau et tenta de faire le vide dans sa tête.

Au même moment, Joan l'appela sur la ligne intérieure.

— Bill Eggers sur la une, dit-elle.

Stone grogna à nouveau et prit la communication.

9

Eggers n'avait pas l'air content.

— Je suppose que tu as lu le *Daily News* de ce matin ?

— Non.

— Alors, tu dois bien être le seul. Je ne sais pas comment tu as fait pour ne pas le voir.

— Écoute, Bill…

— Je ne sais pas si tu es au courant, mais ton photographe a tué Larry.

— Bill…

— Elena lui en voulait, d'accord, mais pas à ce point-là.

— Bill…

— Je serais curieux que tu m'expliques un peu ce qui s'est passé.

— Un accident, dit Stone d'une voix lasse.

— Qui te parle d'accident ? Je ne vois pas le moindre accident là-dedans, mais une suite de gaffes d'une connerie consternante. Tu n'as pas l'air de comprendre, mais Elena Marks est l'une de nos meilleures clientes. Je ne sais pas encore comment je vais faire pour lui expliquer ce qui…

Stone mit la communication en attente sans que son interlocuteur s'en aperçoive et appela Joan sur l'interphone.

— Oui, patron ?

— Allez me chercher un exemplaire du *Daily News*. Tout de suite, s'il vous plaît.

— C'est comme si c'était fait.

Stone reprit sa communication comme si de rien n'était.

— … et c'est la même chose pour tous les associés de ce cabinet. En attendant, nous avons tous les deux rendez-vous avec Elena Marks cet après-midi à 15 heures, chez elle, et je compte sur toi pour lui fournir une explication plausible. Si jamais la presse apprend que tu es mêlé à toute cette histoire, je ne donne pas cher de ton avenir professionnel. Et n'oublie pas d'apporter les photos.

— Bill…

Mais Eggers avait déjà raccroché.

Stone attendit que Joan revienne, puis l'appela sur l'interphone.

— Vous serez gentille de me passer Tony Levy. Essayez son portable.

Les yeux perdus dans le vide, il se demandait comment il allait pouvoir s'en tirer.

— Levy sur la une, annonça la voix de Joan.

Stone décrocha son téléphone.

— C'est vrai que le juge a demandé deux cent cinquante mille dollars de caution pour Herbie ?

— Ne t'énerve pas, Stone, répondit Levy d'une voix rassurante.

— Je ne m'énerverais pas si on parlait de vingt-cinq mille dollars, mais un quart de million de dollars, tu avoueras…

— Le juge Simpson était malade, et c'est la juge Kaplan qui assurait son remplacement. Tu sais comment elle est. J'ai déjà eu de la chance qu'elle accepte de libérer Herbie sous caution. Elle aurait pu le condamner à mort directement.

Tony avait raison. La juge Kaplan n'était pas seulement connue pour son austérité. C'était une véritable peau de vache qui aurait volontiers rétabli le supplice de la roue.

— Tu as bien expliqué à Herbie les règles du jeu, j'espère ?

— Ne t'inquiète pas, je lui ai foutu une trouille bleue, le rassura Levy. Il ne risque pas de se faire la malle.

— Je l'espère pour toi. Si jamais il nous fait faux bond, tu me rembourses la moitié de la caution, prévint Stone.

— Tu peux toujours courir, répondit Levy d'une voix égale. J'ai fait ce que j'ai pu. Avec Kaplan, personne n'aurait fait mieux, même un as du barreau comme Johnny Cochran. Sinon, tu as pensé à mon argent ?

— Ma secrétaire te le déposera à l'heure du déjeuner.

Joan lui apporta à ce moment la dernière édition du *News*.

— Je vois que tu t'es épanché auprès de nos petits camarades journalistes, constata Stone en feuilletant le journal, à la recherche de l'article annoncé à la une.

— Tu as vu ton nom quelque part ? répondit Levy. Je ne vois pas en quoi ça te gêne qu'on parle un peu de moi, pour une fois. À mon niveau, c'est tout ce que je peux espérer. Tout le monde n'a pas la chance de travailler pour le compte de Woodman & Weld.

— Cette histoire n'a rien à voir avec le cabinet, rétorqua Stone. Je te l'ai déjà dit, je rendais service à Bob Cantor, c'est tout.

— Mais oui, bien sûr. Et moi, j'ai été choisi par la Maison Blanche pour défendre les jumelles de George Bush la prochaine fois qu'elles se bourreront la gueule à la cafétéria de leur université. Ne t'inquiète pas, vieux, je n'ai pas l'intention de te faire chanter ou de faire du grabuge. Mais pense à moi si jamais tu vois passer un truc dans mes cordes, on ne sait jamais.

Levy partit d'un grand éclat de rire et raccrocha.

À l'heure du déjeuner, Stone entrait chez P.J. Clarke's et se frayait un passage dans la foule. Il trouva Dino installé à une table dans la salle du fond.

— Salut, lieutenant, lança Stone.

— Assieds-toi et tais-toi, répondit Dino.

— Tu as un problème ou quoi ? demanda Stone. Je n'ai plus le droit de t'adresser la parole maintenant ?

— C'est simple, je sais déjà tout ce que tu vas me dire, répliqua Dino avant de vider une bonne moitié de sa bière et de faire signe au garçon.

— Deux cheeseburgers au bacon, à point, deux bols de chili, et une bière pour notre as du barreau.

Le garçon s'éclipsa.

— Au sujet de la nuit dernière… tenta Stone.

— Je sais déjà ce qui s'est passé la nuit dernière ! Un gamin qui sait à peine lire serait déjà au courant, ajouta-t-il en tapotant du doigt son exemplaire du *News*, posé sur la table.

— J'aurais une ou deux petites questions à te poser, risqua Stone.

— Auxquelles je vais me faire un plaisir de répondre. Premièrement : la fille a échappé à mes hommes en passant par les toits. Elle est apparemment aussi agile qu'un chat de gouttière, ce qui n'est visiblement pas le cas de ton petit photographe. Deuxièmement : les quatre types en civil qui sont arrivés en premier sur les lieux sont des agents d'un service secret étranger dont nous tairons l'origine. Troisièmement : si mes hommes et ces énergumènes en civil sont arrivés sur les lieux aussi rapidement, c'est tout simplement qu'ils attendaient sagement à l'étage inférieur, espérant coincer à un moment ou à un autre les occupants de l'appartement. Et quatrièmement : non, je n'ai pas la moindre idée de ce que sont devenues les photos prises par Herbie. D'autres questions ?

Stone fit non de la tête, et se permit d'ajouter :

— Heureusement pour moi, Herbie n'a pas mentionné mon nom.

— Ah oui ? Et qu'est-ce qui te fait dire ça ? Mes hommes l'avaient à peine arrêté qu'il s'est empressé de leur raconter sa petite histoire. Il a continué dans la voiture qui le conduisait au poste, sans parler de l'interrogatoire. On ne pouvait plus l'arrêter, et il t'a réservé un rôle de jeune premier dans son scénario. Ton nom en grosses lettres en tête d'affiche, ajouta Dino en faisant un geste ample, manquant de renverser sa bière.

Le garçon arriva avec la commande.

— J'ai envie de vomir, dit Stone.

— Arrange-toi pour faire ça discrètement. Aucune envie que tu me coupes l'appétit.

— Je n'ai même pas faim, poursuivit Stone en entamant son chili.

— Ne t'inquiète pas. L'inspecteur chargé de l'enquête est un copain, il ne dira rien à personne, et j'ai déjà effacé l'enregistrement de l'interrogatoire de Herbie.

— Merci, Dino.

— Et c'est tout ce que tu trouves à me dire ? Pour ça, tu devrais au moins me servir sur un plateau le corps de la ravissante Carpenter.

— Je ne sais pas pourquoi ni comment, mais Carpenter joue un rôle dans toute cette histoire, déclara Stone. J'ai comme l'intuition qu'elle a des affinités avec le pays d'origine de nos mystérieux visiteurs en civil. Quand je lui ai raconté toute l'histoire, elle s'est jetée sur le téléphone et y est restée pendue toute la nuit.

— Pauvre chéri.

— Oh, ça va ! Mais je suis persuadé que Herbie n'a pas pu tuer Larry Fortescue en tombant.

— Je te rejoins là-dessus, répondit Dino, mais on ne saura probablement jamais ce qui est arrivé.

— Pourquoi pas ? Il suffit de consulter le rapport du médecin légiste.

— Figure-toi que le légiste allait donner le premier coup de scalpel ce matin lorsque deux types ont fait irruption dans la salle d'autopsie en brandissant un jugement fédéral les autorisant à emporter le corps ! Ce qu'ils se sont empressés de faire.

— Saloperie.

— Je ne suis pas loin de penser comme toi.

— Une vraie histoire de fous, bougonna Stone.

— Il doit bien y avoir quelqu'un qui sait quelque chose, mais qui ? Chez nous, en tout cas, personne n'est au courant de rien.

— Je sais quelque chose que tu ne sais pas, annonça Stone en vidant son bol de chili.

— Quoi donc ?

— Je sais où se trouvent les photos.

— Alors, je les veux tout de suite, lança Dino en se levant précipitamment.

— Pas si vite. Je veux d'abord qu'on se mette d'accord. Je te donne une série de tirages, mais tu m'en laisses une autre avec les négatifs.

— Marché conclu.

— Une dernière chose. Il faut trouver quelqu'un de discret pour faire les tirages avant 14 h 30. Tu as ça en magasin ?

— Évidemment ! Filons d'ici.

Stone jeta une poignée de billets sur la table, avala en catastrophe une gorgée de bière, prit son hamburger et se précipita sur les traces de Dino.

10

Stone s'engouffra à l'arrière du taxi derrière Dino. Celui-ci le regardait d'un air interrogateur.

— Si tu veux bien avoir l'amabilité de dire au chauffeur où nous allons, finit-il par dire.

Stone s'exécuta avant d'avaler une énorme bouchée de son cheeseburger.

— Tu veux dire que l'appareil photo se trouve encore là-bas ? s'étonna Dino.

— Avec un peu de chance, oui, répondit Stone, la bouche pleine.

— En tout cas, personne du commissariat n'y est allé aujourd'hui, j'ai vérifié. Mais le FBI a pris le relais, j'espère qu'ils n'ont pas tout chamboulé.

— Moi aussi, approuva Stone.

Le taxi s'arrêta devant l'immeuble dans un crissement de pneus. Dino sortit le premier.

— Paye le chauffeur, c'est ta tournée, dit-il à l'adresse de Stone.

Celui-ci sortit des billets de sa poche et descendit à son tour de voiture, essayant désespérément de finir son cheeseburger.

Dino était déjà devant la porte d'entrée, et il appuyait sur les sonnettes les unes après les autres. Le concierge apparut presque aussitôt. Lui aussi était visiblement en train de déjeuner.

— Vous voulez quoi ? demanda-t-il avec un fort accent anglais.

Dino sortit son badge.

— L'appartement du cinquième est fermé ? demanda-t-il.

— Plutôt deux fois qu'une, confirma le concierge. Consigne du FBI.

— Donnez-moi la clé, ordonna Dino.

— Pas question. Je n'ai pas envie de plaisanter avec ces gars-là, répliqua l'homme en mastiquant.

— Vous me donnez la clé tout de suite, ou bien vous préférez que je vous fasse coffrer pour entrave à la justice et que je vous renvoie dans votre pays ?

Le concierge fouilla dans sa poche et sortit une clé qu'il tendit à Dino.

— Ne le dites à personne, se contenta-t-il d'ajouter avant de rentrer chez lui.

Les deux hommes prirent l'ascenseur jusqu'au cinquième.

— Voilà la porte menant au toit, indiqua Dino en sortant de l'ascenseur.

Il s'avança et ouvrit l'appartement avec la clé donnée par le concierge.

L'endroit était plongé dans l'obscurité, et Stone chercha l'interrupteur à tâtons. Il le trouva, allumant une lampe dans un coin. La table de massage, inutilisable avec ses deux pieds cassés, gisait au beau milieu de la pièce.

— Voilà pourquoi on n'y voit rien, constata Dino, désignant du doigt le plafond.

La tabatière avait été recouverte de contreplaqué.

— Joli petit nid d'amour, poursuivit-il.

— Il s'agit sûrement d'un meublé, nota Stone. Qui d'autre qu'un propriétaire de meublé accrocherait au mur des horreurs pareilles ?

— Tes goûts ne regardent que toi, lança Dino. Où est l'appareil ?

Stone s'approcha de la cheminée et ouvrit le gros coffre trônant à côté de l'âtre. Il était à moitié rempli de bûches en sciure compressée. Il souleva la première et découvrit un appareil photo équipé d'un téléobjectif. Il le prit, rembobina le film, ouvrit le boîtier et mit la pellicule dans sa poche. Il dévissa le téléobjectif qu'il mit dans l'une des poches intérieures de son imperméable et glissa le boîtier dans une autre.

— Inutile de faire de vieux os ici, dit-il.

Les deux hommes sortirent sur le palier et tirèrent la porte de l'appartement derrière eux.

— Je voudrais jeter un coup d'œil là-haut, fit Dino en se dirigeant vers la petite porte menant sur le toit.

Quelques instants après, ils débouchaient à l'air libre. La porte se referma derrière eux avec un bruit sec.

— Je me demande comment la fille a fait pour s'échapper par là, dit Stone en jetant un regard circulaire.

— Je ne sais pas, mais je te conseille de trouver la solution très vite.

— Pourquoi ça ?

— Parce que les types du FBI ne devraient pas tarder et que tu nous a enfermés dehors en laissant cette putain de porte se refermer toute seule.

Stone voulut tourner la poignée, en vain.

— Et merde !

Dino jeta un coup d'œil prudent vers le bas.

— Il y a une gouttière, dit-il. Tu n'as qu'à y aller le premier, histoire de voir si elle est assez solide.

Stone regarda à son tour au-dessus du parapet.

— Tu fais ce que tu veux, mais je ne m'amuse pas à descendre le long de la gouttière. Je n'ai pas la moindre envie de foutre en l'air mon costume. Tu n'as qu'à descendre toi-même, tu reprends l'ascenseur et tu viens m'ouvrir.

— Tu sais que tu as de bonnes idées, quand tu veux ? s'étonna Dino. C'est vrai ça, pourquoi faire du rappel tous les deux le long de la gouttière ?

Il sortit son arme de service et la pointa sur Stone.

— Si tu ne veux pas que je fasse un trou dans ton beau costume, tu descends tout de suite.

Stone secoua la tête.

— Tire si tu veux. Ce sera toujours mieux que de tomber du cinquième étage.

Ils n'avaient toujours pas résolu leur problème lorsque la porte s'ouvrit, laissant passer le concierge.

— Le FBI vient d'appeler, dit-il. Dépêchez-vous de vous en aller, je ne veux pas d'histoires avec eux.

Dino rangea son arme et suivit le concierge dans l'escalier.

— Tu as de la chance, dit-il à l'adresse de Stone. J'allais tirer.

— Mais non, tu n'allais pas tirer, répondit Stone en montant dans l'ascenseur.

— Si, j'allais tirer, rétorqua Dino. Tu ne crois tout de même pas que j'allais descendre le long de la gouttière ?

— Figure-toi que moi non plus, sourit Stone.

— C'est bien pour ça que j'allais te tirer dessus.

Une fois dans la rue, ils hélèrent un taxi et se firent conduire chez un photographe de la 3e Avenue. Dino sortit son badge et se dirigea d'un pas décidé vers le comptoir au-dessus duquel était écrit en grosses lettres : « TIRAGES EN UNE HEURE. »

— J'ai besoin que vous me développiez ce film tout de suite, lança-t-il à l'employé. Faites-moi deux séries de tirages sans les regarder.

— Trois séries de tirages, précisa Stone.

— Très bien, répondit le jeune type derrière son comptoir.

— Combien de temps ça va prendre ? demanda Stone.

Le photographe lui montra le panneau accroché au-dessus de sa tête.

— Comme c'est marqué. Une heure.

— Vaudrait mieux pour toi que ça aille plus vite, gronda Dino.

Dix minutes plus tard, le photographe regardait à la lumière un négatif encore humide.

— On n'a pris que quatre photos, dit-il.

— Pas la peine de les regarder. Contente-toi d'en faire des tirages, aboya Dino.

Dix nouvelles minutes plus tard, les tirages étaient prêts.

— Je te dépose quelque part ? demanda Stone en donnant au chauffeur de taxi l'adresse d'Elena Marks.

— Tu parles, répliqua Dino. Donne-moi les photos.

Stone lui tendit un jeu et fourra les négatifs et un autre jeu dans sa poche avant d'examiner le troisième.

— Un vrai boulot de merde, commenta Dino. Tu n'aurais jamais pu te servir de ça pour un divorce. Sur celle-là, il est couché sur le ventre. Sur les trois autres, son bras lui cache la moitié du visage et la tête de la fille empêche de voir ce qu'elle est en train de lui faire. N'importe qui aurait pu prétendre qu'elle lui faisait un vrai massage. Où est-ce qu'il a appris la photo, ton artiste ?

Stone s'attarda sur le quatrième cliché. La femme tournait légèrement la tête et regardait du côté de la tabatière, dévoilant en partie son visage. Une jolie fille, avec de longs cheveux noirs.

— Pas mal, dit-il.

— Ouais, approuva Dino. Le peu qu'on peut en voir, en tout cas.

Le taxi s'arrêta, laissant descendre le policier.

— Que comptes-tu faire des photos ? demanda Stone par la fenêtre de la voiture.

— Je ne sais pas encore.

— Ne les donne pas aux types du FBI.

— Je ne donne jamais rien au FBI sans une ordonnance du tribunal et un flingue sur la tempe, répondit Dino en s'éloignant.

11

Le chauffeur de taxi déposa Stone devant le numéro 1 111 de la 5e Avenue, tout près du Metropolitan Museum. Bill Eggers l'attendait sur le trottoir.

— Dieu merci, tu es à l'heure, souffla-t-il, visiblement soulagé. Maintenant, écoute-moi bien. Quand on sera là-haut, laisse-moi parler. Contente-toi de te taire et d'acquiescer à tout ce que je dis.

— Comme tu veux, répondit Stone, soulagé de ne pas avoir à s'expliquer sur les événements de la veille.

L'ascenseur débouchait directement dans l'appartement d'Elena Marks. Le hall d'entrée était presque aussi grand que la chambre à coucher de Stone, avec du marbre au sol, de jolis tableaux sur les murs, et un arrangement floral gigantesque posé sur une console Louis XV. Un majordome en veste blanche vint à leur rencontre.

— Monsieur Eggers ? Monsieur Barrington ? Suivez-moi, je vous prie.

Il les précéda dans un salon vaste comme un terrain de basket qu'ils traversèrent pour arriver dans une immense bibliothèque à mezzanine. Un escalier en colimaçon menait à la partie supérieure de la pièce. En passant, Stone vit que les rayonnages contenaient des ouvrages reliés plein cuir par collections entières. En revanche, aucune trace d'Elena Marks.

— Si vous voulez bien vous asseoir, dit le majordome. Mme Fortescue sera à vous dans une minute. Puis-je vous servir quelque chose ?

— Non merci, répondit Eggers.

Stone aurait volontiers bu une bière pour faire passer son cheeseburger.

— C'est bien la première fois que j'entends quelqu'un l'appeler « Mme Fortescue », s'étonna-t-il.

— Normal, maintenant qu'elle est veuve, répondit Eggers, philosophe.

Un pan entier de la bibliothèque pivota brusquement et Elena Marks Fortescue fit son entrée, tandis que la bibliothèque se refermait sans bruit derrière elle.

Elena Marks était d'une maigreur extrême, avec des cheveux d'un blond lumineux. Elle portait une robe à fleurs jaune vif. *La robe idéale pour une veuve de Palm Beach*, pensa Stone.

— Bonjour, Elena, l'accueillit Eggers d'une voix onctueuse. Merci d'avoir accepté de nous recevoir.

— Bonjour, Bill, dit-elle en hochant la tête avant de se tourner vers Stone et de lui jeter un regard glacial. Bonjour, monsieur Barrington, ajouta-t-elle entre ses fausses dents.

Stone tenta de sourire sans y parvenir.

— Bonjour madame Mar… euh, Fortescue.

Elle l'observa longuement afin de mieux lui faire porter le poids de son ressentiment, puis elle détourna les yeux.

Stone était sur des charbons ardents.

— Asseyez-vous, ordonna presque Elena. Et dites-moi tout, ajouta-t-elle à l'intention d'Eggers.

Elle avait le plus grand mal à contenir sa colère, et le fait de leur parler comme à des chiens contribuait sans doute à l'apaiser.

— Elena, commença Eggers d'une voix geignarde, je souhaiterais tout d'abord vous exprimer mes plus sincères condoléances, en mon nom et en celui de tous les associés de Woodman & Weld.

— Je les accepte, répondit Elena, le visage de marbre.

Stone se dit qu'avec toutes les piqûres de collagène qu'on avait dû lui faire, elle devait être incapable de la moindre expression, à part montrer les dents.

— Racontez-moi, demanda-t-elle à Eggers d'un ton sans réplique.

— Un accident. Un accident épouvantable, répondit-il. D'après notre enquête, la tabatière située au-dessus de l'appartement était entièrement rouillée.

Stone se demanda de quelle enquête il pouvait bien s'agir. Personne n'avait pris la peine de lui poser la moindre question.

— Le professionnel engagé par Stone s'est légèrement appuyé sur cette tabatière afin de disposer d'un angle de vue plus avantageux, et le châssis a cédé.

— Qui comptez-vous poursuivre pour cela ? demanda Elena.

Eggers ne s'attendait visiblement pas à une telle question.

— Euh... eh bien, c'est-à-dire... Stone, je te laisse répondre ?

Convaincu qu'il était là uniquement pour faire de la figuration, celui-ci choisit de botter en touche.

— Non, je pense qu'il est préférable que tu le fasses.

— Vous n'êtes tout de même pas en train de me dire que les responsables de la mort de mon mari vont s'en tirer à si bon compte, s'énerva Elena.

Voyant que son collègue restait sans voix, Stone décida de passer à l'offensive.

— Madame Fortescue, si je puis me permettre d'être franc avec vous… Par l'intermédiaire de Bill et de moi-même, vous avez souhaité engager quelqu'un susceptible de grimper sur le toit d'un immeuble afin de prendre des photos compromettantes de votre mari. Il ne fait aucun doute que les avocats de la copropriété en question vont tout mettre en œuvre pour prouver que c'est vous qui êtes responsable de la mort de votre mari. Et rien ne nous dit qu'ils n'obtiendront pas gain de cause. Mais quand bien même vous finiriez par gagner, la publicité faite autour de toute cette affaire aurait un effet désastreux sur votre réputation.

— Vous êtes en train de me suggérer de vous poursuivre, vous, pour avoir engagé quelqu'un d'incompétent, c'est bien ça ? ironisa Elena.

Eggers s'étrangla à moitié.

— Le résultat serait le même, répondit Stone. À l'heure qu'il est, les médias sont persuadés que c'est un simple cambrioleur qui est passé à travers cette tabatière. Jusqu'à présent, on ne parle que d'un regrettable accident, ce qui est le cas, bien évidemment. Aucun journaliste n'a mentionné la présence d'une femme sur les lieux, et personne n'a cherché à savoir ce que faisait votre mari dans cet appartement. Un procès ne manquerait pas d'allumer un incendie qu'il serait difficile d'éteindre.

Elena tenta en vain de froncer les sourcils.

— Que faites-vous de votre petit photographe ? Qui vous dit qu'il n'espère pas se retourner contre vous, ou même contre moi ?

— Je peux vous assurer qu'il n'en a pas la moindre intention, la rassura Eggers.

Stone aurait aimé en être sûr. Il n'avait jamais imaginé qu'Herbie Fisher pourrait leur intenter un procès, et il fallait espérer qu'Herbie n'y avait pas pensé non plus.

— C'est trop fort ! s'écria Elena, tapant de son poing squelettique sur l'accoudoir du canapé. C'est tout de même moi la perdante, dans cette putain d'histoire. Je n'ai pas l'intention de me laisser faire !

Eggers, livide, baissa la tête.

— Madame Fortescue, risqua Stone, puis-je être parfaitement franc avec vous ?

— C'est même ce que vous avez de mieux à faire, gronda-t-elle, son visage lisse rouge de colère.

— Aussi dérangeants soient-ils, ces événements ont pourtant des conséquences auxquelles nous ne nous attendions pas.

— Je serais curieuse de savoir lesquelles.

— De tout mal sort généralement un bien, poursuivit Stone, espérant qu'Elena n'avait rien contre les lieux communs.

Ce n'était malheureusement pas le cas.

— Que signifie ce charabia ? Expliquez-vous ! hurla-t-elle, de plus en plus rouge.

— Dieu – puisqu'il faut bien trouver un responsable – vous a débarrassé d'un mari indélicat que vous étiez décidée à répudier. De plus, la chose s'est faite sans la moindre publicité désagréable, contrairement à ce qui se serait produit si vous aviez eu recours à la clause de fidélité énoncée dans votre contrat de mariage.

Stone marqua une pause pour mieux mesurer l'effet de son petit discours sur son interlocutrice.

— Sans parler du coût d'un tel divorce, ajouta-t-il.

Un long silence s'installa, qu'Elena Marks Fortescue finit par rompre.

— Je ne peux pas vous donner tort sur ce point, admit-elle.

Sans crier gare, elle se leva et quitta la pièce par la porte pivotante dissimulée dans la bibliothèque.

Eggers, qui retenait son souffle depuis un bon moment, poussa un énorme soupir.

Sur le trottoir, Eggers se tourna vers Stone.

— À propos, demanda-t-il, et les photos ?

Stone lui tendit un jeu de tirages qu'Eggers examina rapidement.

— Les négatifs ? s'inquiéta-t-il.

— Tu crois qu'on s'en est tiré avec Elena ? demanda Stone en lui tendant l'enveloppe.

— Je n'ai pas cru comprendre qu'elle nous virait, répliqua Eggers d'un ton enjoué avant de faire signe à un taxi en maraude. Nous n'avons qu'à déjeuner ensemble demain, proposa-t-il en montant dans la voiture.

12

Stone se sentait pousser des ailes. Tout avait l'air de vouloir s'arranger. Affaire classée. Il ne lui restait plus qu'à trouver un accord avec le bureau du procureur au sujet d'Herbie. Il s'agissait de les convaincre de renoncer à l'inculpation d'homicide involontaire et de lui infliger une peine mineure avec mise à l'épreuve, pour la forme.

C'était une belle journée, lumineuse et tonique, et Stone avait besoin de marcher. Il descendit la 5e Avenue en longeant Central Park, prenant le temps d'observer les arbres. Arrivé au coin de la 57e Rue, il prit à gauche et se dirigea vers la boutique de son chemisier préféré, Turnbull & Asser. Il avait bien mérité une petite récompense.

Il examina longuement les nouveaux échantillons de tissu qu'on lui présentait et passa commande d'une douzaine de chemises, sans même demander le prix. Joan réglerait la facture au moment de la livraison, comme d'habitude ; elle avait la consigne de ne jamais lui faire part de ce genre de détails désagréables. Il choisit également quelques cravates qu'il fit emballer. Pour les chemises, il fallait compter à peu près huit semaines.

En quittant la boutique, il décida de rentrer à Turtle Bay et s'engagea sur Park Avenue. Un peu avant la

50e Rue, alors qu'il s'apprêtait à traverser, une Bentley interminable s'arrêta quelques instants à sa hauteur, bloquée par le trafic. Au passage, Stone eut le temps de reconnaître Elena Marks par sa fenêtre ouverte. Elle avait prit le temps de passer un tailleur Chanel noir, en meilleure adéquation avec son veuvage récent, et elle était en grande conversation avec un homme que Stone reconnut sans peine. Il empoigna son portable et composa le numéro de Bill Eggers, chez Woodman & Weld.

— Oui, Stone ? demanda Eggers, l'air pressé.

C'était l'une de ses techniques préférées quand il n'avait pas envie de s'éterniser au téléphone.

— Bill, en traversant Park Avenue, il y a un instant, j'ai aperçu Elena Marks dans sa voiture en grande discussion avec Robert Teller.

— Quoi ? s'écria Eggers. Le Robert Teller de chez Teller & Sparks ?

— Je te jure.

— Le salopard ! Le nécrophage ! Il ose me piquer mes clients !

— Je savais que ça t'intéresserait.

— De quoi parlaient-ils ?

— Je n'en ai pas la moindre idée. Ils me sont passés sous le nez dans l'énorme Bentley d'Elena.

— Les fiscalistes du cabinet sont en train de lui concocter un plan qui pourrait bien lui économiser quelques centaines de milliers de dollars. Ça devrait lui faire plaisir.

— À ta place, je le lui dirais très vite, Bill. Salut.

Stone referma son portable. Il faillit appeler Turnbull & Asser pour annuler sa commande de chemises, mais se ravisa finalement.

Rentré chez lui, Stone commença par déposer ses cravates dans son appartement. Il allait pénétrer dans sa chambre lorsqu'il fut intrigué par un léger ronflement. Il ouvrit doucement la porte et glissa un œil dans la pièce. Carpenter, allongée sur le dos, un sein découvert, dormait profondément. Il traversa la chambre sur la pointe des pieds et déposa ses cravates dans son dressing. En faisant demi-tour, il découvrit une Carpenter tout éveillée. Assise sur le lit, la main gauche serrée autour du drap qui dissimulait sa poitrine, elle braquait un petit semi-automatique dans sa direction.

— Je suis pris ! dit-il en levant les mains en l'air. Juste au moment où je rangeais mes cravates.

— Que fais-tu ici ? demanda-t-elle, encore mal réveillée.

— En fait, j'habite ici, expliqua-t-il, montrant le lit du doigt. C'est même là que je dors habituellement. Juste une question : serait-ce mon Walther que tu tiens délicatement pointé en direction de ma poitrine ?

— Non, c'est le mien. Depuis le succès de James Bond, c'est le modèle obligé de tous les agents de mon service.

— Puis-je savoir pour quelle raison tu me tiens encore en joue ?

Elle baissa le bras.

— Excuse-moi, dit-elle.

Elle lâcha machinalement le drap et se passa la main dans les cheveux, découvrant un spectacle charmant.

— Je n'ai pas dormi la nuit dernière.

— Je m'en suis rendu compte, répondit-il. Je t'ai attendue des heures dans le lit, roulé en boule. Quand je me suis réveillé ce matin, tu n'étais plus là.

— Le boulot, laissa-t-elle tomber.

Stone s'assit sur le lit et lui retira des mains le pistolet qu'il posa sur la table de nuit.

— J'ai cru comprendre que ta disparition avait un rapport avec la formidable prestation du brillant Herbie Fisher.

— Pourquoi dis-tu ça ? s'enquit-elle d'un air méfiant.

— J'avais à peine fini de te raconter mon histoire que tu t'es précipitée sur le téléphone dans la pièce voisine. Et je ne t'ai pas revue depuis.

— Il fallait que je te demande quelque chose, mais j'ai oublié quoi, dit-elle en se grattant la tête.

— Tu dors debout.

— Le décalage horaire, sans doute.

— Tu devrais te rendormir. Je te réveillerai à l'heure du dîner.

Il la repoussa doucement sur le lit, lui embrassa délicatement le bout des seins, tira les couvertures et la borda consciencieusement.

— Hmmm ! Merci, murmura-t-elle, les yeux fermés.

Stone referma la porte derrière lui. Il allait rejoindre son bureau au rez-de-chaussée lorsque la porte de la chambre s'ouvrit brusquement, révélant la silhouette nue de Carpenter.

— Les photos ! s'écria-t-elle, un doigt inquisiteur pointé dans sa direction.

— De quoi parles-tu ?

— Les photos prises par Herbie Fisher. Où sont-elles ?

Stone la repoussa gentiment dans la chambre et l'obligea à se remettre au lit.

— Pourquoi veux-tu savoir où sont ces photos ?

— Pour mon boulot, dit-elle. Plus ou moins.

— J'ai cru comprendre que des collègues à toi avaient investi l'appartement après le plongeon de Herbie, insista Stone.

— Peut-être bien, répondit-elle d'un air circonspect.

— Que faisaient-ils là ?

— Stone, il faut absolument que je voie ces photos.

— Pour quelle raison ?

— C'est en rapport avec le boulot que je fais actuellement.

— J'avoue ne pas comprendre, fit semblant de s'interroger Stone. Je ne vois pas en quoi des photos cochonnes prises dans le cadre d'une procédure de divorce pourraient être utiles au MI5, ou à je ne sais quel autre service britannique.

— Je n'ai pas le droit de parler de ça, s'entêta-t-elle.

— Très bien. Je te propose un échange.

— Un échange ?

— Les photos contre certaines informations.

— Lesquelles ?

— J'ai besoin de savoir exactement comment est mort Larry Fortescue.

— Ton photographe à la noix lui est tombé dessus, répondit Carpenter.

— Arrête. Tu sais aussi bien que moi qu'il n'a pas pu le tuer. Il lui est tombé sur les jambes. Fortescue était déjà mort. Je me trompe ?

— Comment peux-tu affirmer un truc pareil ? demanda-t-elle en détournant les yeux.

— Pour la simple et bonne raison que quelqu'un – très probablement quelqu'un de ton service – est venu réclamer le corps ce matin à la morgue muni d'un jugement fédéral.

— Qu'est-ce qui te fait dire ça ?

— Puisque tu le prends comme ça, dit Stone en se levant, je garde les photos.

— Attends une seconde !

Stone s'immobilisa.

— Jure-moi de ne raconter à personne ce que je vais te dire.

— À qui voudrais-tu que j'aille raconter tout ça ?

— Fortescue est mort empoisonné. Quelqu'un lui a fait une piqûre en bas du dos. On ne connaît pas encore la nature exacte du produit qui lui a été injecté.

— Génial. Alors, je vais avoir besoin d'une lettre officielle, adressée au procureur, précisant que Fortescue était déjà mort lorsque Herbie lui est tombé dessus.

— Je vais voir ce que je peux faire, dit-elle. Ça risque de prendre quelques jours.

— Il vaudrait mieux que ça aille vite, répliqua Stone.

Il tira de sa poche les quatre tirages et les lui tendit.

Carpenter se pencha sur la première photo. On y apercevait Fortescue, allongé sur le dos, à moitié caché par la silhouette de la femme.

— Pauvre Lawrence, murmura-t-elle.

— Pardon ?

Elle examina les autres clichés avant de tomber en arrêt sur le troisième.

— Mon Dieu !

Elle se leva brusquement, fouilla dans son sac à main, sortit son portable et composa un numéro.

— Carpenter à l'appareil, dit-elle. J'ai une photo d'elle.

Elle jeta un coup d'œil au réveil posé sur la table de nuit.

— D'ici une demi-heure, ajouta-t-elle avant de raccrocher.

— Que se passe-t-il ? demanda Stone.

— Sors d'ici, il faut que je m'habille, dit-elle en fouillant le placard dans lequel étaient rangées ses affaires.

— Tu seras libre pour dîner ? demanda-t-il.

— Je t'appelle dès que je peux, répondit-elle avant de s'enfermer dans la salle de bains, emportant les photos avec elle.

Il entrouvrit la porte.

— On ne voit pas grand-chose sur cette photo, dit-il.

— Peut-être, mais c'est la seule dont on dispose, répondit-elle.

13

Stone passa la fin de l'après-midi chez lui à attendre le coup de fil de Carpenter, jusqu'à ce que la faim se fasse sentir. Après tout, elle avait son numéro de portable, elle arriverait toujours à le joindre.

Elaine s'apprêtait à donner sa table à quelqu'un d'autre lorsqu'il fit son entrée au restaurant. Il y avait un monde fou ce soir-là, et même les habitués faisaient la queue au bar avant d'obtenir une table. Stone s'installa à la sienne sous les regards haineux de ceux qui attendaient leur tour.

Elaine s'approcha presque aussitôt.

— Tu n'imagines pas les propositions qu'on a pu me faire pour avoir ta table, dit-elle en montrant le bar du menton.

— Tu n'as qu'à leur servir un apéro pour les faire patienter, répondit Stone. Vu les prix que tu pratiques, tu peux encore te le permettre.

— Tu devrais faire attention à ce que tu dis, rétorqua-t-elle du tac au tac. J'en connais qui se sont retrouvés avec une fourchette dans le ventre pour moins que ça.

— Je préférerais en avoir une à la main, et quelque chose dans mon assiette.

Il attrapa un serveur au passage et commanda une salade d'épinards et un osso-buco.

— Dis à Barry de me servir l'osso-buco avec de la polenta au lieu des pâtes, précisa-t-il. Et, en attendant, apporte-moi un Wild Turkey avec des glaçons.

— La journée a été dure ? demanda Elaine.

— Rien qu'un rendez-vous avec Elena Marks, répondit-il.

— Il a fallu que tu lui expliques comment tu avais tué son mari ?

— Je n'ai pas tué son mari, et le type que j'ai envoyé là-bas n'y est pour rien non plus. Mais d'abord, comment sais-tu tout ça ? Tu as vu Dino ?

— Je ne cite jamais mes sources.

— Pour ta gouverne personnelle, et pour celle des éditorialistes qui traînent ici ce soir, Larry avait déjà passé l'arme à gauche quand le gamin lui est tombé dessus.

— L'information n'est visiblement pas parvenue jusqu'aux flics.

— Ils ne tarderont pas à le savoir, la rassura Stone. Je m'en occupe personnellement.

— Où se trouve ta jolie poupée anglaise, la toute charmante Felicity ?

— Elle travaille. Je pensais qu'elle me rejoindrait pour dîner.

— Pour qui travaille-t-elle ?

— Même si je te le disais, tu ne me croirais pas.

— Essaye toujours.

— Non. Si je te le disais, elle serait obligée de me descendre, et ne va pas imaginer qu'elle n'en est pas capable. Tout à l'heure, elle m'a même braqué avec un pistolet.

— Je ne savais pas que tu étais aussi mauvais que ça au lit.

Le téléphone portable de Stone se mit à vibrer.

— Allô ?

— C'est moi, annonça la voix de Carpenter.

— Qui ça ?

— Arrête ton char. Je suis en route pour chez Elaine. Tu y es, j'espère ?

— Qui sait ?

— J'arrive tout de suite, dit-elle avant de raccrocher.

— C'était Felicity ? demanda Elaine.

— C'était Carpenter, répliqua Stone.

— Pourquoi est-ce que tu l'appelles toujours Carpenter ? Ce n'est même pas son nom de famille.

— Ce n'est pas moi. Elle s'est présentée comme ça quand je l'ai rencontrée.

— Pourquoi ça ?

— Elle a un associé qui s'appelle Mason, et un autre répondant au doux nom de Plombier.

— C'est qui, cette fille ? Une flic anglaise ?

— Elaine, si je t'en disais davantage, c'est toi qu'elle serait obligée de descendre.

— Je jette l'éponge, abdiqua Elaine en levant les bras au ciel. D'ailleurs, la voilà, ajouta-t-elle en regardant du côté de la porte.

Carpenter s'approcha.

— Dino sera ici dans une minute, dit-elle en embrassant Stone sur la joue.

— Comment le sais-tu ? demanda-t-il.

— Parce que c'est lui qui m'a amenée ici.

Dino arrivait en effet, un journal plié sous le bras. Il s'installa à leur table.

— Bonsoir tout le monde, lança-t-il.

Elaine lui tapota la joue affectueusement.

— Attendez une seconde, tous les deux, dit Stone. Qu'est-ce que vous faisiez ensemble dans la même voiture ?

Carpenter lui décocha un grand sourire.

— Tu sais que tu es beau quand tu es jaloux ?

— Je ne suis pas jaloux.

— Comment ça, tu n'es pas jaloux ? demanda-t-elle en fronçant les sourcils.

Depuis son rendez-vous avec Elena Marks, Stone savait apprécier le bonheur simple de voir une femme froncer les sourcils.

— Non, je suis curieux de nature, c'est tout.

— Alors, Dino, est-ce qu'on lui dit ? demanda Carpenter.

— Non, répondit Dino. On le laisse mariner dans son jus. Regarde-le, il transpire déjà.

— Je ne transpire jamais, répliqua Stone.

— Bien sûr que si, contra Dino.

— C'est vrai, ajouta Carpenter. Il sue même à grosses gouttes.

— Même que ça se voit, insista Elaine.

— Bon, d'accord, capitula Stone. Tu as faim ? Tu as soif ? demanda-t-il à Carpenter.

— Les deux. Et je commencerais volontiers par un de vos drôles de whiskies américains.

Stone héla un serveur.

— Mademoiselle prendra la même chose que moi, commanda-t-il.

— Je peux savoir ce que tu bois ? demanda Carpenter.

— De la bave de crapaud, répondit-il.

— Hmmm ! Ça a l'air délicieux, dit-elle avant d'ajouter : allez, j'arrête de te faire saliver. Dino et moi sortons de la même réunion.

— Quel genre de réunion ? s'enquit Stone, intrigué.

— Si on te le disait, on serait obligé de te descendre après, sourit Dino.

Elaine éclata de rire, puis elle se leva afin d'aller papillonner à une autre table.

— Tu sais, poursuivit Carpenter, ton petit Herbie Fisher nous aura quand même servi à quelque chose.

— C'est vrai, approuva Dino en feuilletant négligemment le *Post*.

— À cause de cette photo ?

— Quoi d'autre, à ton avis ? ironisa Dino.

Stone réfléchit un instant et se tourna vers Carpenter.

— Tout à l'heure, tu m'as dit que c'était l'unique photo disponible de cette femme. Tu voulais dire quoi, au juste ?

— Qu'il n'existe pas d'autre photo d'elle.

— Merci, je crois que j'avais compris. Mais pourquoi, justement ?

— Parce qu'elle s'est toujours arrangée pour que personne ne puisse la prendre en photo depuis sa photo de classe, quand elle avait douze ans.

— Pourquoi tant de mystère ?

— Parce qu'elle ne souhaite pas qu'on puisse l'identifier.

— Bon alors, dis-moi, qui est cette fille ?

— Quelqu'un qui passe son temps à assassiner des gens, répondit Carpenter. Crois-moi, c'est une chance qu'elle ne sache pas qu'Herbie l'a photographiée à ta demande.

— À ta place, je n'en serais pas si sûr, l'interrompit Dino en désignant un article dans la rubrique mondaine du *Post*.

Carpenter s'empara du journal et lut à haute voix :

« À en croire la rumeur, la mort de Lawrence Fortescue (M. Elena Marks) dans des circonstances qui n'ont pas encore été élucidées, suite à la chute à travers une tabatière d'un photographe indélicat, impliquerait un tristement célèbre avocat local. Cet homme, dont le prénom évoquerait un prestigieux groupe de rock, et qui semble avoir ses habitudes Chez Elaine, un restaurant coté de la ville, aurait engagé ce photographe dans le but de prendre des photos des activités illicites de M. Marks avec une jeune femme anonyme. Les paris sont ouvert quant à l'identité de ce mystérieux avocat. »

— Et merde ! lança Carpenter en reposant le journal.

— Tu m'enlèves les mots de la bouche, lui répondit Dino.

14

Stone fixait Dino et Carpenter, les yeux plissés.

— J'ose espérer que c'est une plaisanterie.

— J'ai bien peur que non, répondit Carpenter le plus sérieusement du monde. Les gens pour qui je travaille souhaitent ardemment mettre la main sur cette femme, et ils m'ont demandé de prendre contact avec la police new-yorkaise. C'est pour cette raison que Dino et moi assistions à la même réunion. Comme on se connaissait déjà, je l'ai choisi comme contact.

— Qui est cette femme ? demanda Stone.

— On sait tellement peu de choses sur elle que je n'en aurai pas pour longtemps. Elle est née à Zurich d'un père suisse et d'une mère égyptienne sous le nom de Marie-Thérèse du Bois, mais elle ne se sert plus de son vrai nom depuis longtemps.

— Quoi d'autre ?

— Marie-Thérèse a grandi entre la Suisse et l'Égypte. Elle parle l'allemand, le français, l'italien qu'elle pratiquait en Suisse, et l'arabe qu'elle a appris par sa mère. Déjà toute petite, elle se passionnait pour les langues. En plus des quatre qu'elle parlait déjà, elle a appris le farsi, le ourdou et des rudiments de hindi. Son père était un gros négociant qui importait des produits en provenance du Moyen-Orient : des tapis, de l'huile d'olive, des dattes, des céramiques, n'importe quoi tant qu'il pouvait le revendre en Suisse avec une marge appréciable. C'est comme ça qu'il a fait fortune. Marie-Thérèse accompagnait régulièrement son père lors de ses virées dans le pourtour méditerranéen, ce qui lui a permis d'assimiler au passage deux autres langues, le grec et l'espagnol. Pendant que du Bois père partait en rendez-vous, Marie-Thérèse passait son temps à l'hôtel à conjuguer des verbes en regardant la télévision.

— C'est inouï, cette histoire ! Combien parle-t-elle de langues, en tout ?

— Personne ne le sait exactement. Je dirais probablement une bonne douzaine, sans compter les dialectes locaux qu'elle parle sans le moindre accent.

— Et pour quelle raison passe-t-elle son temps à tuer des gens ?

— Quand elle avait vingt ans, mon employeur et la CIA se trouvaient au Caire pour y débusquer les membres d'une organisation terroriste soupçonnée d'avoir fait assassiner des touristes étrangers. Nous avons appris par l'un de nos informateurs que plusieurs membres de cette organisation avaient l'intention de commettre un attentat, et qu'ils devaient emprunter l'un des grands boulevards de la ville avec une camionnette Renault blanche bourrée d'explosifs. Avec l'accord des autorités égyptiennes, nos équipes leur ont tendu un piège à un carrefour. L'opération se déroulait en pleine nuit et le boulevard aurait dû être désert. Le hasard a voulu que Marie-Thérèse et ses parents reviennent précisément à ce moment-là d'une réception à laquelle ils avaient assisté, à bord d'une camionnette blanche. Quelqu'un s'est trompé en donnant le signal et une roquette a été tirée par erreur sur leur véhicule. Ses parents sont morts sur le coup, mais Marie-Thérèse, qui dormait sur le siège arrière, a été éjectée sous le choc et s'en est tirée avec des égratignures.

À la suite de cet accident, elle s'est enfermée dans sa maison du Caire, ressassant la mort de ses parents à longueur de journées. Elle a refusé toutes les offres de dédommagement faites par les gouvernements égyptien, britannique et américain. Mais il faut dire que la mort de ses parents la laissait riche puisqu'elle héritait de leurs deux propriétés et de la fortune amassée par son père.

Elle avait un petit ami, un jeune Iranien aux opinions assez extrêmes. On pense que c'est lui qui a recruté Marie-Thérèse. Elle a été envoyée dans un camp d'entraînement en Lybie où elle a rencontré toutes sortes de paumés dans son genre : des Irlandais, des Japonais, des Allemands...

Elle s'est familiarisée avec le maniement des armes à feu, des explosifs et des armes chimiques jusqu'à ce que ses commanditaires s'aperçoivent qu'elle parlait quantité de langues. Ils ont alors décidé de l'utiliser à tout autre chose. On lui a appris à tuer et à faire des faux. Bref, tout ce qui pouvait être utile à une terroriste en herbe comme elle. Pour la maintenir sous pression, on lui disait qu'elle pourrait assassiner les responsables de la mort de ses parents. Après plusieurs mois à ce rythme, c'était une combattante modèle, aguerrie à la vie dans le désert, capable de fournir des efforts intenses. Depuis, Marie-Thérèse ne vit que pour son boulot.

À la fin de son entraînement en Lybie, elle est retournée au Caire, puis à Zurich, afin de vendre les deux propriétés familiales et mettre son argent en lieu sûr, sur des comptes disséminés à travers la planète. Nos spécialistes évaluent sa fortune à plusieurs dizaines de millions de dollars.

Elle est ensuite retournée au Caire où elle s'est évanouie dans la nature. Tout ce qu'on a pu savoir d'elle depuis provient de rumeurs, ou bien alors de renseignements extorqués sous la contrainte à certains de ses anciens camarades.

Il semblerait qu'elle ait assassiné deux hommes politiques égyptiens sur ordre de son groupe terroriste. Le premier se trouvait dans sa voiture, à un feu rouge, lorsqu'elle l'a abattu d'une balle dans la tête avant de s'éloigner tranquillement et de monter dans un autobus. Le soir même, dans un restaurant bondé, elle déposait une capsule de cyanure dans le verre du second et s'échappait par la fenêtre des toilettes pendant que le malheureux agonisait. Mon service croit savoir qu'elle a récidivé une demi-douzaine de fois au cours des deux années suivantes. Ses commanditaires ont très vite compris qu'elle était un atout majeur entre leurs mains, et ils l'ont manipulée en lui faisant croire que l'enquête sur l'identité des meurtriers de ses parents avançait. Ce qui est faux, bien évidemment.

Au bout d'un certain temps, elle a fini par perdre patience. Elle a enlevé le chef de notre bureau du Caire et l'a torturé jusqu'à ce qu'il lui donne les noms des agents impliqués dans l'opération, poursuivit calmement Carpenter. Après ça, elle lui a tranché la gorge et l'a regardé se vider de son sang. Elle a ensuite fait déposer son corps nu et mutilé sur les marches de l'ambassade de Grande-Bretagne.

— Puisqu'elle avait la liste, je suppose qu'elle a dû se mettre en chasse, émit Stone.

— Oui. Les Américains constituaient des cibles faciles. Il s'agissait d'un homme et de sa femme, tous deux en poste à leur ambassade au Caire. Elle s'est débarrassée d'eux en faisant éclater une bombe incendiaire dans leur appartement pendant leur sommeil.

Puis elle s'est occupée des agents britanniques. Le premier a été garrotté dans les toilettes de la gare de Bonn. Le deuxième a été empoisonné avec la pointe d'un parapluie alors qu'il traversait le pont de Chelsea, à Londres.

Carpenter s'arrêta brusquement.

— Continue, l'encouragea Stone.

— Le troisième, Larry Fortescue, a été assassiné avant-hier soir, dit-elle d'une voix blanche.

— Tu veux dire que Larry Fortescue était l'un de vos agents ?

— C'était même celui dont je t'ai parlé. Celui avec lequel j'ai eu une histoire, mais qui a préféré partir en poste à l'étranger. Il est arrivé ici il y a deux ans et s'est marié avec Elena Marks avant de démissionner.

— Elle les a donc tous eus l'un après l'autre, constata Stone, songeur.

— Non, rétorqua Carpenter, pas tous. Elle ne m'a pas encore eue, moi.

— Tu étais aussi sur le coup ?

— C'était ma première mission à l'étranger. Je me trouvais là en qualité de simple observatrice.

Stone en avait la gorge nouée.

— Elle sait que tu es à New York en ce moment ?

— Je n'en suis pas sûre, répondit Carpenter. Mais, par mesure de précaution, je quitte ton appartement ce soir pour m'installer à l'hôtel.

— Pourquoi ? Tu ne crains rien, chez moi.

— Stone, s'interposa Dino en tapotant du doigt son journal. Si jamais Marie-Thérèse ou l'un de ses petits camarades sont tombés sur cet article, elle sait déjà que le type qui s'est arrangé pour lui tirer le portrait est un avocat au prénom évocateur d'un « prestigieux groupe de rock ».

— Comment veux-tu qu'elle m'identifie avec un indice aussi idiot ?

— Sans compter qu'elle sait également dans quel restaurant tu as tes habitudes.

Stone jeta autour de lui un regard inquiet. Une bonne dizaine de clientes installées aux tables voisines auraient pu être la femme de la photo.

— Tu crois vraiment que cette fille… Comment s'appelle-t-elle déà ?

Carpenter l'interrompit.

— À Paris, on lui a donné un charmant sobriquet au lendemain de l'assassinat d'un ministre français. Les gens d'Interpol l'appellent la Biche. Si tu veux tout savoir, il est tout à fait possible qu'elle se trouve ici ce soir.

Stone repoussa sa chaise pour se lever.

— Je crois qu'il est temps de rentrer, dit-il.

15

Le flic qui conduisait la voiture de Dino les amena chez Stone, où Carpenter fit rapidement ses bagages. Ils prirent ensuite la direction du Lowell, un petit hôtel élégant situé sur la 63e Rue Est, à deux pas de Madison Avenue.

Le directeur de l'hôtel les attendait à l'entrée de son établissement. Sans même prendre le temps de faire signer une fiche à Carpenter, il les conduisit directement dans une suite du dernier étage.

— Tu es déjà descendue ici ? demanda Stone, une fois le directeur parti.

Après avoir déposé les valises de la jeune femme, le chasseur s'était également éclipsé.

— Mon service se sert régulièrement de cet hôtel, dit-elle en guise d'explication. Bon, avec tout ça, on n'a même pas mangé. Vous voulez que je fasse monter quelque chose ?

Ils dînèrent, dans la chambre et en silence, d'une sole arrosée d'un superbe chardonnay californien. Le repas terminé et les assiettes débarrassées, Stone rompit le silence.

— Dino, je suppose que tu as émis un avis de recherche pour cette femme.

— Je ne sais pas si tu es au courant, mais pour émettre un avis de recherche, il faut au moins disposer d'une description approximative du suspect, répondit celui-ci en regardant la carte des desserts.

— Et la photo, alors ? Ce n'est pas suffisant, comme description ?

— Ouais, si on veut, grogna Dino.

Carpenter se leva et prit dans son sac une feuille de papier.

— Voici le portrait que les équipes techniques de la CIA ont pu reconstituer, dit-elle en tendant le document à Stone.

Il déplia la feuille et découvrit un visage impersonnel, encadré de longs cheveux noirs. Un nez droit, de grands yeux.

— La photo d'Herbie la montrait de trois quarts, regardant vers le haut. On ne voyait que son front, ses yeux et son nez. Le bas du visage était caché, et elle portait visiblement une perruque.

— Cette photo, ça pourrait être n'importe qui, grommela Stone.

— Je ne te le fais pas dire. La Biche a un don pour se déguiser. Elle est capable de déjouer la sécurité des aéroports les plus sophistiqués en se faisant passer pour une femme d'affaires américaine, une créatrice de mode française, une comtesse italienne ou une bonne sœur espagnole.

— Et moi qui croyais qu'à l'ère du numérique, il était devenu quasi impossible de falsifier un passeport. À chaque fois que je franchis une frontière, on passe le mien dans un lecteur optique et mon dossier apparaît à l'écran automatiquement.

— C'est vrai, mais on ne compte plus les passeports vierges qui ont disparu des ambassades et des consulats à travers la planète. Ces passeports sont par définition authentiques, et pour peu que ces vols ne soient pas signalés immédiatement, ceux qui les utilisent n'ont aucun mal à passer à travers les mailles du filet. Il est extrêmement difficile d'attraper quelqu'un qui se sert d'un passeport véritable.

Le téléphone sonna alors.

— Oui ? répondit Carpenter. Non, absolument pas. À mon avis, ça attirerait l'attention de ceux qui sont au courant. Vous avez l'intention de vous servir de moi pour lui tendre un piège ?...

Elle écouta longuement son interlocuteur.

— Vous avez peut-être raison, mais l'idée ne me plaît guère. Enfin, envoyez-le-moi tout de même.

Elle raccrocha et reprit sa place.

— Qui était-ce ? demanda Stone.

— Ils veulent me coller une équipe d'anges gardiens sur le dos, mais je ne crois pas que ce soit une bonne idée. Même s'ils font très attention, Marie-Thérèse les repérera.

— Tu as pourtant fini par accepter quelque chose, remarqua Stone.

— La CIA m'envoie quelqu'un.

On sonna à la porte.

— On ne peut pas dire qu'ils aient traîné, remarqua Stone.

— Ils sont même un peu trop rapides à mon goût, lança Dino en se levant.

— Enferme-toi dans la chambre, conseilla Stone à Carpenter.

Il s'approcha de la porte tandis que Dino prenait position sur le côté, son arme à la main. Il regarda à travers le judas et vit une jeune femme. Mince, taille moyenne, cheveux bruns.

— C'est une femme, murmura-t-il. Prêt ?

Dino hocha la tête.

Stone mit la chaîne de sécurité et entrouvrit le battant.

— Oui ? demanda-t-il.

— Carpenter, répondit la jeune femme.

— Il n'y a pas de Carpenter ici. Vous avez dû vous tromper de chambre.

La jeune femme exhiba une pièce d'identité.

— Je suis en mission officielle.

— C'est bon, confirma Carpenter derrière Stone. Je la connais. Entre, Arlene.

Stone ôta la chaîne de sécurité et laissa entrer la jeune femme. Elle avait une petite valise à la main.

— Stone, Dino, je vous présente Arlene.

Celle-ci fit un petit signe de tête.

— Passons un instant dans la salle de bains, proposa-t-elle à Carpenter.

Stone et Dino en profitèrent pour allumer la télé. Derrière la porte de la salle de bains, on entendait couler l'eau du robinet et quelqu'un avait mis en marche le sèche-cheveux. Trois quarts d'heure plus tard, Arlene fit son apparition.

— Je voudrais vous présenter mon amie Susan Kinsolving.

Une Carpenter méconnaissable émergea de la salle de bains. Ses cheveux bruns avaient changé de couleur, et elle était maquillée comme une voiture volée.

— Salut les mecs, lança-t-elle avec un accent du Midwest à couper au couteau.

— Arrête, j'ai horreur de ça, grimaça Stone.

— Faudra bien que tu t'y habitues, mon pote, rétorqua Carpenter.

— Maintenant, occupons-nous de tes papiers, proposa Arlene en ouvrant sa petite valise. Assieds-toi.

Carpenter s'installa sur une chaise.

— Voici ton passeport américain. Il a été établi il y a trois ans et tu verras qu'il a été tamponné une dizaine de fois, en Europe et aux Caraïbes. Nous avons fait changer la couleur des cheveux. Tu es ingénieur commercial pour le compte d'une firme informatique de San Francisco. Voici tes cartes de visite et du papier à en-tête de ta boîte. Tu es dûment employée par cette compagnie, et si quelqu'un s'amuse à les appeler, tu as même une secrétaire et une messagerie. Tu es née à Shaker Heights, une banlieue de Cleveland, Ohio. Tu as trente-quatre ans, tu as fait tes études secondaires dans le public, là-bas, avant d'aller à la fac au Mount Holyoke College, dans le Massachusetts. Dans ton portefeuille, en plus de ton permis de conduire et de plusieurs cartes de crédit parfaitement valables, tu trouveras une carte de membre de l'association des anciens élèves de ton université. Tu es descendue ici sous le nom de Kinsolving.

Arlene sortit de sa valise une liasse de feuilles agrafées ensemble.

— Un résumé de ton histoire personnelle. Tu devras l'apprendre par cœur.

Carpenter feuilleta le document.

— Je vois que c'est très complet, dit-elle. Qu'en dis-tu ? ajouta-t-elle, se tournant vers Stone.

— Vous me plaisez beaucoup, Susan. Me permettrez-vous de vous inviter à dîner, un de ces soirs ?

Stone et Dino, installés sur la banquette arrière de la voiture de service de Dino, descendaient Park Avenue.

— Dino, tu peux me rendre un service ?

— Dis toujours.

— Puisqu'on sait maintenant que la mort de Larry Fortescue est un meurtre, pourrais-tu appeler le bureau du procureur et le lui dire officiellement ? Je voudrais qu'il laisse tomber l'accusation d'homicide pour Herbie, et obtenir le réexamen du dossier. S'il est accusé d'une infraction mineure, je peux obtenir une simple mise à l'épreuve.

— Pas de problème. J'appellerai demain à la première heure. Tu connais le nom du substitut ?

— Ça ira plus vite si tu passes directement par le bureau du procureur.

— Comme tu veux.

La voiture s'engagea dans la rue de Stone.

— Ralentis, ordonna Dino au chauffeur, regardant attentivement des deux côtés de la rue. Arrête-toi là.

L'auto s'arrêta devant la maison. Dino sortit le premier et scruta les alentours.

— C'est bon, dit-il en faisant signe à Stone de sortir.

— Arrête ton char, Dino. Tu vas finir par me foutre la trouille, sourit Stone.

Dino, debout à côté de la voiture, l'arme au poing, n'avait pas l'air de prendre les choses à la rigolade. Il attendit que Stone ait refermé sa porte pour repartir.

16

Florence Tyler émergea du vieil immeuble qu'elle habitait sur la 10e Rue Ouest. Vêtue d'un tailleur chic, un sac Fendi à la main, elle se dirigea d'un pas tranquille vers Greenwich Village, jetant un coup d'œil au passage dans les bars et les restaurants, s'arrêtant ici et là pour lire un menu affiché dans une vitrine. Il était presque 18 heures lorsqu'elle trouva enfin ce qu'elle cherchait.

Un petit bar baptisé Lilith. Un endroit à la mode où se pressait déjà la clientèle du soir. Une clientèle exclusivement féminine.

Elle entra et s'installa sur un tabouret à l'extrémité du comptoir. La barmaid, habillée et coiffée comme un homme, s'approcha.

— Bonsoir, dit-elle d'une voix de baryton enjôleuse. Qu'est-ce que je vous sers ?

Une femme légèrement masculine, plutôt jolie, se glissa sur le tabouret voisin.

— C'est moi qui vous invite, laissa-t-elle tomber.

— Merci, mais je préfère rester seule, répondit Florence gentiment, mais fermement, regardant la femme droit dans les yeux.

Son interlocutrice hésita un instant et redescendit de son tabouret.

— Comme vous voulez, ma belle, dit-elle en s'éloignant d'un air faussement nonchalant.

— Un Dewar's, avec des glaçons, commanda Florence.

La barmaid la servit aussitôt. Elle avait vidé son verre à moitié lorsqu'elle aperçut une silhouette séduisante. Une femme, la trentaine tout au plus, venait d'entrer et jetait un regard hésitant autour d'elle. Elle était habillée à peu près comme Florence, avec un tailleur strict à rayures. Elle avait à la main un sac assez gros, presque une mallette. Même taille que Florence, même silhouette, même cheveux blonds. Elle traversa la salle, s'installa au comptoir à trois tabourets de Florence et commanda un Cosmopolitan[1].

— Je n'ai jamais pu me faire au Cosmopolitan, je trouve ça trop sucré, remarqua Florence avec un grand sourire.

— C'est vrai que c'est sucré ! Mais, au bout d'un moment, on ne peut plus s'en passer, répondit la jeune femme en souriant à son tour.

— Vous mettrez le cocktail de mademoiselle sur ma note, lança Florence à la barmaid.

— Merci beaucoup, dit l'inconnue.

— Pourquoi ne venez-vous pas vous installer à côté de moi ?

La jeune femme prit tant bien que mal son verre et sa mallette et se hissa sur le tabouret voisin.

— Bonsoir, je m'appelle Brett, dit Florence en lui tendant la main.

— Ginger, se présenta l'autre.

---

1. Un cocktail à base de vodka, Cointreau, jus de citron vert et jus de cranberry.

Florence garda quelques instants la main de sa voisine dans la sienne avant de demander :

— Vous êtes de New York ?

— Je suis originaire d'Indianapolis, mais ça fait six ans que j'habite ici. Je suis juriste, je travaille dans un grand cabinet de Manhattan. Et vous ?

— Je ne suis ici que pour quelques jours. J'habite San Francisco. Je suis marchande de tableaux, et je suis à New York pour des enchères, à la demande d'un client. Il y a une vente chez Sotheby's après-demain.

— Moi aussi, j'adore la peinture, déclara Ginger en sirotant son cocktail. Quel genre de tableaux ?

— Principalement des scènes figuratives de la fin du XIXe, et une sculpture de la même époque. Pas vraiment des pièces de musée. Pour trente à cinquante mille dollars, on trouve encore pas mal de trucs sympas.

— Trop cher pour moi, j'en ai peur, sourit Ginger.

— Vous avez déjà assisté à une vente de tableaux ? demanda Florence.

— Non, mais ça m'intéresserait beaucoup.

— Si vous pouvez vous libérer, vous n'avez qu'à m'accompagner chez Sotheby's après-demain.

— J'adorerais, mais je n'ai qu'une heure pour déjeuner et on croule sous le boulot en ce moment. Mon patron est spécialisé dans les affaires de divorce et nos clients sont plutôt du genre exigeant.

— Un autre jour, alors ?

— Oui, ce serait super.

— Vous habitez dans le coin ?

— Pas vraiment. Je vis dans l'Upper East Side, au coin de la 81e et de Lexington. Et vous ?

— Je suis descendue au Carlyle, 75e et Madison. Quel est votre restaurant préféré, Ginger ?

— Je ne sais pas. Je dirais Orsay, tout près de chez moi, 75e et Lexington.

— Puis-je vous inviter à dîner là-bas ce soir ? demanda Florence en sortant de son sac un minuscule téléphone portable. Si j'appelle tout de suite, on a peut-être encore une chance d'avoir de la place.

— Pourquoi pas ?

Florence composa le numéro du restaurant et réserva une table.

— Prenez le temps de terminer votre verre et allons-y, dit-elle.

Arrivées au restaurant, elles commandèrent un autre apéritif et firent un copieux dîner, arrosé d'une excellente bouteille de bordeaux. Tout au long du repas, la conversation roula principalement sur la famille de Ginger, ses centres d'intérêt, son travail.

— Vous n'allez jamais me croire, dit Ginger, mais mon patron défend actuellement une femme qui demande deux millions de dollars de pension alimentaire par an pour elle, cinq cent mille dollars pour leur enfant, et cinq millions pour son appartement de Park Avenue. Sans compter la limousine et les gardes du corps.

— Avec des exigences pareilles, pas étonnant qu'elle ait besoin de gardes du corps pour se protéger de son ex-mari ! s'exclama Florence en riant.

Elle fit signe au garçon de lui apporter l'addition.

— On va partager, proposa Ginger en saisissant sa mallette.

— Pas question. Je vous invite. Ou plutôt, ma galerie vous invite, répondit Florence. Vous ne le savez pas encore, mais vous représentez un gros client qui a un Magritte à vendre.

— Si c'est comme ça, d'accord. Je peux vous inviter à prendre un verre chez moi ?

— J'y comptais bien, dit Florence en tendant au garçon l'une de ses cartes de crédit.

Ginger vivait dans un appartement donnant sur un petit jardin, au rez-de-chaussée d'une maison de ville.

— C'est ravissant, constata Florence tandis que Ginger allumait les lumières extérieures, éclairant son petit coin de paradis urbain.

— Je sous-loue pendant un an seulement, expliqua Ginger. Cet appartement appartient à un ami qui se trouve en Europe.

— Qu'y a-t-il sous cette espèce de hangar, là-bas ? demanda Florence.

— C'est une petite serre. On peut y faire pousser des légumes très tôt dans la saison, et les replanter à l'extérieur dès que le temps le permet. En tout cas, c'est comme ça qu'ils disent de faire dans l'émission de Martha Stewart. Pour tout vous dire, je n'y connais pas grand-chose.

— Moi non plus, dit Florence en caressant la joue de Ginger avec le dos de la main.

Elle l'embrassa légèrement sur la bouche, et la réaction de Ginger ne se fit pas attendre. Quelques instants plus tard, les deux jeunes femmes déboutonnaient fiévreusement leurs vêtements.

Arrivées dans la chambre, Florence s'allongea sur le lit et laissa Ginger s'occuper d'elle. Elle n'était pas lesbienne à proprement parler, mais cette aventure ne lui déplaisait pas. Au bout du deuxième orgasme, elle prit Ginger et la roula sur le ventre.

— À ton tour, murmura-t-elle.

Elle ramassa le foulard Hermès de Ginger tombé à terre et lui attacha les mains dans le dos.

— Oh, Brett, c'est la première fois qu'on me fait ça, dit Ginger, surprise.

— Laisse-moi faire, ma chérie, répondit Florence, retournant sa compagne sur le dos. Les pieds, à présent, ajouta-t-elle en attrapant une ceinture sur le tas de vêtements roulés en boule à côté du lit.

— Qu'est-ce que tu vas me faire ? demanda Ginger, partagée entre la peur et l'excitation.

Florence saisit un petit carnet et un crayon sur la table de nuit.

— Tu vas commencer par me donner ton numéro de téléphone au bureau.

— Quoi ?

— Ton numéro de téléphone au bureau. Et celui de ton patron, également.

— Mais… pour quoi faire ? s'inquiéta Ginger. Qu'est-ce qui te prend, Brett ?

Florence lui colla un oreiller sur le visage et la pinça à un endroit particulièrement sensible. Étouffé par l'oreiller, le cri s'entendit à peine.

— Maintenant, tu vas faire exactement ce que je te demande. C'est compris ?

Ginger lui donna son numéro de téléphone professionnel et celui de son patron, que Florence nota sur le petit carnet. Elle ramassa ensuite son sac à main et en sortit un rasoir.

Comme Ginger commençait à se débattre sur le lit, Florence l'immobilisa en posant fermement une main sur sa bouche, avant de faire glisser superficiellement sur sa gorge la lame tranchante, dessinant une longue traînée rouge.

— Je vais retirer ma main, expliqua-t-elle. Je ne te conseille pas de crier, sinon je te fais très mal.

La prisonnière hocha la tête et Florence ôta sa main.

Ginger pleurait à chaudes larmes.

— Parfait, s'exclama Florence. Continue comme ça. Maintenant, laisse-moi t'expliquer, Ginger. Je vais composer le numéro de ton patron. Comment s'appelle-t-il ?

— Arnold, pleurnicha Ginger.

— Voici très exactement ce que tu vas lui dire entre deux sanglots. « Monsieur Arnold, c'est Ginger à l'appareil. J'ai eu un décès dans ma famille et je dois prendre l'avion pour Indianapolis ce soir. Je risque d'être absente pendant une semaine, peut-être un peu plus. Je vous appelle dès mon retour. Je suis vraiment désolée de vous prévenir si tard. » C'est compris ?

Tout en composant le numéro, Florence appuya le rasoir sur la gorge de Ginger dont les sanglots redoublèrent.

— Je refuse de dire ça ! lança-t-elle, se reprenant tout à coup.

Florence raccrocha et approcha la lame du sein gauche de Ginger.

— Je te conseille de faire exactement ce que je viens de te dire, sinon je te coupe le bout des seins.

Ginger, tétanisée, hocha la tête.

Florence composa à nouveau le numéro, attendit, tapa le numéro du poste de M. Arnold et passa l'appareil à Ginger tout en maintenant le rasoir contre son sein.

À la satisfaction de Florence, la jeune femme s'acquitta à merveille de sa mission.

Florence attendit une bonne minute que Ginger ait cessé de se débattre avant de retirer l'oreiller de son visage. Elle s'assura que son cœur ne battait plus, délia les mains de sa victime et défit la ceinture qui lui entravait les pieds, puis se rendit dans la cuisine où elle trouva une paire de gants de caoutchouc, un flacon de produit nettoyant et un vieux chiffon. Elle essuya longuement le corps, s'attardant sur les endroits susceptibles de conserver ses traces. Elle sortit d'un placard un drap propre dans lequel elle enroula le corps de Ginger, le laissant provisoirement sur le lit. Elle remit sa culotte, enfila un jean, un sweat-shirt et des tennis appartenant à Ginger, puis elle éteignit les lumières du jardin et sortit un instant afin de s'assurer que tout était calme. Personne aux fenêtres. Elle ouvrit la porte de la serre qu'elle trouva vide, à l'exception de deux gros sacs de terreau. Elle rentra dans l'appartement, balança le corps de Ginger sur son épaule et coula un dernier regard au dehors avant de traverser le jardinet en direction de la serre. Elle déversa le contenu des deux sacs de terreau sur le corps, l'ensevelissant complètement, et acheva sa mise en scène en disposant sur la terre fraîche quelques pots de fleurs trouvés le long de la clôture.

Transpirant à grosses gouttes, Florence rentra dans l'appartement, ôta ses vêtements et prit une douche brûlante sans quitter ses gants de caoutchouc. Après s'être entièrement séchée, elle récupéra les quelques cheveux tombés dans le bac à douche et les mit dans un sachet en plastique. Puis elle fit le tour de l'appartement, entièrement nue, à la recherche des objets dont elle allait avoir besoin : une valise dans laquelle elle empila quelques affaires de sa victime, et un passeport au nom de Ginger Harvey déniché au fond d'un tiroir. Elle vida son propre sac sur le lit, prit son portefeuille et ses cartes de crédit et les glissa dans la valise.

Puis elle se coucha, régla le réveil à 5 heures et s'endormit aussitôt.

À l'heure prévue, la sonnerie la tira d'un profond sommeil. Elle se leva, jeta pêle-mêle sur le lit les vêtements et les effets personnels de Florence Tyler, défit les draps et mit le tout dans le lave-linge de Ginger avec de la lessive et une bonne dose d'eau de Javel. En attendant la fin de l'essorage, elle se prépara un petit déjeuner composé d'un verre de jus de fruits, d'un yaourt et d'une tasse de café. La lessive terminée, elle enfourna draps et vêtements dans le tambour du sèche-linge et le démarra. Elle mit un drap et une housse de couette propres sur le lit et enfila le plus beau tailleur de sa victime.

Pendant ce temps, sa lessive avait fini de sécher. Elle sortit les draps, les plia, vida le filtre du sèche-linge dont elle mit le contenu dans un sac plastique avec les cheveux récupérés dans la douche, puis glissa le sachet au milieu des vêtements de Florence Tyler. Elle fit le tour de l'appartement, effaçant soigneusement toute trace de son passage à l'aide du chiffon et du produit nettoyant. Sûre de n'avoir rien laissé de compromettant derrière elle, elle mit sous son bras les vêtements de Florence Tyler, prit la valise de Ginger, referma derrière elle la porte de l'appartement, sortit de l'immeuble et s'engagea sur Lexington Avenue. Elle se débarrassa des affaires de Florence un peu plus loin dans une poubelle et monta dans le premier bus qui passait en direction du centre.

Lorsqu'elle en descendit, elle avait définitivement pris la place de Ginger Harvey.

17

Stone s'installa derrière son bureau et prit le temps de savourer la tasse de café italien particulièrement corsé qu'il s'autorisait chaque matin après son petit déjeuner. Il appela sa secrétaire sur l'interphone.

— Bonjour, Joan. Pourriez-vous me passer Herbie Fisher à son travail ? Un Walgreens à Brooklyn, vous devez avoir le numéro quelque part.

— Oui, je l'ai noté le jour de son premier rendez-vous. Je l'appelle tout de suite.

Stone se plongea dans la une du *Times* en continuant la dégustation de son café.

La voix de Joan l'interrompit presque aussitôt.

— Herbie ne s'est pas présenté à son travail ce matin. Vous voulez parler à son patron ?

— Oui, passez-le moi, dit-il en décrochant son poste. Bonjour. Vous êtes le responsable de Herbert Fisher ?

— Monsieur Wirtz, je suis le directeur du magasin.

— J'ai cru comprendre que Herbie n'était pas venu travailler ce matin.

— C'est exact.

— Il vous a dit pourquoi il ne pouvait pas venir ?

— Non, il ne m'a rien dit, et il n'est pas venu travailler hier non plus.

— Ça lui arrive souvent ?

— Eh bien, il lui est déjà arrivé de venir en retard avec la gueule de bois, mais c'est la première fois qu'il ne vient pas du tout.

— Je vous remercie, monsieur Wirtz, conclut Stone en raccrochant.

Il rappela Joan sur l'interphone.

— Essayez de joindre Herbie chez lui.

Joan le rappela peu après.

— C'est sa mère qui a répondu au téléphone. Je l'ai mise en attente.

Stone prit la ligne.

— Madame Fisher ?

— Madame Bernstein, répondit sa correspondante d'une voix cassante. Ça fait un bail que M. Fisher a disparu de ma vie.

— Désolé, madame Bernstein. Je m'appelle Stone Barrington. Je suis l'avocat de Herbie et j'aurais besoin de m'entretenir avec lui. Où puis-je le joindre ?

— Je croyais que son avocat s'appelait Levy.

— C'est à ma requête que Me Levy a accepté de défendre Herbie, madame. Mais j'ai impérativement besoin de joindre votre fils.

— Vous êtes flic, c'est ça ?

— Non, madame. Absolument pas. Vous n'avez qu'à regarder dans l'annuaire si vous voulez vérifier.

— Ne quittez pas, dit son interlocutrice en posant le combiné.

Stone prit son mal en patience, tambourinant des doigts sur son bureau. Il se demandait ce qui pouvait bien retenir si longtemps la mère de Herbie lorsqu'elle reprit finalement la conversation.

— C'est bon, je vous ai trouvé dans l'annuaire.

— Où se trouve Herbie, madame Bernstein ?

— Sur un bateau, quelque part.

— Sur un bateau ? Mais où ça ?

— Dans les îles, je ne sais pas exactement où. Il est parti rejoindre son oncle Bobby.

Stone faillit s'étouffer.

— Vous voulez dire… à Saint Thomas ?

— Oui. Saint quelque chose, en tout cas.

— Vous a-t-il dit quand il comptait rentrer ?

— Il attend que les choses se calment pour lui et que le juge l'oublie.

Stone crut qu'il allait se trouver mal.

— Et… il a l'intention de rester là-bas longtemps ?

— Je ne sais pas, moi. Un an, peut-être. Il a emporté presque toutes ses affaires.

— Madame Bernstein, vous a-t-il laissé un numéro de téléphone où le joindre, ou bien l'adresse de son hôtel ?

— Non, il m'a simplement dit qu'il m'enverrait une carte postale, répondit-elle. Au revoir, monsieur, dit-elle avant de raccrocher.

Stone, transformé en statue de sel, avait toujours le combiné scotché à l'oreille. Il se reprit finalement et appela Joan.

— Tout va bien ? demanda-t-elle.

— Non, tout va mal. Et même très mal, répondit Stone d'une voix blanche. Appelez-moi Bob Cantor sur son portable.

— Bien.

Quelques instants plus tard, elle le rappelait sur l'interphone.

— Le téléphone de Bob Cantor ne répond pas. J'ai eu un message disant qu'il avait quitté la zone de couverture. Que puis-je faire d'autre ?

— Bon sang ! Écoutez-moi bien : si jamais Irving Newman appelle ou envoie quelqu'un au sujet de la caution, j'ai dû partir à l'étranger d'urgence, je suis injoignable et vous ne savez pas quand je reviens. Compris ?

— Pas de problème.

— Maintenant, appelez-moi Tony Levy. Essayezd'abord son portable.

Son confrère répondit immédiatement.

— Ouais ?

— Tony, c'est Stone Barrington.

— Salut, Stone. Tu as du nouveau pour moi ?

— Non, mais toi, tu as peut-être du nouveau pour moi, répondit-il. À quelle date Herbie Fisher doit-il se présenter devant le juge ?

Levy eut un petit rire narquois.

— Il s'est fait la malle, c'est ça ?

— Moins tu en sais, mieux tu te portes, Tony. Contente-toi de répondre à ma question. Quand doit-il comparaître devant le juge ?

— Après-demain.

— Et merde ! Le juge Simpson est revenu ?

— Non, il sera encore absent au moins une semaine. C'est toujours la juge Kaplan qui le remplace.

Stone avait beau se triturer les méninges, il ne voyait pas comment la situation aurait pu être pire.

— Tony, il faut absolument que tu obtiennes un report.

— Pour quelle raison, et pour combien de temps ?

— Pour le motif, arrange-toi comme tu veux. Fais en sorte que le juge Simpson ait repris sa place et qu'il soit de très bonne humeur le jour où Herbie passera devant lui.

— Je vais voir ce que je peux faire. Si jamais je n'arrive pas à obtenir un report, y a-t-il la moindre chance que Herbie se présente quand même devant la juge Kaplan ?

— Je ne peux pas répondre à cette question, Tony.

— Comme tu veux, Stone. Et comment comptes-tu t'y prendre avec Irving Newman ?

— Je ne compte pas m'y prendre du tout, si tu veux tout savoir. Et je te conseille de faire pareil.

— Il n'est pas né de la dernière pluie, tu sais. Si j'obtiens un report, il le saura tout de suite par son correspondant au tribunal.

— Le correspondant en question ne saura que ce que tu voudras bien dire au juge Kaplan. Arrange-toi pour raconter un truc plausible.

— Je t'aime beaucoup, Stone, mais je n'ai pas l'intention de faire tout ça pour rien.

— Combien ?

— Cinq mille dollars. Le prix d'un pieux mensonge à un juge.

— Écoute, Tony…

— Tony rien du tout, Stone. À ce prix-là, tu sais aussi bien que moi que c'est une affaire.

— Bon, d'accord. Joan te mettra un chèque au courrier aujourd'hui.

— Pas un chèque ! Du liquide et rien que du liquide, comme d'habitude. Je vais peut-être te décevoir, Stone, mais je n'ai pas vraiment l'intention de partager ça avec l'oncle Sam.

— D'accord, d'accord. Si tu as absolument besoin de me joindre, appelle-moi sur mon portable, conclut Stone en lui donnant son numéro.

— C'est toujours un plaisir de faire des affaires avec vous, cher confrère, ironisa Tony.

Stone raccrocha et appela Dino.

— Bacchetti à l'appareil.

— Dino, tu peux prendre quelques jours de congé ?

— Pour quoi faire ?

— Quelques jours dans les îles, histoire de réchauffer ta calvitie naissante au soleil des tropiques.

— Tu sais aussi bien que moi que je n'ai pas de calvitie naissante, puisque je suis d'origine italienne.

— Rudy Giuliani aussi, et ça ne l'empêche pas d'être chauve.

— Aux frais de quelle princesse doit se faire ce charmant périple ?

— Aux miens. En échange, j'ai besoin que tu me procures un mandat d'extradition sans passer par la voie hiérarchique.

— À quel nom ?

— À celui de Herbie Fisher. Il a pris la poudre d'escampette en oubliant malencontreusement qu'il était libéré sous caution. Si je n'arrive pas à lui remettre la main dessus, j'en suis pour deux cent vingt-cinq mille dollars de ma poche. Le montant de ce que je dois à Irving Newman.

— Oh, putain ! Pour le mandat d'extradition, ça va être impossible, ils ont récemment changé la procédure.

— Alors, arrange-toi pour m'apporter un mandat en blanc et je le remplirai moi-même.

— Ça, c'est faisable. Quand part-on ?

— Tu as tout juste le temps de passer chez toi faire ton sac. En attendant, trouve-toi une bonne excuse pour Mary Ann.

— De ce côté-là, pas de problème. Je te mettrai tout sur le dos, comme d'habitude.

— Je te rappelle dès que j'ai l'horaire de l'avion.

Stone raccrocha et appela sa secrétaire.

— Joan, il me faudrait deux places, pour Dino et moi, sur le prochain vol à destination de Saint Thomas. Pour le retour, prévoyez un billet supplémentaire au nom de Herbie Fisher. Et n'oubliez pas de nous trouver un hôtel correct.

— Il y a deux ans, j'étais descendue au Harborview. Ça devrait vous plaire, proposa Joan.

— Je vous fais confiance, dit Stone.

Quelques minutes plus tard, Joan avait tout réglé.

— Votre avion décolle dans une heure et demie, avec un changement à San Juan. Vous serez à Saint Thomas pour dîner.

— Merci, Joan.

Il appela aussitôt Dino sur son portable.

— Bacchetti à l'appareil.

— On s'envole dans une heure et demie, mon gars. Il vaudrait mieux que ton chauffeur se serve de la sirène et du gyrophare si on veut arriver à temps à l'aéroport.

— J'espère au moins que tu as pris des premières, répondit Dino.

Stone lui donna le numéro du vol.

— Appelle les huiles de Kennedy, prends ton air le plus officiel et dis-leur de ne pas laisser partir l'avion sans nous, suggéra Stone. Et n'oublie surtout pas ton badge.

— Je ne sors jamais sans mon badge, répondit Dino.

18

En bout de piste, sur l'aéroport de San Juan, le pilote faisait le point avant le décollage, les moteurs du DC-3 à plein régime.

Stone était ravi. Il n'était pas monté à bord d'un avion de ce type depuis son enfance, et le ronronnement des moteurs le fascinait.

— C'est vraiment génial, tu ne trouves pas ? dit-il à l'adresse de Dino.

Celui-ci, les mains crispées sur les accoudoirs de son siège, ne répondit même pas.

— Tu ne trouves pas ça génial, de se retrouver dans un vieux DC-3 ? insista Stone en lui envoyant un coup de coude.

— Un avion à hélices, tu parles d'une chance, répondit Dino d'une voix rauque.

— Oui, et alors ?

— Pas le moindre réacteur.

— Je ne sais pas si on te l'a déjà dit, mais tu as un sacré sens de l'observation, plaisanta Stone.

— Non, mais tu as vu ? Ce coucou a le nez en l'air et la queue qui traîne par terre. On ne décollera jamais.

— Bien sûr que sa queue traîne par terre. Comme tous les vieux avions.

— Le problème avec les vieux avions, c'est qu'ils ont la fâcheuse habitude de s'écraser.

Dino lâcha un accoudoir pour agripper le bras d'une hôtesse qui passait dans l'allée.

— Donnez-moi quelque chose à boire, supplia-t-il.

— Je suis désolée, monsieur, mais le vol ne dure pas assez longtemps pour que nous puissions proposer des boissons aux passagers. Nous serons à Saint Thomas dans une demi-heure.

— Si je vous dis que je suis flic, ça change quelque chose ?

— Nous n'avons pas la moindre goutte d'alcool à bord, monsieur. Je vous conseille de vous détendre, ce vol est de très courte durée.

Dino lâcha le poignet de l'hôtesse et se cramponna à nouveau à son siège. L'avion s'ébranla lentement et prit peu à peu de la vitesse. Les yeux fermés, le policier s'attendait au pire. Au bout d'une éternité, l'avion décolla pesamment et entama sa montée.

— Tu vois, constata Stone, ça vole.

Ils virent la côte s'éloigner, puis l'avion s'enfonça dans les nuages. De violentes secousses remuèrent l'appareil. Aussitôt, la voix du pilote émergea des haut-parleurs :

— Mesdames et messieurs, c'est le commandant qui vous parle. Nous nous trouvons actuellement dans une zone de turbulence. Nous nous excusons de la gêne occasionnée, mais il semble que notre vol d'aujourd'hui soit perturbé par des orages. Pour votre sécurité, nous vous demandons de garder votre ceinture attachée. Merci.

Dino lâcha son accoudoir pour serrer sa ceinture au maximum, bloquant presque la circulation de ses jambes.

— Je crois qu'on va bien s'amuser, sourit Stone au moment où l'avion parvenait à son altitude de croisière.

Dino jeta un regard apeuré à travers le hublot.

— Tu ne trouves pas qu'on vole anormalement bas ?

— C'est un vol très court, Dino. Ça ne servirait à rien de monter plus haut. On arrive dans vingt minutes.

L'appareil, aspiré par un trou d'air, chuta brusquement de plusieurs dizaines de mètres.

— Puuuttttain ! marmonna Dino en serrant les dents.

— Pas de quoi s'inquiéter, tenta de le rassurer Stone.

Depuis quelques instants, il ne se sentait pas très bien lui-même.

L'avion vira soudainement sur la droite et garda le cap pendant dix minutes avant d'opérer un virage sec à gauche. Ici et là, des sacs et des effets personnels tombaient des compartiments situés au-dessus des passagers.

Brusquement, au moment où une violente averse s'abattait sur l'appareil, ils se trouvèrent plaqués sur le tarmac. En freinant, l'avion louvoya de manière inquiétante et s'arrêta enfin devant le terminal.

— Il me faut un verre, de n'importe quoi, tout de suite, lança Dino.

— Tu attendras qu'on arrive à l'hôtel, répondit Stone.

Il pleuvait toujours aussi fort lorsqu'ils montèrent dans un taxi, et le peu qu'ils aperçurent de la ville de Charlotte Amalie à travers les vitres détrempées n'avait pas l'air particulièrement gai. La voiture emprunta une route en pente et s'arrêta devant l'entrée d'un petit hôtel. Quelques minutes plus tard, Stone et Dino prenaient possession de deux chambres communicantes.

— Tu as toujours envie de boire un verre ? cria Stone à travers la cloison.

— J'ai surtout besoin d'une transfusion sanguine, répondit Dino. Laisse-moi tranquille.

— Notre table nous attend pour le dîner dans vingt minutes, cria Stone. Tu as tout juste le temps de te changer.

Vingt minutes plus tard, ils émergeaient sur une vaste terrasse dominant les lumières de la ville. La pluie s'était arrêtée et les nuages avaient disparu, dévoilant une nuit brillamment étoilée. Les deux hommes s'installèrent confortablement devant une table basse et prirent les menus que leur tendait le serveur. Stone en profita pour commander deux *piña coladas.*

— Un double scotch pour moi, commanda Dino.

— Pas question, protesta Stone. Je te rappelle qu'on est aux Antilles, pas en Écosse.

Les cocktails, servis glacés, étaient délicieux. Stone ouvrit son téléphone portable afin de s'assurer qu'il captait convenablement le réseau. Il composa le numéro de Bob Cantor et tomba une fois de plus sur son répondeur.

— Ou bien Bob est sur un bateau, ou bien il a débranché son téléphone, dit-il.

Dino admirait le paysage.

— Ce n'est pas moi qui vais lui donner tort. À sa place, je ferais la même chose.

Un pianiste jouait en sourdine et les premiers clients commençaient à arriver.

— Tu as appelé le bureau du procureur ce matin comme je te l'avais demandé, pour qu'il abandonne les poursuites engagées contre Herbie ? demanda Stone.

— Comme si j'avais eu le temps, grommela Dino. J'étais à peine arrivé au bureau quand tu m'as appelé pour prendre l'avion.

— Il faut absolument que tu téléphones demain matin, insista Stone. On aura moins de mal à convaincre Herbie de rentrer à New York s'il n'est plus sous le coup d'une inculpation pour homicide.

— Ouais, d'accord, admit Dino. Maintenant, ce serait sympa si tu me laissais déguster tranquillement ce cocktail ridicule en profitant de la vue.

— Je t'en prie.

— Je ne t'en demande pas tant. Du moment que c'est toi qui invites.

Le serveur s'approcha et prit la commande.

— Votre table sera prête d'ici une vingtaine de minutes, dit-il. Puis-je vous proposer une autre *piña colada* pour patienter ?

— Et comment, répondit Dino.

— Et ton scotch ? s'étonna Stone.

— Je te rappelle qu'on est aux Antilles, pas en Écosse.

Stone eut un petit rire.

— C'est dommage qu'on n'ait pas pu emmener Mary Ann.

Dino lui jeta un regard faussement assassin.

— C'est toujours la même chose avec les célibataires. Vous n'y comprenez rien. Heureusement pour toi qu'elle n'est pas là. Rien qu'avec la boutique duty free, tu te serais retrouvé sur la paille !

— Comment ça, je me serais retrouvé sur la paille ?

— C'est toi qui invites, vieux. Tu avais déjà oublié ?

— J'ai les idées larges et le cœur sur la main, mais de là à payer ta note de duty free… Ne compte pas sur moi pour t'acheter un appareil photo ou une Rolex. En plus, je doute que nous ayons vraiment le temps de faire du shopping. Je te rappelle qu'on est ici pour retrouver Herbie.

— Comment comptes-tu t'y prendre ? demanda Dino.

— Si Bob Cantor s'obstine à ne pas répondre au téléphone, je n'en ai pas la moindre idée, répondit Stone.

À cet instant précis, la lueur éblouissante d'un flash les aveugla.

— Bonsoir, messieurs, fit une voix avec un fort accent new-yorkais. Je vous laisse ma carte, si le cœur vous en dit. Vingt dollars la photo.

Le temps de recouvrer la vue, et Stone découvrit Herbie Fisher planté devant lui.

19

Le sourire niaisement commercial de Herbie s'effaça aussitôt.

— Je… euh… émit-il, la gorge nouée.

Stone, éberlué, mit quelques instants avant de reprendre ses esprits.

— Salut, Herbie, finit-il par dire.

Celui-ci, pris de panique, tourna brusquement les talons et traversa la terrasse en courant avant de disparaître par une porte.

— Ramène-toi ! lança Stone à Dino.

Les deux hommes s'extirpèrent péniblement de leurs sièges rembourrés en se prenant les pieds dans la table basse et se lancèrent à la poursuite de Herbie. Stone eut tout juste le temps de le voir s'enfuir en direction du parking de l'hôtel. Il voulut passer à la vitesse supérieure et perdit un mocassin dans l'opération.

— Attrape-le ! hurla-t-il à Dino en retournant sur ses pas pour ramasser sa chaussure.

Lorsqu'il finit par le rejoindre, Dino, les bras ballants, regardait en vain la rue déserte.

— Par où est-il parti ? demanda Dino.

— Je ne sais pas, je n'ai pas eu le temps de voir, à cause de ma chaussure.

— Tu fais un putain de chasseur, Stone.

Un peu plus loin, derrière une haie d'arbres, un moteur démarra et une voiture s'éloigna sur les chapeaux de roues dans un long crissement de pneus. Stone se précipita derrière le bosquet et vit une jeep jaune tourner le coin de la rue.

— À défaut d'autre chose, on sait au moins quelle voiture il a, remarqua-t-il.

— Une jeep ? ricana Dino. Je ne sais pas si tu as remarqué, mais une bonne moitié des touristes de cette île conduisent des jeeps de location.

— Oui, mais celle-là est jaune, remarqua Stone. Ça restreint notre champ d'investigation.

— Bon, on verra ça plus tard. Moi, j'ai faim, dit Dino.

Ils retournèrent à l'hôtel et rejoignirent la petite table où les attendaient deux *piña coladas* à moitié tièdes.

— Votre table est prête, messieurs, leur annonça le serveur. Si vous voulez bien me suivre…

Ils s'installèrent sur la banquette, face à la salle, afin de mieux profiter de la vue, et commandèrent du vin.

— Comment va-t-on faire pour le retrouver, maintenant ? demanda Dino en attaquant son entrée.

— Il va s'empresser d'appeler son oncle Bob, mais il aura autant de mal que moi à le joindre. Dès que Bob sera à nouveau joignable, je vais lui expliquer la situation. Je compte sur lui pour mettre un peu de plomb dans la tête de son neveu.

— Tu crois que ça peut prendre longtemps ? s'inquiéta Dino.

— Ça fait au moins quatre jours que Bob se trouve ici. Il ne devrait pas tarder à rentrer à New York.

— Et s'il est en vacances pour trois semaines ?

— Ne parle pas de malheur.

— Quand Herbie doit-il se présenter devant le juge ?

— Après-demain.

— Génial.

— J'ai appelé Tony Levy et je lui ai demandé de s'arranger pour obtenir un report.

— Qui est le juge ?

— Kaplan.

— Alors, tu l'as dans l'os, conclut Dino en riant. Tu en seras pour un quart de million de dollars de ta poche. À ton retour, tu verras qu'Irving Newman aura fait saisir ta maison.

— Arrête, Dino, tu me coupes l'appétit.

— Tu as appelé Irving ?

— Non. J'espère qu'il n'a pas encore appris la fuite de Herbie. Comment voudrais-tu qu'il le sache ?

— En tout cas, je peux te dire qu'il risque de trouver ça bizarre, dans deux jours, quand on lui apprendra que Tony Levy s'est présenté seul devant la juge Kaplan, la queue entre les jambes. Je ne sais pas si tu es au courant, mais Irving a des types à lui dans tous les tribunaux de la ville.

— Je sais, je sais. On ne pourrait pas parler d'autre chose ?

— Surtout qu'Irving n'est pas du genre à se laisser embobiner pour un quart de million de dollars.

— Arrête, je te dis ! Tu me rends malade.

— Tu dois bien avoir quelques économies à la banque, non ? Tu pourrais faire un chèque à Irving.

— Il faudrait que je vende des actions, et ce n'est pas vraiment le moment. La Bourse finira bien par rebondir, mais ça me coûterait une fortune de lui faire un chèque actuellement.

— Tu n'a pas déjà fait un emprunt, la semaine dernière, pour couvrir tes pertes en Bourse ?

— Dino, si tu ne changes pas de sujet de conversation tout de suite, je vais chercher ton flingue dans ta chambre et je te descends.

— Je n'ai pas pris mon flingue.

— On parle d'autre chose, O.K. ?

— D'accord, d'accord.

Dino avala une bouchée avant de reprendre :

— Tu as prévenu Carpenter que tu avais dû partir en catastrophe ?

— Non, et tu fais bien de me le rappeler, grogna Stone.

Il sortit son téléphone et composa le numéro de l'hôtel Lowell.

— Sous quel nom est-elle descendue, déjà ?

Dino réfléchit un moment.

— Je ne sais plus, finit-il par répondre. Je m'y perds, avec tous ses noms.

À l'autre bout du fil, le réceptionniste du Lowell décrocha.

— Un instant je vous prie, demanda Stone en couvrant de la main son téléphone. Allez, Dino, aide-moi.

— Je t'assure, j'ai complètement oublié.

— Moi aussi… Ah, si ! se rappela soudain Stone en se frappant le front. Susan !

— Bingo !

— J'aurais souhaité parler à Susan Kinsolving, s'il vous plaît.

Le réceptionniste laissa longuement sonner dans la chambre de la jeune femme avant de reprendre la ligne.

— Désolé, monsieur, ça ne répond pas. Souhaitez-vous laisser un message ?

— S'il vous plaît.

Après le bip, Stone laissa son message.

— Bonsoir, c'est Stone. J'ai dû partir précipitamment pour affaires. Merci de m'appeler sur mon portable dès que tu peux.

Il laissa son numéro, au cas où Carpenter l'aurait perdu.

— Je serai de retour dans un jour ou deux, ajouta-t-il, et il raccrocha.

Dino éclata de rire.

— Un jour ou deux ? Tu crois au Père Noël ou quoi ?

— Avec un peu de chance…

— La chance, tu l'as bêtement laissé passer tout à l'heure quand tu as laissé filer Herbie.

— Parce que c'est moi qui ai laissé filer Herbie ? s'indigna Stone.

— Ce n'est pas moi, en tout cas, remarqua Dino.

— Il était pourtant de ton côté. Il te suffisait de l'attraper par la chemise.

— Je ne voyais plus rien, à cause du flash.

— Eh bien, moi non plus, figure-toi.

L'une de leurs voisines de table se pencha vers eux.

— Excusez-moi de vous déranger, dit-elle, mais vous êtes mariés ensemble depuis combien de temps ?

— Je suis désolé, répondit Stone.

— En tout cas, vous avez tout d'un vieux couple, poursuivit-elle avant de retourner à son assiette.

— Tu me colles la honte, murmura Stone.

— Quoi ? s'exclama Dino, indigné. Tu oses dire que c'est moi qui te colles la honte ?

— Je t'avais pourtant demandé de parler d'autre chose.

— Je te ferai remarquer que c'est ce que j'ai fait, se défendit Dino.

— Messieurs, je vous en prie, s'interposa leur voisine.

— Je suis vraiment désolé, s'excusa à nouveau Stone.

— J'avais pourtant changé de sujet de conversation, murmura Dino.

— Ta gueule, répondit Stone.

20

Carpenter prit son téléphone, composa le numéro privé de Stone et tomba sur son répondeur. Elle raccrocha sans laisser de message. Elle essaya son portable et tomba cette fois sur un disque lui annonçant que son correspondant n'était pas joignable.

Elle se trouvait dans le petit bureau réservé aux agents de passage, dans les locaux très discrets que se partageaient à New York le MI5 et le MI6 britanniques. Carpenter ne se sentait pas dans son assiette ; elle était fatiguée, elle avait faim, et n'avait envie que d'une chose : dîner avec Stone, quelque part. Mais cela semblait mal parti. Elle attrapa son manteau, signa le registre des départs à l'accueil et se fit ouvrir la porte. P.J. Clarke's était tout près et elle décida de s'y rendre, sans se préoccuper de savoir si elle était suivie.

Il était presque 20 heures et le restaurant était bondé.

— Nous n'aurons aucune table libre avant au moins trois quarts d'heure, lui signala un serveur. Mais si vous n'avez pas la patience d'attendre, vous pouvez dîner au bar.

Elle s'en approcha et regarda autour d'elle. Tout au bout, deux ouvriers d'un chantier de construction voisin, avec leurs casques de protection sur la tête, avaient l'air de vouloir prendre racine. Plus près d'elle, des publicitaires discutaient bruyamment autour de leur énième verre. À l'autre extrémité, une femme seule était en train d'ôter son manteau. Carpenter s'installa à deux tabourets d'elle et commanda un Wild Turkey, faisant bien attention de ne pas oublier son accent américain.

— Une buveuse de bourbon, laissa tomber la femme. Vous êtes du Sud, au moins.

Elle avait le tailleur réglementaire de quelqu'un qui sort du bureau, et un sac à main en forme de mallette posé sur le bar, la rubrique mondaine du *New York Post* étalée devant elle.

— Non, je suis du Midwest, dit Carpenter, pas fâchée de pouvoir tester sur sa voisine la crédibilité de son personnage.

— Vous êtes à New York depuis longtemps ?

— En fait, j'habite à San Francisco. Je suis ici pour affaires.

— San Francisco, répéta la femme d'une voix rêveuse. J'adore cette ville.

— Comme tout le monde, je crois, répliqua Carpenter avec un sourire. Et vous, que faites-vous à New York ?

— Je suis avocate.

— Pour quel cabinet ?

— J'ai quitté mon job il y a une semaine, et je commence tout juste à chercher un nouveau boulot.

— Vous avez déjà des pistes ?

— J'ai passé deux entretiens aujourd'hui. Le premier s'est plutôt bien déroulé. Vous connaissez le cabinet Woodman & Weld ?

— J'en ai entendu parler. J'ai un ami qui travaille régulièrement pour eux.

Carpenter but une gorgée de Wild Turkey et demanda au barman de lui apporter un menu.

— Vous n'avez pas envie de manger quelque chose ? proposa-t-elle à sa voisine. Comme il n'y a pas de place ailleurs, je crois que je vais dîner ici.

— Pourquoi pas ? approuva la femme en regardant à son tour le menu. Je vais prendre un steak à point avec des frites maison. J'ai faim.

— Moi aussi, acquiesça Carpenter. Deux steaks à point avec vos frites maison, dit-elle au barman. Et mettez-nous une bouteille de cabernet convenable. Je vous laisse choisir.

Le barman hocha la tête et s'éloigna afin de transmettre la commande.

— C'est la première fois que je vois quelqu'un de Californie laisser le choix du vin au barman, dit la femme en riant. Tous les Californiens que je connais boivent des vins dont personne n'a jamais entendu parler au-delà de Las Vegas.

— En fait, j'aime bien boire du vin, mais je n'y connais pas grand-chose. Je m'arrange toujours pour laisser les mecs choisir.

— Quel est votre restaurant préféré à San Francisco ? demanda la femme.

— Postrio, répondit Carpenter.

— Ah bon ? Je croyais que c'était fermé.

— Non, ils l'ont entièrement refait et ils ont engagé un nouveau chef. On y mange mieux que jamais.

Carpenter se promit de se renseigner pour savoir si Postrio avait vraiment fermé ses portes. Ce n'était pas très prudent de sa part de se laisser piéger de la sorte.

— Où êtes-vous descendue ? demanda sa voisine.

— Au Carlyle.

— C'est un peu cher pour un voyage d'affaires, non ?

— Je descends toujours dans des hôtels corrects et je voyage en première classe, rétorqua Carpenter. C'est l'avantage d'avoir un poste de vice-présidente.

— Vous avez de la chance.

— Je ne me plains pas, confirma Carpenter en se demandant si elle ne forçait pas un peu trop sur son accent américain. Dans quel quartier habitez-vous ?

— Dans l'Upper East Side.

— C'est un coin que j'aime beaucoup.

On leur apporta leurs steaks et elles commencèrent à manger.

— Plutôt pas mal, ce vin, commenta la femme en tournant la bouteille pour lire l'étiquette. C'est un Jordan Cabernet.

— En tout cas, il est bon.

— Après tout, ce n'était pas une si mauvaise idée de demander au barman de choisir.

— Vous voyez que j'avais raison. Sinon, depuis combien de temps habitez-vous à New York ?

— Ça fait quatre ans, répondit la femme.

— C'est facile de rencontrer des mecs, ici ?

Elle secoua la tête avant d'ajouter :

— Plus il y en a, moins on en trouve.

— Exactement comme à San Francisco ! Tous ceux qui ne sont pas mariés sont homos. Quand ils ne sont pas les deux à la fois.

La remarque fit rire sa voisine.

— À qui le dites-vous !

Lorsqu'elles eurent fini leur assiette, le barman leur demanda si elles désiraient un dessert.

— Qu'est-ce que vous nous proposez ? demanda Carpenter.

— Personnellement, j'ai un faible pour la tarte aux pommes et aux noix, servie avec une grosse boule de glace vanille.

— Vendu !

— La même chose pour moi, ajouta la femme. Je sais que je le regretterai demain, en me pesant, mais tant pis.

— C'est pour ça que je ne me pèse jamais, sourit Carpenter.

Elles dégustèrent leur tarte en silence, puis Carpenter demanda l'addition qu'elle régla avec l'une des cartes de crédit établies au nom de Susan, ajoutant à l'intention de sa voisine :

— Vous êtes mon invitée.

— Merci beaucoup ! Comment vous appelez-vous ?

— Susan Kinsolving, répondit Carpenter en tendant la main.

— Et moi, c'est Ginger Harvey, se présenta sa voisine. Puis-je vous inviter à prendre un café quelque part ?

— Je vous remercie, mais la journée a été longue et je suis épuisée. Peut-être une autre fois.

Carpenter lui fit un petit signe de la main, sortit du restaurant et héla un taxi.

— Au Carlyle, 76e Rue et Madison, dit-elle.

— Pas de problème, répondit le chauffeur.

— Vous pourriez me rendre un petit service ? Dans votre rétroviseur, est-ce que vous pouvez voir si le taxi suivant a chargé une passagère ?

— Oui, une femme qui sortait de chez P.J. Clarke's, répondit le chauffeur.

— Alors, prenez votre temps et arrêtez-vous sagement aux feux, lui recommanda Carpenter.

Elle sortit son téléphone portable et appuya sur une touche d'appel automatique.

— Carpenter à l'appareil. Je crois avoir été repérée, et il me semble qu'il s'agit de notre amie. Je suis dans un taxi sur la 3e Avenue, à hauteur de la 57e Rue, et elle se trouve dans une voiture juste derrière. Je vais au Carlyle. Appelez la direction et arrangez-vous pour qu'ils me fassent une fiche de toute urgence. Vous croyez que vous arriverez à m'envoyer quelqu'un en moins de dix minutes ? Non ? C'est bien ce que je pensais. En tout cas, n'appelez pas les flics, on va devoir s'occuper d'elle tout seuls, comme des grands.

Elle raccrocha.

— Ça, c'est rigolo, s'étonna le chauffeur.

— Qu'est-ce qui est rigolo ?

— Quand vous êtes montée dans mon taxi, vous n'aviez pas l'accent anglais.

Carpenter lui tendit un billet de cinquante dollars.

— Voilà de quoi vous faire tout oublier, dit-elle. Arrêtez-moi devant l'hôtel, laissez tourner le compteur et ne chargez personne d'autre avant d'avoir fait au moins un kilomètre. D'accord ?

Le chauffeur regarda le billet qu'elle lui tendait avec des yeux ronds.

— Pour ce prix là, tout ce que vous voulez.

Carpenter sortit du taxi et se dirigea vers la réception du Carlyle d'un pas décidé.

— Je suis madame Carpenter. Vous avez ma clé ?

L'employé de la réception l'observa quelques instants, puis il ouvrit un tiroir et lui tendit une clé.

— Dernier étage, la suite intérieure, comme convenu, se contenta-t-il de dire.

— Si on me demande, appelez immédiatement le numéro qu'on vous a donné, précisa-t-elle. J'attends quelqu'un d'une minute à l'autre.

— Je vous souhaite une bonne nuit, madame, répondit l'employé.

Carpenter regarda le numéro indiqué sur la clé afin de donner l'étage au liftier. L'ascenseur venait tout juste de se mettre en route lorsque son téléphone vibra.

— Oui ?

— On va avoir besoin de vingt minutes pour installer une équipe, annonça son correspondant.

— Tant que ça ?

— Le temps de réunir tout le monde. Ne réponds à personne tant que nous ne t'avons pas prévenue.

— O.K.

Elle referma son téléphone d'un geste sec et sortit de l'ascenseur. Elle trouva sa suite, ouvrit la porte, entra et referma aussitôt derrière elle, prenant la précaution de mettre la chaîne de sécurité. Les fenêtres donnaient sur une petite cour intérieure, mais elle tira les rideaux avant d'allumer la lumière. Elle décrocha le téléphone et composa un numéro.

— Tout va bien, dit-elle. Maintenant, notez ça : Ginger Harvey, avocate, vivant dans l'Upper East Side.

— Ne quitte pas.

Elle entendit quelqu'un pianoter sur un clavier d'ordinateur.

— Ginger Harvey, 81e Rue Est, près de Lexington Avenue.

— Arrangez-vous pour envoyer quelqu'un là-bas tout de suite. Si personne ne répond, introduisez-vous dans son appartement et rappelez-moi.

Elle raccrocha, enleva ses chaussures et commença à faire les cent pas. Ginger Harvey existait donc bel et bien. Quelque chose ne collait pas.

21

Ils finirent de dîner rapidement et Stone se dirigea vers la réception.

— Juste un renseignement, demanda-t-il à l'employée installée derrière le comptoir. Où pourrais-je trouver le jeune photographe qui était ici tout à l'heure ?

— J'espère qu'il ne vous a pas importuné ! s'affola la femme. Il est venu hier soir pour la première fois, et je lui ai bien précisé de ne pas ennuyer les clients.

— Non, pas du tout, la rassura Stone. J'ai juste besoin de lui parler, c'est tout.

— Dans ce cas… Mais je n'ai qu'un simple numéro de téléphone, répondit-elle.

Elle fouilla dans un tiroir dont elle finit par extraire une carte grossièrement imprimée sur laquelle on pouvait lire : « Herbie, l'œil magique – Photos-souvenirs, tirages rapides. »

— Je vous remercie, dit Stone. J'aurais également souhaité savoir s'il vous restait des voitures à louer.

— Il me reste une jeep, répondit la femme en lui tendant des clés. Je fais mettre la location sur votre chambre, monsieur Barrington ?

— Je vous remercie infiniment.

Les deux hommes prirent la direction du parking où une jeep rouge les attendait.

— Arrange-toi pour te souvenir de la route. Je n'ai pas envie qu'on se perde en rentrant à l'hôtel, lança Stone en démarrant.

— Pas de problème. Une petite promenade digestive ?

— Une petite promenade du côté des hôtels de la ville, répondit Stone. Je doute que Herbie soit allé se cacher dans un couvent. Après nous avoir semés, il aura repris son business ailleurs.

— À tous les coups.

La nuit était particulièrement douce. À chaque nouvel hôtel, Dino et Stone faisaient le tour du parking à la recherche de la voiture de Herbie. Ils trouvèrent bien deux jeeps jaunes, mais aucune trace du photographe. En désespoir de cause, Stone tenta à nouveau de joindre Bob Cantor sur son portable. Cette fois, il décrocha.

— Bob ? Mais où diable étais-tu ?

— Qui est à l'appareil ?

— C'est Stone. Ça fait une éternité que je cherche à te joindre.

— J'étais sur un bateau. On vient tout juste de rentrer à Red Hook.

— Red Hook ? Où est-ce que ça se trouve ?

— À la pointe est de l'île. Qu'est-ce qui se passe ? Pourquoi as-tu un besoin aussi urgent de me joindre ?

— Tu as eu des nouvelles de ton neveu ?

— Non, tu es le premier à m'appeler depuis que j'ai rebranché mon portable. Pourquoi veux-tu que Herbie m'appelle ?

— Il a quitté New York alors qu'il était en liberté sous caution.

— Qu'est-ce qu'il a encore fichu ? C'est toi qui l'as fait arrêter ? Si c'est ça, ma sœur va me tuer à mon retour.

— Non, je peux t'assurer que je n'y suis pour rien. Herbie s'est mis dans le pétrin tout seul, et je fais tout ce que je peux pour l'en sortir. J'ai même demandé à Irving Newman de payer sa caution, et il en a profité pour se faire la malle. Une caution d'un quart de million de dollars.

— Un quart de million ! Mais qu'est-ce qu'il a bien pu faire pour ce prix-là ?

— Je te raconterai quand on se verra, répondit Stone. Quelle est la route la plus simple pour aller à Red Hook ?

Cantor lui indiqua le chemin, sans oublier de préciser le nom de son bateau.

— Tu en as pour trente à quarante-cinq minutes.

— Pas de problème, dit Stone. Tu peux être sûr qu'Herbie va chercher à t'appeler. Dès que tu reçois son coup de fil, dis-lui de venir te rejoindre, mais ne lui dis pas que tu m'as eu au téléphone. Il doit être persuadé que je suis ici pour le ramener en prison.

— Pourquoi ? Tu as l'intention de le remettre en taule ?

— Bien sûr que non ! Je fais tout pour lui obtenir une condamnation mineure, avec mise à l'épreuve. Il est censé se présenter devant le juge dans moins de trente-six heures. S'il n'est pas présent à l'audience, j'en suis pour une fortune de ma poche.

— N'aie pas peur, Stone. Je vais lui parler.

— Non, ne lui dis rien, laisse-moi faire. Et si jamais il trouve le moyen d'arriver à Red Hook avant moi, fais l'idiot et arrange-toi pour le retenir un moment.

— Comme tu voudras, répliqua Cantor.

Stone raccrocha.

— On va à Red Hook.

— J'ai sommeil, moi, bougonna Dino. Tu as vu l'heure qu'il est ? Il est minuit passé.

— Tu dormiras plus tard, répondit Stone en prenant la route de Red Hook.

Carpenter sursauta. Elle venait d'entendre du bruit derrière la porte. Elle se précipita sur son sac et sortit son petit Walther auquel elle vissa un silencieux. Le Carlyle était un établissement trop chic pour apprécier les coups de feu. Elle traversa la pièce pieds nus et regarda à travers le judas. Rien. Elle s'aplatit contre le mur et attendit.

Quelqu'un sonna à la porte, la faisant sursauter à nouveau. Elle n'ouvrit pas pour autant.

— Carpenter ! fit une voix dans le couloir.

Elle mit une nouvelle fois son œil au judas.

— Qui est là ? demanda-t-elle.

— Mason, répondit la voix.

Son collègue n'aurait jamais utilisé son pseudonyme s'il avait parlé sous la menace d'une arme. Carpenter défit la chaîne de sécurité et ouvrit la porte tout en restant sur ses gardes.

Mason pénétra dans la pièce.

— Tout va bien, je suis seul.

— Comment se fait-il que tu sois tout seul ? s'étonna-t-elle. On dirait que tu ne sais pas à qui nous avons affaire.

— Bien sûr que si, répondit-il avec son accent aristocratique traînant.

— Pourquoi ne m'as-tu pas téléphoné avant de monter ? Un peu plus et je te tirais dessus à travers la porte.

— Pourquoi ? J'aurais dû appeler ?

— Laisse tomber. Où sont les autres ?

— J'ai envoyé deux hommes à l'appartement de Harvey, et on est en train de rameuter le reste de l'équipe.

— Je suis certaine qu'elle se trouve quelque part dans cet hôtel, déclara Carpenter. Je le sens.

— Il faudrait que tu me donnes son signalement, que je le transmette à tout le monde.

— La trentaine, un mètre soixante-cinq, cinquante-cinq kilos, cheveux bruns mi-longs, yeux noirs…

— Ça n'existe pas, les yeux noirs.

— Brun très foncé, si tu préfères. Elle porte un tailleur et elle se balade avec une petite mallette d'homme d'affaires. Dieu seul sait ce qu'elle trimballe là-dedans.

Mason sortit son téléphone portable afin de transmettre le signalement de la suspecte.

— Tu ne veux pas avertir la police ? demanda-t-il quelques instants plus tard.

— Ce serait mieux si on arrivait à la coincer nous-mêmes, répliqua Carpenter. Tu ne trouves pas ?

Mason haussa les épaules.

— À quoi bon laisser le FBI ou la police new-yorkaise tirer tout le bénéfice de cette affaire, c'est ça ?

Au même instant, le téléphone sonna. Carpenter attendit que Mason ait eu le temps de se mettre à l'écoute sur un autre poste, et ils décrochèrent simultanément.

— Oui ?

— Nous sommes dans l'appartement de miss Harvey, fit une voix masculine. Elle a soigneusement éliminé toute trace de son passage.

— Il fallait s'y attendre, répondit Carpenter.

— Il nous reste encore à fouiller le jardin. Attends une minute.

Carpenter patienta très longtemps, mais son interlocuteur finit par revenir.

— On a trouvé un corps de femme. Dans les trente ans, taille et poids moyens.

— Où l'avez-vous trouvée ?

— Dans une serre, au fond du jardin.

— Depuis quand est-elle morte ?

— Le corps n'est pas encore raide, aucune odeur de décomposition. C'est tout ce qu'on peut dire pour l'instant.

— Sortez tout de suite de l'appartement et allez faire un brin de toilette. J'espère que vous n'avez pas forcé la porte.

— Non, j'ai simplement crocheté la serrure pour entrer.

— Alors, restez en faction dans le coin, au cas où La Biche reviendrait. Soyez extrêmement prudents.

— D'accord.

— J'espère que tu n'appelles pas de l'appartement, au moins.

Un court silence s'installa.

— Euh… on s'en va tout de suite.

Carpenter raccrocha violemment le téléphone.

— Quelle bande de crétins ! Ils se sont servis du téléphone de Ginger Harvey pour m'appeler ici !

Mason fit la moue.

— Maintenant, on n'a plus le choix. Il va bien falloir prévenir la police ; ils auront tôt fait de vérifier les appels passés depuis chez elle.

— Laisse-moi faire, lança Carpenter.

Elle composa le numéro de portable de Dino Bacchetti.

22

La jeep s'arrêta dans le parking d'une marina.

— C'est par ici, dit Stone en montrant du doigt la direction à prendre.

Dino sursauta en entendant son portable sonner.

— J'ai un appel, dit-il en prenant son téléphone dans sa poche. Je me demande qui ça peut être, à cette heure-ci. Bacchetti à l'appareil.

— Dino ? C'est Carpenter.

— Ah ! Salut, miss, dit Dino en souriant. C'est Carpenter, ajouta-t-il à mi-voix à l'intention de son ami.

— Qu'est-ce qu'elle te veut ? s'étonna Stone en voulant lui prendre le téléphone.

Mais Dino se détourna pour déjouer la manœuvre.

— C'est moi qu'elle appelle, pas toi. Quoi de neuf, Carpenter ?

— J'ai un petit problème, et je crois que tu peux m'aider, Dino.

— Avec plaisir. De quoi s'agit-il ?

— Des agents de mon service ont un macchabée sur les bras, dans ton territoire.

— Qui ont-ils tué ?

— Eux, personne ! Mais je n'en dirais pas autant de La Biche.

— Elle a tué l'un de tes hommes ?

— Non, une jeune femme nommée Ginger Harvey, dont elle s'est appropriée l'identité. Provisoirement, tout du moins.

— Raconte-moi tout ce que tu sais.

Carpenter commença par lui donner l'adresse de Ginger.

— C'est un appartement en rez-de-chaussée donnant sur un petit jardin à l'arrière. Le corps se trouve dans une serre, au fond de ce jardin.

— Une serre ? Dans un jardin de ville ?

— Pas une vraie serre. Une grosse boîte en bois pour faire germer des plantes à l'abri du froid.

— J'envoie immédiatement une équipe.

— Ils ne trouveront pas grand-chose, à part le corps. Nous avons affaire à une adversaire très organisée. Elle s'est arrangée pour faire disparaître toute trace de son passage.

— Peut-être, mais je dois quand même envoyer mes équipes techniques. C'est la règle.

— J'ai un service à te demander, Dino. Pourrais-tu attendre demain matin avant de prévenir tes gars ? J'ai mis plusieurs de mes agents en planque là-bas au cas où La Biche aurait l'idée d'aller y faire un tour. Si elle aperçoit l'ombre d'un flic dans les parages, tout mon plan est par terre.

— D'accord. Je m'assois sur ton info jusqu'à demain.

— Merci beaucoup, Dino. Je sais que ce n'est pas très réglementaire, mais je ne voudrais pas laisser passer la moindre chance de lui mettre la main dessus.

— Ne t'inquiète pas. Et tiens-moi au courant.

— Je vais te donner mon numéro de portable. Tu as de quoi noter ?

Dino prit un stylo dans sa veste.

— Vas-y.

— Passe-la-moi, l'interrompit Stone.

Dino hocha la tête tout en notant le numéro que lui donnait Carpenter.

— Attends une seconde, dit-il à son interlocutrice. Stone voudrait te parler.

Stone saisit le téléphone.

— Salut. Comment vas-tu ?

— Pas mal, pour l'instant. La Biche m'a repérée et j'ai dû me réfugier au Carlyle.

— Oh, merde ! Comment a-t-elle fait pour te retrouver ?

— Je pense que notre agent du Caire a dû lui donner l'adresse de notre bureau à New York quand elle l'a kidnappé. Elle aura attendu de me voir sortir et elle m'aura filée jusque chez P.J. Clarke's. Nous étions assises l'une à côté de l'autre au bar. Nous avons même eu une charmante petite conversation ensemble.

— Tu comptes rester longtemps au Carlyle ?

— Non, seulement pour la nuit, mais je ne peux plus aller au Lowell, ce qui me complique sérieusement la vie.

— Tu n'as qu'à t'installer chez moi.

— Si ça se trouve, elle sait qui tu es.

— Pas sûr.

— Je vais y réfléchir. En attendant, pourquoi ne viens-tu pas me rejoindre au Carlyle, une fois que j'y verrai un peu plus clair ?

— Ça va être un brin compliqué, ce soir. Je suis à Saint Thomas.

— C'est une église ?

— Non, l'île de Saint Thomas, près de Porto Rico.

— Qu'est-ce que tu fiches là-bas ?

— J'ai dû me lancer à la poursuite de Herbie Fisher qui a décidé de filer, oubliant qu'il n'avait pas le droit de quitter New York. Du coup, c'est moi qui suis dans le pétrin.

— Quand rentres-tu ?

— Demain, j'espère.

— Dino a mon numéro de portable. Appelle-moi dès que tu es de retour.

— Fais gaffe à tes fesses.

— J'aurais préféré que tu t'en occupes.

— Et moi, donc… Je te rappelle demain.

Stone referma le téléphone et le tendit à Dino.

— Maintenant, il s'agit de trouver le bateau de Bob. Il s'appelle *Tenderly.*

Ils s'avancèrent sur le ponton principal, vérifiant les noms des voiliers l'un après l'autre avant de trouver le bon. La cabine était encore éclairée.

— C'est ici, confirma Stone en montant à bord.

Il frappa à l'écoutille.

— Bob, tu es là ?

— Viens, c'est ouvert, lui répondit la voix de Bob.

Stone et Dino descendirent péniblement l'escalier conduisant à la cabine. Herbie Fisher, assis à côté de Cantor à la table principale, avait l'air d'un animal pris au piège.

— Tiens, tiens, Herbie ! Ravi de te voir, lança Stone. Tu cours plus vite qu'un lièvre, tu sais.

— Il m'a appelé tout de suite après ton coup de fil, expliqua Cantor. Il vient d'arriver.

— Je ne veux pas rentrer, dit Herbie d'un air buté.

— Mais si, tu vas rentrer, répondit Stone en s'installant sur la banquette, et je vais même t'expliquer pourquoi.

— Tais-toi et écoute-le, Herbie, ordonna Cantor.

— Ce n'est pas toi qui as tué ce type, commença Stone.

— Pas la peine de me sortir vos salades, répondit Herbie. Vous croyez peut-être que je n'ai jamais vu de macchabée de ma vie ? J'ai grandi à Brooklyn, si vous voulez tout savoir. Je ne suis pas un enfant de chœur.

Stone poursuivit comme si de rien n'était.

— Le type est bien mort, Herbie, mais tu ne l'as pas tué. L'autopsie l'a confirmé. C'est la fille qui l'a assassiné. Il était déjà mort quand tu es tombé sur lui.

— Je ne vous crois pas.

— Je voudrais te présenter quelqu'un. Lieutenant Dino Bacchetti, chef de la brigade criminelle du dix-neuvième district. Montre-lui ton badge, Dino.

Celui-ci fit un petit signe de la main à Herbie avant d'exhiber son badge.

— Dino, demanda Stone, est-ce que je suis en train de raconter des salades à Herbie ?

— Non, répondit Dino. Le type a été empoisonné.

Herbie les regardait tour à tour.

— Tu peux les croire, Herbie, dit Cantor.

— Je m'en fous. Je ne veux pas rentrer à New York, bougonna Herbie.

— Et pourquoi ça ? s'étonna Stone.

— Je me plais bien, ici. Je me suis déjà arrangé avec cinq hôtels pour faire des photos des clients. Je sens que ça va marcher.

— Herbie, tu es obligé de te présenter devant le juge dans trente-six heures. Le bureau du procureur va abandonner l'accusation d'homicide involontaire et on va réduire au minimum les autres charges pour que tu sois libéré avec une simple mise à l'épreuve. Après ça, tu pourras revenir ici prendre toutes les photos que tu veux dans tous les hôtels qui voudront bien de toi.

— Sauf que j'aurai un casier, rétorqua Herbie d'une voix geignarde.

— Herbie, répondit Stone patiemment, si tu ne te présentes pas devant le juge, on va lancer un mandat d'arrêt contre toi et tous les flics de la terre vont se mettre à ta recherche. Tu préfères ça ?

— Je ne sais pas, répondit Herbie, buté.

Bob Cantor donna à son neveu une claque derrière la tête.

— Espèce de petit con !

— Aïe, fit Herbie en grimaçant.

— Je te conseille de rentrer à New York avec Stone, ou bien je raconte tout à ta mère, menaça Cantor.

— Bon, d'accord, murmura Herbie.

23

Carpenter fut réveillée en sursaut par un claquement de porte. Sa main se referma machinalement sur la crosse de son Walther. Nue dans son lit, elle entendit quelqu'un siffloter dans le salon de sa petite suite du Carlyle et reconnut le sifflement de Mason. Elle repoussa les couvertures, se leva et se rendit dans la salle de bains où elle se brossa les dents avant de débouler dans le salon en

se passant la main dans les cheveux. Elle avait oublié de demander un peigne.

— Bonjour, lui lança un Mason particulièrement jovial.

Il avait posé sa veste et sa cravate aux couleurs d'Eton sur le dossier d'une chaise, et le premier bouton de sa chemise était défait.

— Bonjour, répondit-elle d'un air bougon.

C'était la première fois qu'elle le voyait sans sa cravate.

Mason désigna d'un geste royal une table roulante bien garnie.

— Au menu : œufs, harengs fumés et saucisses, avec en prime des oranges de Floride pressées.

Carpenter se rendit alors compte qu'elle avait faim. Elle s'assit et commença par enlever les cloches en argent gardant les plats au chaud.

— Bien dormi ?
— Bien, mais pas assez, répondit Carpenter. Et toi ?
— Comme un loir. Le canapé est plutôt confortable.
— Mason, je me suis toujours posé la question : t'est-il jamais arrivé de te trouver dans une situation inconfortable ?

Pour avoir effectué avec lui des missions délicates dans les endroits les plus reculés, elle avait toujours vu Mason parfaitement à son aise, avec l'équipement de campagne hérité de son père : un sac de couchage en duvet de canard et un bar portatif.

Mason prit le temps de la réflexion.

— Eh bien, en fait, pas depuis l'armée, finit-il par dire.

Il avait été membre des SAS, le GIGN britannique.

— Je serais curieuse de savoir dans quelles circonstances l'armée a réussi à te faire perdre ton flegme.

— En Irlande du Nord, dit-il après un court silence. Un jour, j'étais à Londonderry, en surveillance devant une maison servant de repaire aux types de l'IRA. Il pleuvait comme vache qui pisse, la capote de ma Land Rover fuyait et un filet d'eau glacée me coulait dans le cou. Curieusement, les choses se sont améliorées après l'explosion. La Land Rover s'est retrouvée les roues en l'air, mais la capote était nettement plus confortable comme matelas que comme toit. Et le plancher ne fuyait pas, lui.

— Je vois, dit-elle en avalant une bouchée d'œuf avec un peu de hareng fumé. Quelles nouvelles depuis cette nuit ?

Mason hésita et sa mine s'assombrit.

— Tinker est mort et Thatcher est à l'hôpital. Pas très loin d'ici, d'ailleurs, à Lenox Hill.

Carpenter faillit s'étouffer. Elle posa sa fourchette.

— Tu veux dire qu'elle a réussi à les avoir tous les deux ?

— Thatcher n'est que blessé. On ne peut donc pas dire qu'elle l'ait eu complètement.

— Comment a-t-elle fait ?

— Elle s'est apparemment servi d'un pic à glace. Il paraît que ce genre d'ustensile s'achète couramment chez les quincailliers de ce pays. Tu savais ça ?

— Non, je ne savais pas.

Heureusement que le service ne lui demandait pas d'écrire aux familles de ses agents tombés au combat.

— La Biche a donc fini par retourner chez Ginger Harvey ?

— Il faut croire que oui.

Mason s'assit et entama à son tour son petit déjeuner.

— C'est curieux, dit-il. Les nouvelles ne sont pas très gaies, mais ça ne me coupe pas l'appétit. J'ai une faim de loup.

— Les psychologues te diront que c'est normal. D'après eux, le soulagement d'être encore en vie quand d'autres sont morts provoque une réaction de bien-être qui excite l'appétit. Moi aussi, j'ai faim, ajouta-t-elle en replongeant le nez dans son assiette.

— Il n'est plus question que tu retournes au Lowell, dit Mason. Où veux-tu qu'on dépose tes affaires ?

Elle lui indiqua l'adresse de Stone.

— Tu es sûre que c'est une bonne idée ?

— Je ne sais pas si elle est bonne, mais c'est la seule que j'aie pour le moment. Comment dois-je m'y prendre pour m'en aller d'ici ?

— Nous avons pu récupérer la camionnette d'un poissonnier. Elle devrait arriver dans le garage, au sous-sol, d'ici…

Mason regarda sa montre.

— … d'ici cinquante minutes. Le temps de livrer du poisson à l'hôtel, et tu grimpes dans la camionnette, direction le Waldorf. Là, nouvelle livraison de poisson, tu descends et tu prends un taxi pour aller où tu veux.

— Parfait, dit-elle.

— J'espère que l'odeur de poisson ne te rend pas malade.

— Jusqu'au Waldorf, ça devrait aller. Quelqu'un a pu parler à Thatcher ?

— Oui. Il ne se souvient pas de grand-chose, sinon qu'il a eu très mal. Il ne l'a même pas vue venir. Faut-il prévenir nos collègues de la police au sujet du cadavre de Ginger Harvey ?

— C'est déjà fait, répondit Carpenter. Les hommes du lieutenant Bacchetti devraient débarquer là-bas en milieu de matinée.

— Ils ne trouveront rien, déclara Mason en attaquant une nouvelle saucisse.

— C'est ce que j'ai dit à Dino, mais il ne peut pas faire autrement. En revanche, je ne serais pas surprise qu'ils découvrent des traces de la présence de Tinker et de Thatcher dans l'appartement. Ces deux-là n'avaient pas l'air d'être vraiment à la hauteur.

— À ta place, je ne serais pas aussi dure avec eux, rétorqua Mason. Nous avons affaire à une femme tout à fait… hors du commun. Comment était-elle quand vous avez dîné ensemble chez P.J. Clarke's ?

— Promets-moi de ne pas répéter ce que je vais te dire.

— Promis.

— C'est une pro. Je ne me suis doutée de rien jusqu'à ce qu'elle m'invite à prendre un café. Je suppose qu'elle voulait m'emmener chez Ginger Harvey. Pour tout t'avouer, je n'ai été sûre de mon coup que lorsque je me suis aperçue qu'elle me suivait en taxi. Elle avait l'air tellement… tellement ordinaire !

— C'est bien ça le plus extraordinaire, chez elle, observa Mason. Le fait d'avoir l'air aussi ordinaire alors qu'elle tue froidement tous ceux qui se trouvent sur son passage. Tu crois qu'elle pourrait être à la tête d'une organisation à New York ?

— Il est probable qu'elle dispose d'un ou deux contacts en cas de pépin, répondit Carpenter. Tout est trop parfait pour qu'elle agisse entièrement seule. Tu as signalé les éléments figurant sur le passeport de Ginger Harvey, au moins ?

La question désarçonna Mason.

— Je n'en suis pas sûr, répondit-il d'un air penaud.

— Alors, ça veut dire que tu ne l'as pas fait. Tu sais ce qui te reste à faire ?

Mason se dirigea vers le téléphone. Il allait s'en saisir lorsque l'appareil sonna. Il décrocha et tendit presque aussitôt le combiné à Carpenter.

— C'est pour toi, dit-il en désignant le ciel, comme si c'était Dieu à l'autre bout du fil.

Carpenter se leva à son tour et prit le téléphone.

— Oui ?

— Architecte à l'appareil.

C'était son patron, à Londres.

— Oui, monsieur ?

— Une certaine Virginia Harvey a atterri à Heathrow ce matin en provenance de New York. J'ai cru comprendre qu'elle se faisait appeler Ginger.

— C'est exact, monsieur.

— Elle se trouvait dans l'avion à l'arrivée à l'aéroport, mais elle n'en est pas descendue. Ou plutôt, elle n'est pas parvenue jusqu'aux services de l'immigration. Son corps a été retrouvé dans les toilettes pour dames, entre la passerelle et le tapis roulant des bagages. On a trouvé un passeport dans son sac à main, mais la photo ne correspondait pas au corps.

— Bien sûr, puisqu'il s'agissait de quelqu'un d'autre.

— J'en suis parfaitement conscient, mais je constate que vous ne comprenez pas.

Carpenter respira un grand coup.

— Je crois que je viens de comprendre, dit-elle.

— Nous sommes actuellement à la recherche de deux femmes qui étaient présentes sur ce vol, reprit Architecte. Toutes deux ont passé la douane et l'immigration. La première a été retrouvée dans son hôtel londonien, mais la seconde a disparu.

— C'est logique.

— Il semblerait donc que cette personne ne soit plus en mesure de vous importuner. Pour quelque temps, tout du moins.

— Dans ce cas, je vais reprendre le prochain vol pour Londres.

— Il me semble préférable que vous restiez à New York jusqu'à nouvel ordre. La consigne vaut également pour Mason. Je suis sincèrement désolé pour Tinker. Quant à Thatcher, on me dit qu'il devrait être sur pied d'ici quelques jours.

— En effet, monsieur.

— Je reprendrai contact avec vous si nécessaire, dit Architecte en mettant fin à la communication.

Carpenter raccrocha à son tour.

— Que s'est-il passé ? demanda Mason.

— Après avoir tué Tinker et blessé Thatcher, il semblerait que La Biche soit allée directement à Kennedy prendre un avion pour Londres. À l'arrivée, elle a eu le temps de tuer une autre passagère et de lui prendre ses papiers, en échange de ceux de Ginger Harvey, avant de s'évaporer dans la nature.

— Hmmmm, fit Mason. Si je comprends bien, on aurait dû donner le signalement de miss Harvey dès hier soir.

— Elle s'est dit qu'on n'y penserait pas tout de suite, et elle avait raison, répondit Carpenter.

24

Stone, Dino, Bob Cantor et Herbie Fisher quittèrent Saint Thomas par le même avion. Arrivés à Kennedy, Dino fit usage de son badge pour accélérer les formalités de débarquement. Ils avaient à peine franchi le contrôle douanier que Stone sentit brusquement le contact froid des menottes sur son poignet. Il leva les yeux et s'aperçut qu'il était attaché à Herbie.

— Je préfère ne pas prendre de risques, annonça Dino en guise d'explication.

— J'ai besoin d'aller aux chiottes, pleurnicha Herbie.

— Elles sont là-bas, répondit Dino en désignant du doigt la porte des toilettes. Amusez-vous bien, tous les deux.

— Ne fais pas le con, Dino, s'énerva Stone. Enlève-moi ça.

— Pas question, répliqua Dino. Ou alors j'attache les deux mains de Herbie et je te laisse t'occuper de lui aux chiottes. Tu préfères quoi ?

Stone fut bien obligé de suivre le photographe aux toilettes. Quelques minutes plus tard, ils retrouvaient les deux autres devant l'aérogare où un policier en civil les attendait. À peine installé dans la voiture, Stone sortit son téléphone portable, aussitôt imité par Dino.

— Le bureau du procureur, demanda le lieutenant.

Au même moment, Stone composait le numéro de son collègue Levy.

— Tony ? Tu es au tribunal ? Tu y seras dans dix minutes ? Écoute, j'ai pu récupérer Herbie, mais on va avoir entre vingt minutes et une demi-heure de retard. Tu peux t'arranger pour faire patienter la juge Kaplan ?… Je ne sais pas, moi. Dis-lui que le métro est en panne.

Stone referma son téléphone.

— George ? Dino Bacchetti à l'appareil… Ouais, toi aussi. Écoute-moi bien, je vais te faire gagner du temps. L'un de tes hommes s'occupe d'un certain Herbert Fisher, accusé d'homicide involontaire dans l'affaire Larry Fortescue. Exactement, et il doit se présenter devant la juge dans dix minutes. Je viens d'apprendre que la chute de Fisher à travers la tabatière n'est pas la véritable cause de la mort de Fortescue… Non, il est mort empoisonné. C'est un meurtre prémédité. Il était déjà mort quand Fisher lui est tombé dessus… Non, je ne te raconte pas d'histoires. Je viens de consulter le rapport d'autopsie… C'est une affaire très sensible, une histoire de services secrets… Mon informateur me signale également que ce Fisher leur a rendu un fier service car il a pu prendre en photo la meurtrière de Fortescue… George, pourquoi voudrais-tu que j'invente une histoire pareille ?… Ce que je veux ? Écoute, l'accusation d'homicide involontaire ne tient plus. Comme Fisher a rendu service aux services secrets, le mieux serait encore de le relaxer. Tu fais comme tu voudras, mais ça me semble de loin la meilleure solution… Pourquoi je fais tout ça ? Pour ne pas en prendre plein la gueule pour pas un rond quand la presse découvrira le pot aux roses. Et tu ferais bien de faire la même chose… D'accord, vieux. Et à bientôt.

Dino coupa la communication et se tourna vers Stone, assis sur la banquette arrière à côté de Herbie.

— George va en toucher un mot au substitut du procureur. Il est en route pour le tribunal.

— Vous voulez dire qu'on va me relâcher ?

— Tais-toi, Herbie, ordonna Dino. Tu n'es pas au bout de tes peines. Il faut encore qu'on arrive jusqu'au tribunal avant que la juge Kaplan ne s'aperçoive de ton absence.

— Tu devrais brancher la sirène, conseilla Stone.

Dino s'exécuta.

— À cette heure-ci, ça ne changera pas grand-chose, mais si ça peut te faire plaisir…

Vingt minutes plus tard, à l'instant précis où l'huissier annonçait : « L'État de New York contre Herbert Fisher », Stone pénétrait dans la salle du tribunal, suivi de Herbie qu'il s'empressa de mettre entre les mains de Tony Levy.

— Que se passe-t-il ? demanda Levy.

— Tais-toi et contente-toi de laisser faire le substitut du procureur, lui recommanda Stone.

— Maître Levy, lança la juge Kaplan, je suppose que vous allez demander à ce que votre client puisse rester libre sous caution.

Levy allait répondre lorsque le substitut du procureur, une petite femme courtaude mal fagotée, prit la parole.

— Madame la présidente, à ce stade de la procédure, nous souhaiterions abandonner les charges initialement retenues contre monsieur Fisher.

Kaplan la regarda d'un air interrogateur.

— Comment cela ? Vous ne poursuivez plus monsieur Fisher pour homicide involontaire ? Pour quelle raison ?

— Le bureau du procureur vient d'apprendre que la victime était déjà décédée lorsque monsieur Fisher est arrivé sur le lieu du crime.

— Pourquoi personne n'a-t-il pris la peine de me prévenir ? demanda la juge d'un air pincée.

— En fait, madame la présidente, le bureau du procureur tient cette information d'une source crédible, mais indirecte, s'excusa la substitut.

— Dans ce cas, monsieur Fisher, rien ne vous retient ici. Le montant de la caution peut être restitué.

— Je vous remercie, madame la Présidente, dit Tony Levy, avant d'accompagner Herbie au fond de la salle d'audience où l'attendait Stone.

— Comment as-tu réussi ce coup-là ? s'étonna-t-il.

— Si on te pose la question, tu diras que tu n'en sais rien. Ça vaudra mieux pour toi, répondit Stone.

Levy l'attira à l'écart.

— N'oublie pas que tu me dois cinq mille dollars.

— Non, Tony. Je te rappelle que tu m'as demandé cinq mille dollars pour mentir au juge, mais tu n'as pas eu besoin de le faire… Cependant, pour ta peine, je te ferai porter mille dollars tout à l'heure.

Levy, éberlué, ne savait plus quoi penser. Stone en profita pour prendre Herbie par le bras et quitter le tribunal.

— Bon, ben je crois que je vais m'en aller, dit Herbie.

— C'est ce que tu as de mieux à faire, en effet, répondit Stone. Ne t'avise pas de souffler mot à quiconque de ce qui s'est passé entre Dino et le procureur tout à l'heure, pas même à ta mère. Sinon, je m'arrange pour te faire revenir ici entre deux flics.

— Putain, toute cette histoire m'éclate complètement, s'écria Herbie. Racontez-moi un peu ce qui s'est produit dans l'appartement, ce soir-là.

— Herbie, si jamais je te racontais ça, il faudrait que je te tue ensuite pour être certain que tu gardes le silence.

— Bon, d'accord. En attendant, vous n'auriez pas d'autres petits boulots pour moi, des fois ?

— Non, Herbie, je n'ai pas d'autre petit boulot pour toi, des fois.

— Pourquoi ? Ça s'est plutôt bien passé, cette fois-ci, vous trouvez pas ?

— Non, Herbie, ça ne s'est pas plutôt bien passé, cette fois-ci. Tu as failli te retrouver en prison, et j'ai failli y laisser un quart de million de dollars.

— D'accord, mais tout est bien qui finit bien. Il n'y a même pas de casse, en fin de compte.

— Tu as une notion de la casse qui n'est pas exactement la mienne, Herbie, répondit Stone. Surtout, tu n'as visiblement pas la moindre idée de l'envie que j'ai de te tordre le cou.

— Bon, je vous appelle quand même la semaine prochaine, des fois que vous ayez un truc pour moi, dit Herbie, plein d'espoir.

— Non, Herbie, tu ne m'appelles pas la semaine prochaine, des fois que j'ai un truc pour toi. Si jamais tu m'appelles ou que tu te trouves sur mon chemin, je demande personnellement aux assassins de Larry Fortescue de faire en sorte que tu ne puisses plus jamais appeler personne.

— Vous voulez dire… balbutia Herbie, la gorge soudain nouée.

Stone acquiesça d'un air grave.

— Si j'étais à ta place, Herbie, je prendrais le premier avion pour Saint Thomas et je ne remettrais jamais les pieds à New York.

Herbie, affolé, recula d'un pas en hochant la tête, puis se retourna et s'enfuit en courant.

25

Marie-Thérèse fut réveillée à 3 heures de l'après-midi par la femme de chambre. Elle avait trouvé refuge à Hampstead, dans la banlieue nord de Londres, dans l'une des planques des services de renseignements d'une puissance moyen-orientale.

— Il est arrivé, se contenta de lui annoncer la femme de chambre.

— Dites-lui que je serai là dans cinq minutes, répondit Marie-Thérèse.

Elle prit une douche rapide et enfila le tailleur de Ginger Harvey, les cheveux encore mouillés, avant de descendre dans la salle à manger transformée en centre opérationnel. Celui que l'on dénommait Abdul était assis derrière un bureau, occupé à lire ses e-mails sur un ordinateur portable. La jeune femme aperçut dans la pièce trois autres ordinateurs, une radio haute fréquence, deux téléphones satellitaires et un enregistreur destiné à transmettre des messages codés.

Abdul leva les yeux de son écran.

— Si j'ai bien compris, vous avez été contrainte de quitter New York précipitamment ?

— J'ai effectivement dû partir avant que la police locale n'intervienne. L'air commençait à devenir malsain pour moi, là-bas. Mais je me suis arrangée pour qu'ils sachent que j'avais quitté le pays.

— Que comptez-vous faire à présent ?

— Eh bien, j'ai l'intention de repartir pour New York dès que possible, aujourd'hui même si je peux. Cette fois, j'aurais besoin d'une bonne couverture, et je comptais sur vous pour m'aider.

— Vous avez de la chance, j'ai ce qu'il vous faut. En revanche, vous ne pourrez partir que demain.

— Quel est votre plan ?

— Nous avons l'intention d'infiltrer un jeune couple aux États-Unis. Un mari et sa femme, qui voyagent avec un bébé.

Il fouilla un attaché-case dont il sortit deux passeports. Il vérifia les identités et lui en tendit un.

— Je ne lui ressemble pas du tout, commenta Marie-Thérèse en jetant un coup d'œil à la photo.

— Ne vous inquiétez pas, je vais faire mettre votre photo à la place de la sienne. Elle sera sur le même vol avec un autre passeport. Pendant ce temps, vous voyagerez en compagnie du mari avec le bébé.

— Ça n'est pas pour me déplaire, remarqua Marie-Thérèse avec un sourire. Ils ne s'attendent sûrement pas à ce que je revienne aussi vite, surtout avec un bébé.

— Vous êtes certaine de vouloir retourner là-bas ?

La jeune femme acquiesça.

— Oui, j'ai une affaire en cours, et personne ne me cherchera, puisque j'ai quitté le pays.

— Vous ne manquez pas d'audace, dit Abdul en souriant.

— L'audace est presque toujours payante.

L'homme lui tendit un paquet.

— Il faudra que vous vous teigniez les cheveux en noir pour la photo. Allez-y tout de suite. Vous trouverez d'autres vêtements à l'étage, dans le placard. Arrangez-vous pour que votre allure colle avec votre nouveau personnage.

— À quelle heure est le vol de demain ?

— 11 heures, sur British Airways. Vous serez à New York vers 14 heures, avec le décalage horaire. De quoi d'autre avez-vous besoin ? Une arme quelconque ?

Marie-Thérèse secoua la tête.

— Non, il y a trop de contrôles à l'aéroport.

— On peut toujours s'arranger, vous savez, répondit Abdul. Mais autant garder nos cartouches pour les grandes occasions.

— Je trouverai là-bas tout ce dont j'ai besoin. En revanche, j'emporterais bien avec moi un ou deux passeports supplémentaires.

— Aucun problème, mais nous les expédierons par la valise diplomatique. Vous n'aurez qu'à les récupérer auprès de notre délégation aux Nations unies. Je vous dirai comment procéder.

— Parfait.

— Combien avez-vous tué de personnes à New York ?

— Trois, dit-elle. Dont deux agents des services secrets britanniques.

Marie-Thérèse était de retour une demi-heure plus tard, les cheveux teints. Elle s'était faite prendre en photo avec des perruques différentes pour ses divers passeports.

— Très bien, se contenta-t-elle de dire en voyant les Polaroïd.

Abdul s'occupa lui-même de remplacer la photo du passeport dont elle devait se servir le lendemain. Son travail terminé, il examina le document d'un œil satisfait et le tendit à Marie-Thérèse, avec une liasse de papiers.

— Voici les éléments biographiques de la femme dont vous prendrez l'identité, expliqua-t-il. Tous les éléments figurant là-dedans sont vrais. Elle est née au Caire, et elle a fait des études de sciences économiques à Paris et à Londres. Elle n'a jamais été suspectée du moindre contact avec nos services.

— Qu'attendez-vous de moi en échange de tout ceci, Abdul ? demanda Marie-Thérèse.

Un sourire étira les lèvres de l'homme.

— L'un des membres de notre délégation aux Nations unies s'est montré un peu trop bavard avec la CIA. Il s'est laissé entraîner pour de l'argent. Nous souhaiterions qu'il soit éliminé assez sommairement, afin que nous puissions accuser la CIA de l'avoir assassiné. Nous vous fournirons une arme habituellement utilisée par la CIA pour ce genre de chose.

— Aucun problème, déclara Marie-Thérèse.

— Alors, nous sommes quittes. Les autres passeports seront prêts avant votre départ.

Arrivé chez lui, Stone commença par faire un tour dans ses locaux professionnels. Joan était assise à son bureau.

— Bienvenue, patron, dit-elle. Comment avez-vous trouvé le Harborview ?

— Le peu que j'en ai vu était formidable, mais je n'ai même pas pu utiliser ma chambre d'hôtel. J'ai dormi une heure ou deux sur un petit bateau, et je ne peux pas dire que c'était très confortable.

— Vous avez ramené Herbie, au moins ?

— Oui. De ce côté-là, tout est réglé. À propos, il faudrait faire porter mille dollars à Tony Levy aujourd'hui ; et vous enverrez une note d'honoraires à Bill Eggers pour mes services, sans oublier de lui facturer les vingt-cinq mille dollars que j'ai dû verser à Irving Newman pour la caution de Herbie.

— Je m'en charge. Sinon, votre amie Felicity est à l'étage. Elle dort dans votre lit. Elle est arrivée il y a une heure ou deux avec des anges gardiens. Il y en a un dans votre bureau et un autre dans le jardin, avec un bouquin, pour faire plus vrai.

— Que d'honneurs ! Moi aussi, j'ai besoin de dormir un peu. Si on téléphone, prenez les messages.

Stone prit l'ascenseur jusqu'à ses appartements. Il avait à peine posé le pied sur le palier qu'il sentit le contact glacé d'un canon de revolver sur sa nuque.

— Pas de panique, dit-il. Je suis Barrington.

— Vous avez une pièce d'identité ?

Stone sortit lentement son permis de conduire et le tendit à son interlocuteur.

— À partir de maintenant, je prends le relais à l'étage. Vous n'avez qu'à vous installer dans la bibliothèque, au rez-de-chaussée.

— Entendu, répondit l'homme en se dirigeant vers les escaliers.

Stone pénétra dans sa chambre sur la pointe des pieds. Carpenter, allongée sur le ventre, respirait doucement. Il se déshabilla, se glissa entre les draps et s'allongea à côté d'elle.

— Bienvenue au port, murmura Carpenter, du sommeil plein la voix. Je suppose que tu t'attends à un accueil digne d'un vrai marin.

Stone s'installa sur le côté et prit dans sa main l'une des fesses de Carpenter.

— Rien de trop compliqué, dit-il. Les marins sont toujours fatigués quand ils rentrent à la maison.

Il caressa doucement le pli de ses fesses, et elle se mit à ronronner. S'enhardissant, il poursuivit son exploration et constata que le sexe de la jeune femme n'était pas indifférent à ses avances.

Carpenter fit un quart de tour sur elle-même afin de blottir son postérieur contre le sexe de Stone, puis elle alla le chercher en passant la main entre ses cuisses.

Quelques minutes plus tard, il était dans son ventre et sentait contre lui la caresse cadencée des fesses de la jeune femme. Il passa une main autour de sa taille et caressa son clitoris. Tout en multipliant les baisers dans le cou de Carpenter, Stone se servait de ses doigts pour rythmer leur étreinte.

Carpenter accéléra le mouvement et se mit à jouir avec de petits gémissements tandis qu'il coulait dans son sexe. Ils restèrent immobiles pendant une minute ou deux, collés l'un à l'autre, puis elle se retourna brusquement pour se lover entre ses bras.

— Jamais un Anglais ne s'y serait pris comme ça, murmura-t-elle. Avec eux, c'est le missionnaire ou rien. Je n'ai rien contre l'évangélisation des contrées lointaines, mais il y a tout de même des limites. À part ça, comment s'est passé ton voyage ?

— Je te raconterai plus tard, souffla Stone. On ne t'a jamais dit que l'amour a une fâcheuse tendance à endormir les hommes ?

Sur cette maxime profonde, il poussa un soupir et sombra instantanément dans le sommeil.

26

Les compagnons de voyage de Marie-Thérèse la rejoignirent à la planque de Hampstead, six heures avant l'heure du départ. La jeune femme fit la connaissance du mari et du bébé, mais pas de l'épouse que ses hôtes conduisirent dès son arrivée dans une pièce séparée. Marie-Thérèse se mit à jouer avec le bébé, une petite fille de neuf mois prénommée Jasmine. Elle lui parlait en arabe, faisant tout pour la mettre en confiance avant le départ. Elle avait toujours aimé les enfants, et le temps passa très vite.

Elle profita de la présence du mari – un jeune homme répondant curieusement au nom de Saddam – pour revoir son personnage. Saddam, visiblement émoustillé par cette épouse provisoire, l'aida à mémoriser les détails biographiques de sa véritable compagne.

Trois heures avant le départ de l'avion, un premier taxi passa prendre la mère, suivi quelques minutes plus tard d'un second dans lequel prirent place Marie-Thérèse, Saddam et le bébé. Les contrôles risquaient de prendre du temps, et il était préférable de se trouver avec la masse des passagers afin de ne pas attirer l'attention des services de sécurité de l'aéroport en arrivant trop tôt ou trop tard.

Après l'enregistrement des bagages, Saddam et sa nouvelle compagne se présentèrent à la police de l'air et des frontières. La vraie mère de Jasmine se trouvait un peu plus loin devant eux, dans la même file, et Marie-Thérèse décida de quitter la queue sous prétexte de changer la couche de la petite fille. À son retour, la mère du bébé avait passé les contrôles, visiblement sans problème.

Marie-Thérèse s'approcha du guichet derrière lequel était installé un fonctionnaire. Souriante, elle lui tendit son passeport, sur lequel figurait le bébé, ainsi que celui de Saddam. Le policier, imperturbable, tamponna les deux documents et leur fit signe de passer.

La petite fille se montra particulièrement sage dans la salle d'embarquement. Il fallut changer sa couche, pour de vrai cette fois, et Marie-Thérèse s'acquitta fort honorablement de sa mission. Au terme d'une attente interminable, les passagers furent invités à monter dans l'avion. En rejoignant leurs places, Saddam et Marie-Thérèse passèrent à côté de la mère du bébé, assise quelques rangées avant la leur. Celle-ci fit semblant de ne pas les voir, comme on le lui avait bien recommandé, au grand soulagement de Marie-Thérèse qui avait craint un instant qu'elle n'ait la tentation d'embrasser son bébé.

Le vol se déroula sans encombre. Saddam essaya bien à un moment de laisser traîner une main baladeuse sur sa nouvelle épouse, mais Marie-Thérèse le pinça jusqu'au sang et il eut l'intelligence de retenir la leçon.

Enfin, ce fut l'arrivée à Kennedy, avec la queue au bureau d'immigration et des douanes. Marie-Thérèse et Saddam disposaient de visas en bonne et due forme pour rendre visite à leur famille à Dearborn, Michigan. La fonctionnaire de l'immigration devant laquelle ils se présentèrent s'intéressa surtout au bébé et les laissa passer après les vérifications d'usage.

Ils venaient de franchir la douane lorsqu'un homme en costume sombre s'approcha d'eux.

— Je vous demanderai de bien vouloir me suivre, dit-il.

Marie-Thérèse regarda machinalement autour d'elle à la recherche d'une issue de secours, sans succès. L'homme les conduisit dans une petite pièce équipée de quatre chaises et d'une table métallique, et il les invita à s'asseoir.

Marie-Thérèse était inquiète. L'homme avait tout du fonctionnaire efficace et zélé. En épouse musulmane soumise, elle laissa le soin à Saddam de répondre aux questions de leur interlocuteur, ce dont il s'acquitta d'autant mieux qu'il n'avait qu'à dire la vérité. L'inspecteur se tourna ensuite vers Marie-Thérèse.

— Date et lieu de naissance, lui demanda-t-il.

Marie-Thérèse répondit consciencieusement à la question, comme aux suivantes, l'inspecteur s'appliquant à lui faire réciter les principales étapes de son parcours. Elle se montra à la hauteur de la tâche, sans en faire trop, mais l'homme n'était visiblement pas satisfait. Son intuition lui disait que ce couple n'était pas aussi inoffensif qu'il y pouvait paraître. Finalement, ce fut Jasmine qui les sauva de ce mauvais pas.

L'inspecteur, reniflant à plusieurs reprises, se leva brusquement de sa chaise.

— Qu'est-ce que ça sent ? demanda-t-il.

Il fallait qu'il n'ait jamais eu d'enfant pour poser une telle question.

Marie-Thérèse, faussement gênée, défit nerveusement la couche de sa prétendue fille afin de la changer. Tout le temps de l'opération, l'inspecteur se tint adossé au mur, une main sur le nez et la bouche.

— Où puis-je mettre ceci ? demanda Marie-Thérèse en lui tendant la couche sale.

— Vous la déposerez dans la première poubelle venue, répondit l'inspecteur d'un ton sec, leur désignant la porte.

La petite famille en profita pour s'éclipser. Sortis de l'aérogare, ils firent la queue à la borne des taxis. Une fois encore, Jasmine leur évita une longue attente en se mettant à pleurer. La queue s'ouvrit pour les laisser passer et ils montèrent dans le taxi de tête.

— Eh bien, lâcha Saddam en anglais, je ne suis pas fâché d'être sorti de ce guêpier.

Marie-Thérèse lui donna un grand coup de coude, lui ordonnant de se taire.

Une chambre réservée à leur nom les attendait au Roger Smith Hotel, sur Lexington Avenue, où la mère du bébé devait les rejoindre. Quelques minutes plus tard, elle frappait à la porte. Les deux femmes échangèrent leurs vêtements en silence, Marie-Thérèse souhaita bonne chance au jeune couple et quitta la chambre.

Elle changea deux fois de taxi en remontant vers le haut de Manhattan. Arrivée à destination, elle se fit déposer à un coin de rue et se dirigea d'un pas assuré vers un immeuble occupé par une société de garde-meuble. Entrée dans le bâtiment, elle s'assura qu'elle n'était pas suivie, puis elle s'approcha du box loué par ses soins dont elle ouvrit la porte à l'aide d'un code. Elle alluma la lumière, pénétra dans la petite pièce et repoussa le verrou. Elle se changea à nouveau, remonta ses cheveux, enfila une perruque blonde et vérifia les armes qu'elle avait en réserve. Elle porta son choix sur un minuscule semi-automatique de calibre 22 équipé d'un silencieux. Elle le dévissa et le fourra dans l'une des poches de côté d'un sac de voyage, avec un chargeur de rechange. Elle glissa également un pic à glace dans le sac, y ajouta quelques vêtements, sortit du box, verrouilla la porte derrière elle et quitta les lieux.

Stone se réveilla avant Carpenter. Quand il sortit de sa douche, elle venait de se réveiller à son tour. Assise dans le lit, les seins nus, elle le regardait.

— Si tu te mets comme ça pour attirer mon attention, tu peux considérer que la manœuvre est réussie, déclara Stone.

— Tu sens le propre et le savon, répondit-elle.

Il s'approcha d'un bond et voulut la prendre dans ses bras, mais elle parvint à lui échapper et se réfugia dans la salle de bains.

— Tu peux me préparer un petit déjeuner ? demanda-t-elle.

— Qu'est-ce qui te ferait plaisir ?

— Un yaourt, un fruit et un café.

— Tu plaisantes ! Pas de ça chez moi, c'est trop naturel pour moi. Tu devras te contenter de croissants.

— Si c'est tout ce que tu as, dit-elle avec un haussement d'épaules en refermant la porte de la salle de bains.

— Quel est ton programme pour les prochains jours ? demanda Stone entre deux bouchées de croissant.

— J'ai quelques jours de congé, répondit-elle.

— Est-ce indiscret de te demander ce qui te vaut un tel honneur ?

Carpenter lui raconta par le menu sa journée de la veille.

— Elle serait donc à Londres ?

— Apparemment, répliqua Carpenter. Mais je n'ai pas envie de courir le moindre risque, et je préfère continuer à me planquer.

— Si c'est ça, je crois que j'ai la planque idéale, annonça fièrement Stone.

— Ah bon ? Où ça ?

— J'ai une maison de campagne dans le Connecticut, dans un charmant petit village du XVIIIe appelé Washington. Si tu es prête à te séparer de tes anges gardiens, je t'y emmène volontiers.

— Un petit séjour à la campagne ? Ce serait génial.

— J'ai quelques trucs à régler au bureau avant de partir, poursuivit-il, mais je peux m'arranger pour être prêt en milieu d'après-midi. Profites-en pour préparer un sac avec quelques affaires.

— Je m'en occupe.

Il était presque 16 heures lorsque Stone parvint à se libérer. Les deux gardes du corps de Carpenter se postèrent des deux côtés de la rue et examinèrent longuement les alentours avant d'appeler Carpenter sur son téléphone portable et lui signaler que la voie était libre. La jeune femme, assise à côté de Stone dans sa voiture, transmit le signal du départ. Stone ouvrit la porte du garage à l'aide de sa télécommande et quitta le bâtiment, laissant la porte se refermer derrière eux.

L'auto s'engagea sur la 3e Avenue. En tournant à gauche, sur la 57e Rue, Stone faillit renverser une jolie jeune femme blonde qui fit un bond de côté.

Sans cet incident, la Mercedes E55, avec ses vitres fumées, n'aurait même pas attiré l'attention de Marie-Thérèse. Quant à Stone et Carpenter, jamais ils n'auraient soupçonné être passés si près de celle qu'ils croyaient à des milliers de kilomètres de là.

Stone s'engagea sur le West Side Highway en direction du Connecticut.

— Combien de temps faut-il pour aller là-bas ? demanda Carpenter.

— Une heure quarante environ, répondit Stone.

— Tu veux que je te fasse à dîner, ce soir ?

— J'avais l'intention de t'inviter au restaurant, mais si tu es *réellement* capable de faire la cuisine…

— Qui vivra verra, dit-elle.

27

L'ambassade était située dans l'Upper East Side. Marie-Thérèse dut exhiber l'un de ses passeports à un planton devant l'entrée, puis elle s'approcha de l'hôtesse d'accueil dans sa cage vitrée.

— Puis-je vous aider ? lui demanda la femme en arabe.

— Oui, répondit Marie-Thérèse. Je souhaiterais parler au vice-consul chargé du tourisme.

La femme battit des cils et la regarda en silence.

— Il n'y a pas de vice-consul chargé du tourisme ici, finit-elle par répondre.

— Dites-lui juste que je viens le voir sur les recommandations d'Abdul.

Imperturbable, la femme répéta :

— Il n'y a pas de vice-consul chargé du tourisme ici.

— Il attend ma visite, reprit Marie-Thérèse.

— Un moment, je vous prie.

La femme s'éloigna de l'hygiaphone pour aller téléphoner. Elle écouta longtemps son interlocuteur, raccrocha, retourna s'asseoir à son poste et remplit un laissez-passer qu'elle glissa à Marie-Thérèse par une fente dans le vitrage.

— Prenez l'ascenseur jusqu'au quatrième, vous êtes attendue.

— Merci, répondit Marie-Thérèse.

Elle se dirigea vers l'ascenseur, y pénétra et poussa sur le bouton du quatrième. Les portes s'ouvrirent et deux hommes en civil vinrent à sa rencontre.

— Votre sac à main, s'il vous plaît, demanda l'un d'eux.

Elle le lui tendit et leva les bras pendant qu'on la fouillait.

Le garde vida le contenu du sac sur une petite table disposée dans le couloir et ne tarda pas à découvrir le pistolet et le pic à glace. Il les garda à la main, ramassant le sac de l'autre.

— Si vous voulez bien me suivre.

Il la conduisit tout au bout du couloir, de l'autre côté du bâtiment, et s'arrêta devant une porte métallique. Il composa un code sur un clavier placé à côté de la porte, l'ouvrit, et lui fit signe de le suivre. Ils se trouvaient maintenant sur un palier ; l'un derrière l'autre, ils montèrent à l'étage supérieur où l'homme dut taper un nouveau code afin d'ouvrir une seconde porte métallique. Ils s'avancèrent dans un couloir menant à une grande pièce confortablement installée. Un homme, plutôt beau garçon, remplissait des papiers derrière un bureau. Le garde posa les armes et le sac de Marie-Thérèse sur le bureau et s'éclipsa.

Sans lever les yeux, l'homme lui fit signe de s'asseoir et continua d'écrire. Son travail terminé, il referma le dossier et le mit de côté.

— Je ne vous attendais pas si tôt, dit-il.

— Je n'ai pas beaucoup de temps, rétorqua Marie-Thérèse.

L'homme prit dans un tiroir une paire de gants de caoutchouc, les enfila et saisit le semi-automatique de sa visiteuse.

— Mignon, mais terriblement dangereux, commenta-t-il.

— Uniquement à courte portée. Je ne pourrais pas m'en servir pour abattre une cible de l'autre côté de la rue.

Il se leva, prit un trousseau de clés dans sa poche et ouvrit un coffre encastré dans le mur. Il en retira une boîte noire en carton qu'il déposa sur son bureau.

— J'ai cru comprendre que vous étiez une tireuse d'élite, dit-il.

— On ne peut rien vous cacher.

Il lui tendit une autre paire de gants de caoutchouc et ouvrit la boîte, dont il tira une arme qu'il posa à son tour devant lui.

— Avez-vous déjà eu l'occasion de voir l'une de ces petites merveilles ?

Marie-Thérèse enfila les gants avant de s'emparer de l'arme qu'elle examina longuement. C'était un pistolet semi-automatique de calibre 22, muni d'un canon assez épais. Elle éjecta le chargeur qu'elle scruta avec attention.

— Non, c'est la première fois que j'en vois un. Aucune marque d'aucune sorte.

— Nous l'avons emprunté à un agent de la CIA à Beyrouth, l'année dernière, répondit l'homme.

Il prit dans la boîte un silencieux et le lui tendit. Marie-Thérèse le vissa sur le canon en un tour de main.

— Superbe, dit-elle. Une arme faite pour tuer. Légère, facile à dissimuler, et certainement très fiable, surtout avec le silencieux.

— Il s'agit d'un modèle fabriqué spécialement pour la CIA. Il n'en existe que quelques centaines, à en croire l'agent sur lequel nous l'avons trouvé à Beyrouth. Aucune marque de fabrication, aucun signe distinctif. Une arme fantôme. Le canon laisse sur les balles des rayures extrêmement faciles à identifier. Mais sa partie intérieure est un cylindre rotatif ; les signatures balistiques ne sont donc jamais les mêmes d'un projectile à l'autre.

— Remarquablement ingénieux, approuva Marie-Thérèse. Je n'avais jamais entendu parler de ce système.

— Nous avons également appris que les balles tirées avec cette arme sont aussitôt identifiées par le programme balistique du FBI comme provenant d'une arme secrète.

— Si je comprends bien, le jour où la police examinera la balle extraite du traître que je dois abattre, elle saura automatiquement qu'il a été tué à l'aide d'une arme appartenant à la CIA.

— Exactement. Et si vous êtes amenée à tirer plus d'une fois, les enquêteurs penseront que l'homme a été abattu à l'aide de deux armes différentes.

— Puis-je connaître l'identité de ma cible ? Vous avez sa photo ?

— Il s'agit de l'homme qui vous a amenée jusqu'ici, répondit son interlocuteur. Vous souvenez-vous suffisamment bien de lui, ou bien souhaitez-vous tout de même une photo ?

— Non, j'ai une bonne mémoire visuelle, répliqua Marie-Thérèse.

— Il habite tout près de l'ambassade, quelques centaines de mètres plus au nord. Il rentre chez lui à pied tous les soirs, vers 17 h 30. Il remonte Park Avenue sur le trottoir de droite. Il n'y a jamais grand monde par là, même à cette heure.

— Souhaitez-vous que j'agisse dès aujourd'hui ? demanda Marie-Thérèse.

— Ce serait idéal. De quoi avez-vous besoin ?

— D'un moyen sûr pour quitter rapidement les lieux. Une moto, de préférence, avec un conducteur. Pensez-vous avoir le temps de trouver la bonne personne ?

— Sans problème.

Elle regarda sa montre.

— Il me reste un peu plus d'une heure. Je vais commencer par reconnaître les lieux et je vous appelle pour convenir d'un point de rendez-vous.

Il griffonna un numéro sur un morceau de papier qu'il lui tendit.

— Apprenez-le par cœur, dit-il.

Elle mémorisa le numéro, mit le semi-automatique dans son sac et se leva.

— Autre chose ?

Il prit une enveloppe posée sur le bureau et la lui remit.

— Un peu d'argent de poche, comme disent les Américains.

— Puisque la balistique identifiera immédiatement la balle comme provenant d'une arme de la CIA, vous préférez sans doute que je ne la laisse pas sur les lieux de l'accident.

— Vous pouvez la garder, avec tous mes compliments, répondit-il en se levant à son tour.

Ils portaient toujours leurs gants de caoutchouc en se serrant la main. Quelques instants plus tard, Marie-Thérèse quittait le bâtiment.

Elle prit la direction de Park Avenue qu'elle remonta. À quatre rues de là, à côté d'un grand immeuble, elle remarqua une ruelle en retrait, fermée par une grille. Elle s'y enfonça et regarda des deux côtés de Park Avenue. L'endroit rêvé pour un guet-apens. Elle sortit son portable de son sac et composa le numéro que lui avait donné l'homme de l'ambassade.

— Oui ?

Elle lui indiqua l'adresse de l'immeuble à côté duquel elle se trouvait.

— Arrangez-vous pour que la moto suive notre ami à distance. Dès qu'il s'écroulera, dites au conducteur de s'arrêter à côté du corps. Je monterai en selle et il n'aura qu'à me déposer un peu plus loin.

— Ce sera fait.

— Je ne tirerai pas tant que je n'aurai pas aperçu la moto. Si le conducteur me dépasse sans s'arrêter, je l'abats. Dites-lui d'être prudent.

— Compris.

— Au revoir.

— Une dernière précision. En cas de besoin, vous pouvez appeler ce numéro. Je m'appelle Ali.

— Très bien, merci.

Elle referma son portable et reprit sa marche en direction de Madison Avenue, pour faire du lèche-vitrines en attendant sa victime, puis retourna à son poste le moment venu. Tapie dans l'ombre, adossée contre le mur de l'immeuble, elle avait une vue dégagée du trottoir sur lequel devait arriver sa cible. Dix minutes s'écoulèrent avant qu'elle le repère, une centaine de mètres plus loin. La moto était hors de vue.

— Pile à l'heure, se dit-elle tout haut. Espérons que mon taxi ne tardera pas.

L'homme n'était plus qu'à cinquante mètres. Au moment où il atteignait le coin de la rue voisine, elle aperçut la moto. Accroupie, elle vérifia que l'arme se trouvait bien dans son sac et se releva. Elle accrocha son sac sur son épaule, la main posée sur la crosse du pistolet. Un dernier regard des deux côtés. Son client avançait rapidement, et le piéton le plus proche était à plus de cinquante mètres. La moto, moteur au ralenti, s'arrêta tout près.

Marie-Thérèse se colla au mur. Au moment où l'homme passait à sa hauteur, elle surgit de sa cachette, jeta un dernier regard autour d'elle, sortit l'arme de son sac et lui tira une balle en pleine tête à moins de deux mètres. Il s'écroula. Elle s'approcha et lui tira deux autres balles dans le crâne avant de remettre calmement le pistolet dans son sac.

Au même moment, la moto s'arrêtait à sa hauteur : elle sauta derrière le conducteur.

— Remontez jusqu'à la 72e Rue et prenez à gauche, ordonna-t-elle.

Le motard s'exécuta.

— Maintenant, tout droit par Central Park.

La course se poursuivit quelques minutes en silence.

— Arrêtez-vous là, dit-elle. Merci.

La moto s'arrêta, Marie-Thérèse en descendit et son compagnon s'éloigna rapidement sans un mot. Malgré son casque, elle crut reconnaître Ali, l'homme qui lui avait confié l'arme.

Elle s'engagea dans la première allée venue, trouva un banc sur lequel elle s'assit, s'assurant de n'avoir pas été suivie, la main posée sur l'arme dans son sac, en cas de besoin. Personne.

28

Stone quitta l'autoroute au nord de Danbury et s'engagea sur une route de campagne.

— Quel coin magnifique, s'extasia Carpenter au moment où ils franchissaient un pont au-dessus d'un lac. Ça ressemble à l'Angleterre, mais avec beaucoup plus d'arbres.

— Ce n'est pas pour rien qu'on a baptisé cette région la Nouvelle-Angleterre, laissa tomber Stone.

— Je suppose que l'Angleterre devait beaucoup ressembler à ça au XVIIIe siècle, avant qu'on détruise toutes les forêts.

La route longeait une petite rivière, et ils passèrent à côté d'un moulin à eau.

— C'est drôle, mais c'est exactement l'idée que je me faisais de la Nouvelle-Angleterre, dit-elle. Une Nouvelle-Angleterre de carte postale.

La voiture traversa Bridgewater.

— Nous y serons dans vingt minutes, annonça Stone.

— On n'est pas pressé, répondit Carpenter. J'adore cette route.

À Washington, Stone tourna à gauche, puis à nouveau à gauche sur un petit chemin. Deux cents mètres plus loin, ils découvraient l'entrée de la maison.

— Oh ! C'est ravissant !

Ils descendirent de la Mercedes et Stone prit les bagages dans le coffre.

— Au départ, cette maison était celle du gardien de la grande propriété que tu aperçois là-bas, expliqua-t-il.

— Qui y habite, à présent ? demanda-t-elle en se tournant vers une superbe bâtisse ancienne.

— Jusqu'à tout récemment, c'était un écrivain, mais il a fini par retourner vivre en ville. Un producteur de cinéma vient de la racheter, mais il ne s'est pas encore installé.

— Tu es complètement au calme ici, observa-t-elle. Avec cette haie et les arbres tout autour, personne ne peut te voir. Et j'adore cette petite tourelle.

Stone ouvrit la porte, désamorça l'alarme et remonta le thermostat du chauffage.

— Tu veux boire quelque chose ?

— Un bourbon ne serait pas de refus, répondit-elle en faisant le tour de la maison, découvrant une cuisine toute neuve, un plancher d'acajou et un mobilier confortable. Elle finit par s'installer sur le canapé où Stone la rejoignit avec deux verres.

— Si tu as toujours l'intention de faire à manger, il ne faudra pas tarder à faire les courses à l'épicerie du village. Les magasins ferment à 18 h 30, par ici.

Dino mettait de l'ordre sur son bureau avant de rentrer chez lui. Il n'avait pas encore complètement récupéré de son périple à Saint Thomas et comptait se coucher tôt. Soudain, un message de police secours s'afficha sur l'écran de son ordinateur. On signalait une fusillade sur Park Avenue, un quartier tranquille où il n'arrivait habituellement jamais rien. À travers la paroi vitrée de son bureau, il vit deux inspecteurs se lever et prendre leurs affaires. Comme ils venaient de commencer leur service, ils auraient pu s'en occuper seuls, mais il décida de les suivre malgré tout, curieux de savoir ce qui poussait les bourgeois de Park Avenue à s'entretuer. En outre, c'était sur son chemin.

L'avenue avait été fermée provisoirement à la circulation, provoquant un énorme embouteillage. Dino descendit de voiture, franchit les bandes de plastique empêchant le public d'approcher et se dirigea vers un flic en uniforme.

— Que s'est-il passé ? demanda-t-il.

Le flic lui montra du doigt le cadavre d'un homme, couché à plat ventre sur le trottoir dans une mare de sang. Deux types des secours d'urgence étaient en train de retourner le corps.

— Dès que la mort aura été constatée officiellement, recouvrez-le d'un drap et rétablissez la circulation, conseilla Dino au sergent en faction près du corps. Premières constatations ? ajouta-t-il à l'adresse des secouristes.

— Deux balles dans la tête, peut-être trois, répliqua l'un des deux hommes.

— Très bien, dit-il au sergent. Dites-moi ce que vous savez.

Ses deux inspecteurs, à peine arrivés, prenaient déjà des notes.

— Le concierge de l'immeuble l'a vu s'écrouler, expliqua le sergent, mais il n'a rien entendu. Une femme blonde, taille moyenne, poids moyen, la trentaine, s'est éloignée rapidement. Elle a été prise en selle par une petite moto qui s'est éloignée vers le nord. C'est à peu près tout.

— Deux ou trois coups de feu, et il n'a rien entendu ?

— C'est ce qu'il prétend. Nous n'avons trouvé aucun autre témoin.

— Probablement un règlement de comptes, avec une arme munie d'un silencieux. La tueuse était une professionnelle. Vous avez le nom de la victime ?

— Mohammed Salaam, attaché à la délégation aux Nations unies d'un pays arabe. Les locaux de leur ambassade se trouvent à quelques centaines de mètres d'ici, entre Park et Lexington. Il avait son passeport diplomatique sur lui.

Il le tendit à Dino.

— Ce serait une affaire politique que ça ne m'étonnerait pas, remarqua ce dernier en se tournant vers ses inspecteurs. Signalez le meurtre au FBI après avoir passé le lieu du crime au peigne fin. Dites aux types de l'identité judiciaire de presser le mouvement, et faites enlever le corps dès qu'ils auront terminé. Le trafic est bloqué au moins jusqu'à la 42e Rue. Même en rouvrant Park à la circulation, les gens ralentiront pour regarder et l'embouteillage continuera. Je n'ai pas la moindre envie de recevoir un coup de téléphone du préfet, et encore moins du maire. Compris ?

— Oui, patron, répondit le plus âgé des deux inspecteurs.

Dino remonta en voiture.

— Chez moi, demanda-t-il au chauffeur. Et n'hésite pas à te servir de ta sirène.

Il sortit son téléphone portable et composa le numéro de son capitaine.

— Grady, dit son interlocuteur.

— Bacchetti à l'appareil, capitaine. Je voulais vous signaler un meurtre qui ressemble fort à un assassinat politique sur Park Avenue. Un diplomate en poste à l'ambassade d'un pays arabe.

— Et merde, commenta le capitaine.

— C'est bien mon avis. J'ai dit à mes gars de faire venir l'identité judiciaire et d'appeler ensuite les fédéraux. L'idéal serait de s'arranger pour que le légiste pratique l'autopsie avant qu'on nous enlève le corps.

— Je m'en occupe. Besoin d'autre chose ?

— Non, on a la situation en main. J'ai dit à tout le monde de faire aussi vite que possible. Si jamais quelqu'un vous pose la question, vous pourrez dire que j'ai fait rétablir la circulation sur Park Avenue.

— Vous avez déjà votre petite idée ?

— Je ne serais pas étonné que le crime ait un rapport avec cette meurtrière recherchée par les agents britanniques qui sont actuellement en ville, répondit Dino. Je vais essayer d'en savoir plus.

— Bonne idée. N'hésitez pas à m'appeler en cas de besoin.

— Entendu, capitaine.

Le chauffeur de Dino s'arrêta devant son immeuble. Le lieutenant pénétra dans le bâtiment et monta chez lui. Son fils Ben regardait la télé dans son bureau, allongé sur le ventre. Il faisait plus ou moins semblant de faire ses devoirs.

— Ça va, gamin ? le salua Dino en lui passant la main dans les cheveux. Que fais-tu de beau ?

— Des maths, répondit Ben.

— Tu ne veux pas aller continuer dans ta chambre ? J'ai des coups de fil à passer.

Mary Ann entra dans la pièce. Elle portait un tablier de cuisine maculé de taches de sauce tomate. Elle embrassa fougueusement Dino sur la bouche.

— Que s'est-il passé de dramatique au bureau pour que tu rentres avant le dîner ? Il faudra que je pense à mettre un cierge pour remercier la Vierge.

— Arrête ton char, dit-il en lui rendant son baiser.

— Tu t'es bien amusé, à Saint Thomas ?

— Tu parles. J'ai dû dormir deux heures en tout et pour tout, la nuit dernière, sur une vacherie de bateau. Je suis crevé.

— Tu devrais boire quelque chose, ça te fera du bien. On mange d'ici une petite heure.

Dino se versa une double dose de whisky et s'installa dans son fauteuil préféré. Il décrocha son téléphone pour appeler Stone et tomba sur son répondeur.

— Rappelle-moi dès que tu as ce message, dit-il avant de raccrocher.

Il essaya à tout hasard de le joindre sur son portable, mais tomba également sur sa messagerie.

— Où est-ce qu'il est encore, ce con ? maugréa-t-il en cherchant dans son agenda le numéro de la maison de Washington.

— Allô ? fit la voix de Stone quelques instants plus tard.

— Que fais-tu dans le Connecticut ? demanda Dino.

— Je me planque avec Carpenter.

— Des nouvelles de La Biche ?

— Elle a pris un vol hier, en fin de journée, pour Londres et a tué une passagère en arrivant pour lui piquer son passeport. Depuis, les Anglais ont perdu sa trace.

— On est sûr qu'elle n'est plus à New York ?

— Va savoir. Carpenter dit qu'elle ne serait pas étonnée que Marie-Thérèse ait fait ça pour brouiller les pistes et qu'elle soit déjà de retour. Pourquoi ?

— Un Arabe s'est fait descendre, il y a une heure, sur Park Avenue, répliqua Dino. Deux ou trois balles dans la tête avec un silencieux.

— Oh, oh !

— Ça ressemble à notre vieille copine, non ?

— Tu vas peut-être un peu vite en besogne. Il peut très bien s'agir d'un Israélien. Avec les problèmes qu'il y a là-bas…

— Possible. Je vais me renseigner. Dis à Carpenter de m'appeler si elle a du nouveau. Je serais curieux de savoir ce qu'en pensent ses collègues.

— O.K. Mais, pour l'instant, elle est en train de préparer le dîner et je n'ai pas la moindre intention de la déranger.

— Ouais, j'imagine qu'un vrai repas ne te fera pas de mal.

— Absolument. Allez, salut, ajouta Stone en raccrochant.

Dino raccrocha à son tour. Il but une grande lampée de scotch, posa la tête sur son fauteuil et s'endormit aussitôt.

29

Stone retourna dans la cuisine où Carpenter s'activait. Elle était en pleine préparation d'une sauce appétissante.

— Ça sent très bon, dit-il en remplissant leurs verres. Qu'est-ce que c'est ?

— Des escalopes de poulet avec une sauce à l'estragon.

— Un vin rouge, ça te convient ?

— Oui, c'est parfait. Avec qui étais-tu au téléphone ? Qui est au courant que tu es ici ?

Stone ouvrit la porte de son armoire à vin et sélectionna une bouteille de cabernet.

— C'était Dino. Comme ça ne répondait nulle part, il a tenté sa chance ici. Il m'appelait pour me dire qu'un diplomate arabe a été assassiné sur Park Avenue, cet après-midi. Visiblement un contrat exécuté par un professionnel.

— Il pense à La Biche ?

— Il n'écarte pas l'hypothèse.

— Je ne serais pas surprise outre mesure si on m'annonçait qu'elle est revenue à New York. D'un autre côté, pourquoi s'en prendre à quelqu'un d'autre alors que c'est moi qu'elle cherche à abattre ?

— Peut-être pour ne pas perdre la main. Va savoir.

— Tu as demandé le nom du type qui s'est fait assassiner ?

— Non, je n'y ai pas pensé. Tu veux que je le rappelle ?

— Ça attendra demain.

— Il voudrait savoir ce qu'en pensent tes collègues.

— Ça attendra demain, répéta-t-elle en déposant deux escalopes de poulet dans du beurre chaud.

Le crépitement du beurre et les senteurs qui s'élevaient de la poêle commençaient à mettre Stone en appétit.

— Tu crois que La Biche est capable de laisser tomber si elle n'arrive pas à te mettre la main dessus ?

— Non, ça m'étonnerait.

— Que sais-tu d'autre sur elle ? insista-t-il.

— Pas grand-chose. Aucune technique particulière. Elle est aussi à l'aise avec une arme à feu qu'avec une corde ou un pic à glace. L'une de ses techniques préférées, pour éviter de se faire prendre, est celle dont elle s'est servie à New York ces jours-ci : elle repère une fille dans un bar, le plus souvent une lesbienne. Elle s'arrange pour que la fille la ramène chez elle et elle la tue avant de lui piquer son identité et sa garde-robe. Un excellent moyen de se fondre dans la foule. L'an dernier, à Paris, elle a fait ça trois fois de suite en trois jours.

— À force de multiplier les fausses pistes, on finit par perdre sa trace.

— Exactement. Comment savoir qui on cherche tant que le corps de sa victime n'a pas été retrouvé ? Il arrive que ça prenne plusieurs jours et, pendant ce temps-là, Marie-Thérèse a tout le temps de se trouver une autre victime et de changer une nouvelle fois de visage.

— L'autre soir, tu l'as vue et tu lui as même parlé. Rien qui puisse améliorer le portrait-robot de la CIA ?

— Malheureusement, non, répondit Carpenter tout en remuant sa sauce.

Elle jeta en pluie des haricots verts dans une casserole d'eau bouillante salée.

— Le portrait-robot est assez ressemblant, mais ça pourrait être n'importe qui. D'autant qu'il lui suffit de se maquiller un peu ou de se teindre les cheveux pour changer de tête, tout en conservant un physique passe-partout. Même si on avait une bonne photo d'elle, je ne suis pas certaine que ce serait très utile. Cette fille est un véritable caméléon.

— Elle est lesbienne, à ton avis ?

— Je n'en ai pas la moindre idée. Si ça se trouve, elle déteste les lesbiennes.

— Je vais mettre la table, proposa Stone.

Il sortit du buffet de cuisine des assiettes, des couverts et des serviettes qu'il installa face à face dans la salle à manger.

— Je peux allumer les chandelles ? demanda-t-il.

Carpenter égoutta les haricots dans une passoire et les jeta dans une poêle avec de l'ail et du beurre.

— Oui, tu peux y aller. Ce sera prêt dans une minute.

Stone alla chercher deux verres à vin en cristal et alluma les bougies. Il examina la table, plutôt satisfait de sa petite mise en scène.

— Tu peux m'apporter les assiettes ? lui cria Carpenter depuis la cuisine. Je préfère servir ici.

Stone s'empressa d'obtempérer, l'observant attentivement pendant qu'elle nappait de sauce les escalopes de poulet. Il rapporta les assiettes fumantes dans la salle à manger, les posa sur la table, recula galamment la chaise de Carpenter et servit le vin.

— Bon appétit, dit-elle en levant son verre.

— Tout ça m'a l'air délicieux, répondit-il en portant à sa bouche un morceau de poulet. Je t'engage comme cuisinière à vie, ajouta-t-il d'un air gourmand.

— Tu peux toujours courir, sourit-elle entre deux bouchées.

— Que penses-tu de ce meurtre sur Park Avenue ?

— Rien de bon. Et toi ?

— Peut-être qu'on ferait mieux de rester dans le Connecticut, proposa-t-il. Jamais elle ne nous retrouvera ici.

Marie-Thérèse poussa la porte du restaurant et embrassa la salle du regard. Elle avait appris l'existence de Chez Elaine par un article du *Post*. Le lieu était beaucoup plus banal qu'elle ne l'imaginait. Un restaurant de quartier comme il en existe des milliers à New York, avec une salle tout en longueur, des nappes à carreaux et un bar sur le côté gauche. Comme le maître d'hôtel l'interrogeait du regard, elle fit un petit signe en direction du bar et s'installa sur un tabouret, tout au bout, dos à la fenêtre. Elle portait une jolie robe noire Armani et un collier de perles récupéré chez sa dernière victime. Le barman s'approcha.

— Un Johnnie Walker Black avec des glaçons, demanda-t-elle avec un parfait accent américain.

Il revint presque aussitôt avec sa commande.

— Vous comptez dîner ici ? demanda-t-il.

— Vous servez au bar ?

— Bien sûr. Je vous apporte un menu.

Elle buvait son whisky à petites gorgées, observant les autres clients. Elle reconnut deux ou trois vedettes du moment, des visages entrevus au cinéma ou dans les magazines *people* dont elle avait toujours été friande. L'endroit lui plaisait. Le barman lui tendit un menu, et elle commanda un steak avec une salade César.

— Vous prendrez bien quelque chose, dit-elle à l'adresse du barman.

Il se servit une petite dose de scotch, leva son verre et le vida.

Marie-Thérèse avait la ferme intention de s'attirer ses bonnes grâces pour le faire parler.

Elle repoussa gentiment les dragueurs installés au bar et mangea tranquillement. Son steak terminé, elle commanda un cognac que le barman lui apporta aussitôt.

— Vous êtes nouvelle ici, ou je me trompe ? demanda-t-il.

— Non, je suis de San Francisco. C'est même la première fois que je viens à New York.

— Alors, je suis sûr que vous avez besoin d'un bon guide, dit-il.

— Pourquoi pas ? rétorqua-t-elle avec un large sourire. À propos, vous pouvez peut-être me renseigner.

— Tout ce que vous voulez.

Elle fouilla dans son sac et en sortit une coupure de presse.

— J'ai découpé ça dans le *Post* il y a quelques jours, dit-elle en lui tendant l'article.

Le barman eut un sourire amusé et le lui rendit.

— Oui, on parle tout le temps d'Elaine dans le journal.

— Qui est donc cet avocat dont le nom fait penser à un prestigieux groupe de rock ?

— Ah, lui ! C'est Stone, répondit le barman. Stone Barrington.

— Qui est-ce ?

— Un ancien flic qui a retourné sa veste en devenant avocat. Il dîne ici deux ou trois fois par semaine.

— Il est là, ce soir ? demanda-t-elle en regardant autour d'elle.

— Non, pas ce soir, répondit le barman en secouant la tête. Pourquoi, vous aimeriez le rencontrer ?

— Pas plus que ça. Mais je voulais voir la tête qu'il avait. Pour tout vous dire, cette histoire de type tombé à travers une tabatière m'intriguait. En fait, je crois que je préférerais un bon guide, ajouta-t-elle en souriant.

Le barman lui plaisait. Elle le trouvait mignon.

Stone n'arrivait pas à dormir. Pourtant, ils venaient juste de faire l'amour.

— Tu dors ? demanda Carpenter.

— Tu me croirais si je te répondais oui ?

— Tu m'avais pourtant dit que l'amour avait un effet soporifique sur les hommes.

— Souvent, mais pas toujours.

— C'est La Biche qui te tracasse ? Arrête d'y penser. On finira bien par l'avoir.

— Avant qu'elle t'ait eue ?

Carpenter vint se blottir contre lui.

— Tu es là pour me protéger, non ?

— Bien sûr que oui.

D'une main douce, elle lui caressa le ventre.

— Tu veux que j'essaye à nouveau de t'endormir ?

— Puisque tu me le proposes si gentiment, dit-il en se tournant vers elle.

30

Son repas terminé, Dino retourna s'asseoir dans son fauteuil devant la télévision. Il avait le plus grand mal à garder les yeux ouverts.

— Pourquoi ne vas-tu pas te coucher ? lui demanda Mary Ann.

— Tu as vu l'heure qu'il est ? Si je me mets au lit tout de suite, je serai réveillé à 4 heures du matin et je n'arriverai jamais à me rendormir. Aide-moi à me tenir éveillé. Parle-moi.

Elle se leva du canapé et vint s'asseoir sur ses genoux.

— Tu veux que je te réveille de quelle manière ? demanda-t-elle en se tortillant contre lui.

À cet instant, le téléphone sonna.

— Ne décroche pas, suggéra-t-elle en l'embrassant. Laisse faire le répondeur.

Dino lui rendit son baiser. Le remède de Mary Ann avait l'air efficace, car il était soudain tout à fait réveillé.

Le répondeur se mit en route.

— Dino, c'est Elaine. J'ai besoin de te parler de toute urgence. Réponds, s'il te plaît.

— Qu'elle aille se faire foutre, murmura Mary Ann.

— Tu as raison, acquiesça Dino en déboutonnant le chemisier de sa femme pour lui caresser les seins.

Quelques minutes plus tard, ils furent interrompus par la sonnerie du portable.

— Si ça se trouve, c'est le boulot, dit-il. Attends, je vais me débarrasser d'eux.

— Comme tu veux, mon chéri, répondit Mary Ann en lui léchant délicatement l'oreille.

Dino parvint tant bien que mal à trouver son téléphone et l'ouvrit.

— J'espère qu'on ne me dérange pas pour rien, bougonna-t-il.

— C'est Elaine. Rapplique tout de suite.

— Qu'est-ce qui se passe ?

— Tu te souviens de notre petite conversation au sujet de cet article dans le journal ? Que cette femme risquait de s'en servir pour mettre la main sur Stone ?

— Ouais, et alors ?

— Il y a une femme au bar qui pose tout un tas de questions sur Stone avec l'article en main.

— Décris-la-moi.

— Bien habillée, la trentaine, taille moyenne, poids idem.

— Arrange-toi comme tu veux, mais garde-la au chaud sans qu'elle s'énerve. J'arrive.

Il referma son téléphone d'un geste sec et embrassa Mary Ann.

— Désolé, ma chérie, mais ça ne peut pas attendre.

— Et moi, tu crois peut-être que je peux attendre ? demanda-t-elle en l'empêchant de se lever.

— Il s'agit d'une cinglée qui a déjà un sacré paquet de meurtres sur les bras et qui vient de débarquer chez Elaine.

— Bon, j'abandonne, dit Mary Ann en se levant et en reboutonnant son chemisier. Ce ne sera pas encore ce soir que je me ferai baiser par mon cher mari.

— Rien n'est moins sûr, répliqua Dino.

Il attrapa son manteau au vol et se dirigea vers la porte d'entrée, téléphone portable en main.

Arrivé en bas de son immeuble, il héla un taxi.

— 2e Avenue à hauteur de la 88e Rue, dit-il au chauffeur avant d'appeler son bureau. Bacchetti à l'appareil. Passez-moi l'inspecteur de permanence… J'ai un tuyau au sujet de la femme suspectée du meurtre de cet après-midi sur Park Avenue. Elle se trouve actuellement au restaurant Chez Elaine sur la 2e Avenue, entre la 88e et la 89e, trottoir de gauche en montant. Elle est installée au bar et tourne le dos à la rue. Je vous retrouve là-bas. Rameutez les types du groupe d'intervention… Non, je n'ai rien dit. Je veux huit types en civil, aucune arme apparente, ni sirène ni gyrophare. Ils n'ont qu'à y aller à pied, c'est tout près. Je ne veux voir aucun véhicule suspect devant l'entrée du restaurant, et personne n'entre tant que je ne suis pas là.

Arrivé à destination, Dino tendit un billet de cinq dollars au chauffeur et descendit, le portable vissé à l'oreille.

— J'arrive à l'instant. Postez deux hommes de chaque côté de la porte. Dites-leur de ne pas se faire repérer. Je veux quatre autres types sur le trottoir d'en face. La suspecte est une femme blanche, la trentaine, taille et poids moyens. Elle est seule, très probablement armée, et extrêmement dangereuse. Des questions ?

— Non, lieutenant, répondit l'inspecteur à l'autre bout du fil.

— Appelez-moi dès que tout le monde est à son poste.

— Compris.

Dino appela ensuite Elaine.

— Salut, c'est Dino. Je vais entrer seul dans un instant. Y a-t-il une table libre près du bar ?

— Non, mais Sid Zion est à la quatre avec deux autres types. Il reste des chaises libres à leur table. Je lui dis que tu arrives.

— Parfait. Ne regarde surtout pas du côté de la femme du bar. Fais comme si elle n'existait pas. Elle n'a pas bougé ?

— Non.

— O.K., j'arrive.

Dino sortit son arme de service, vérifia qu'elle était chargée et la remit dans son étui avant de pénétrer dans le restaurant.

Brusquement, sans savoir pourquoi, Marie-Thérèse fut parcourue d'un frisson. Elle avait vu le barman dire quelque chose à la patronne, et celle-ci s'était aussitôt précipitée sur le téléphone. Et voilà qu'elle téléphonait à nouveau. Elle avait même jeté un coup d'œil de son côté, elle en était sûre.

La porte du restaurant s'ouvrit pour laisser passer un homme de taille moyenne et de type méditerranéen.

Dino s'approcha de la quatre, où était installé Sidney Zion, un copain journaliste et écrivain.

— Salut, Sid, dit-il en lui serrant la main. Je peux me joindre à vous ?

— Installe-toi, mon vieux, répondit Zion.

Bacchetti s'assit de manière à avoir la femme du bar dans son champ de vision.

Marie-Thérèse était convaincue qu'il s'agissait d'un flic. Elle le sentait.

— Vous pouvez m'indiquer les toilettes ? demanda-t-elle au barman.

— Au fond à droite, la deuxième porte au bout du couloir.

Elle laissa ostensiblement son manteau sur son tabouret, prit son sac à main et s'éloigna dans la direction indiquée. Au fond de la salle, elle aperçut une issue de secours, mais deux types costauds étaient installés à une table juste devant. Elle prit le couloir de droite vers les toilettes et jeta un coup d'œil en cuisine au passage : pas la moindre sortie en vue. Elle poussa la porte des toilettes pour dames, referma le verrou derrière elle, se retourna et vit la fenêtre. L'ouverture n'était pas grande, mais suffisante pour s'y glisser. Elle l'ouvrit, mais elle était munie de barreaux.

Elle fouilla fébrilement dans son sac, puis elle enleva le couvercle de la chasse d'eau, frotta énergiquement son pic à glace et le semi-automatique de la CIA à l'aide de l'essuie-mains, les laissa tomber dans l'eau et referma le couvercle. Elle déchira son faux passeport en petits morceaux qu'elle fit disparaître en tirant la chasse, sortit son portable, et composa un numéro.

Le téléphone de Dino vibra dans sa poche.

— Bacchetti à l'appareil.

— Tout le monde est en place, lieutenant.

— Dis-leur de ne pas bouger. On attend qu'elle se décide à quitter le restaurant. Au moment où elle sort, je la suis et tout le monde lui saute dessus.

— Compris.

Dino remit son téléphone dans sa poche et jeta un regard circulaire. Marie-Thérèse n'était toujours pas revenue des toilettes.

— Allô ?

— Je souhaiterais parler à Ali.

— Lui-même. Vous êtes la personne que j'ai rencontrée cet après-midi ?

— C'est moi. Je crois qu'on va m'arrêter, et je vais avoir besoin d'un avocat.

— Où vous trouvez-vous en ce moment ?

— Un restaurant qui s'appelle Chez Elaine, sur la 2e Avenue, entre la 88e et la 89e.

— Vous êtes tout prêt du commissariat du dix-neuvième. C'est là qu'ils vont vous emmener, sauf si vous avez affaire à des agents fédéraux.

— Non, je pense que ce sont des types de la police de New York.

— Très bien. Votre avocat s'appelle Sol Kaminsky. Je l'appelle immédiatement, il vous rejoindra là-bas d'ici une demi-heure. En attendant, ne dites pas un mot à la police.

— D'accord, mais j'ai l'intention de faire l'innocente. Je serai bien obligée de leur parler.

— C'est à vous de voir. Vous avez des objets compromettants sur vous ?

— Non, je viens de m'en occuper. J'ai même un passeport en bonne et due forme.

— Parfait. J'explique la situation à Kaminsky. Lorsque vous serez au commissariat, appelez-le et laissez-lui un message sur son répondeur. Voici son numéro. Apprenez-le par cœur, dit-il en le lui récitant.

— Vous allez me mettre entre les mains d'un avocat juif ? s'étonna Marie-Thérèse.

— Nous avons recours à lui chaque fois qu'il nous faut un type compétent. Sol est un excellent avocat, vous verrez. Quel nom allez-vous leur donner ?

— Marie-Thérèse du Bois.
— Vous avez l'intention de leur donner votre vrai nom ?
— N'ayez pas peur, je sais ce que je fais.
— Quelle adresse comptez-vous donner ?
— Je ne sais pas encore.
— Nous avons une chambre réservée en permanence à l'hôtel Kirwan, sur Park Avenue, à hauteur de la 37e Rue. Il s'agit de la chambre mille trois. Un-zéro-zéro-trois. Vous pouvez vous servir de cette adresse. Pour plus de vraisemblance, je vais y faire déposer une valise et des vêtements féminins.
— Parfait. Je dois vous laisser. Au revoir, et encore merci.
Marie-Thérèse referma son téléphone, le remit dans son sac à main, retoucha son maquillage et sortit des toilettes. Après tout, elle faisait peut-être une simple crise de parano. Si seulement… Elle retourna s'asseoir sur son tabouret.
— L'addition, s'il vous plaît, demanda-t-elle au barman.
— Vous ne voulez pas me dire comment vous vous appelez ? Ou au moins me laisser votre numéro ? dit-il en lui apportant sa note.
Elle prit un petit carnet et un stylo dans son sac, et lui laissa son nom et son numéro de portable.
— Vous n'avez qu'à m'appeler demain, dit-elle.
Elle posa plusieurs billets sur le bar, assez pour son dîner et un gros pourboire, puis elle enfila son manteau et se dirigea vers la porte. Du coin de l'œil, elle vit le flic méditerranéen se lever et prendre ses affaires.
Arrivée sur le trottoir, elle fit mine de héler un taxi, mais le flic était déjà là.
— Police ! Ne bougez pas ! avertit Dino, l'arme à la main.

Il avait pris la précaution de rester plusieurs pas derrière elle afin d'éviter toute mauvaise surprise.

Marie-Thérèse le regarda par-dessus son épaule d'un air étonné.

— Quoi ? Que se passe-t-il ?

Elle avait à peine ouvert la bouche qu'ils s'abattaient sur elle comme une nuée d'insectes, lui emprisonnant les mains dans des menottes avant de fouiller son sac.

— Pas d'arme, laissa tomber un inspecteur.

— Allez fouiller les toilettes, ordonna Dino au moment où Marie-Thérèse était poussée de force dans une voiture de police.

31

Stone dormait profondément lorsque la sonnerie du téléphone le réveilla en sursaut. Totalement perdu, il se dressa et scruta la chambre plongée dans l'obscurité sans se rappeler où il se trouvait.

— Tu vas laisser sonner encore longtemps ? grommela Carpenter.

Stone trouva le téléphone à tâtons.

— Allô ?

— C'est moi ! lança la voix de Dino. J'espère ne pas vous avoir dérangés en pleines galipettes.

— Ah, c'est toi, Dino ! Qu'est-ce qui se passe ? Quelle heure est-il ?

— Pas particulièrement tard. Tu peux me passer Carpenter, s'il te plaît ?

— Elle dort.

— Non, je ne dors pas, l'interrompit la jeune femme en lui arrachant le téléphone des mains. Allô, Dino ?

— Désolé de te réveiller, mais j'ai pensé que tu aimerais être au courant des derniers développements.

— Pourquoi ? Que s'est-il passé ?

— Je viens d'arrêter une jeune femme chez Elaine. La trentaine, taille moyenne, poids moyen.

— Tu veux dire que tu as réussi à la coincer ?

— Ça m'en a tout l'air.

— Comment as-tu fait pour l'identifier ?

— Elle se promène avec un passeport en bonne et due forme au nom de Marie-Thérèse du Bois, et la photo correspond parfaitement.

— J'arrive tout de suite, dit Carpenter. En attendant, ne t'avise pas de la laisser filer.

— Pour l'instant, elle est enfermée dans la pièce réservée aux interrogatoires. Ne t'inquiète pas, je n'ai pas l'intention de la relâcher.

— Je devrais être là dans une heure et demie. Profites-en pour la faire prendre en photo et pour relever ses empreintes. Tant que tu y es, n'oublie pas de faire des prélèvements ADN.

— Elle a fait appel à un avocat, mais je ne suis pas convaincu qu'il lui soit d'un grand secours. J'ai alerté le substitut du procureur. En tout cas, ne traîne pas en route, ajouta-t-il avant de raccrocher.

— J'ai bien compris ce que j'ai cru comprendre ? demanda Stone, incrédule. Dino a réellement réussi à coincer La Biche ?

Carpenter, déjà debout, fouillait son sac de voyage à la recherche de vêtements propres.

— Non seulement il a réussi à la coincer, mais elle lui a même avoué son nom. Je n'arrive pas à y croire. Ne reste pas là ! Habille-toi, bordel de merde !

Stone se leva à son tour et ramassa ses habits.

Dino quitta son bureau et emprunta le couloir menant à la première cellule d'interrogatoire. Arrivé devant la porte, il prit le temps d'observer sa cliente à travers la glace sans tain. Assise sur une chaise, elle avait l'air à la fois surprise et inquiète.

— Tu as raison, ma chérie, murmura le lieutenant. À ta place, je me ferais également du souci. Maintenant que je te tiens, je n'ai pas l'intention de te lâcher.

Son supérieur, le capitaine Grady, arriva sur ces entrefaites.

— Alors, expliquez-moi un peu qui est cette femme.

— Elle s'appelle Marie-Thérèse du Bois, et c'est notre suspect numéro un pour le meurtre de ce diplomate arabe sur Park Avenue, cet après-midi.

— Que savez-vous d'autre à son sujet ?

— À en croire nos petits camarades des services secrets britanniques, cette charmante demoiselle est une tueuse professionnelle avec une longue liste de meurtres à son actif à travers toute l'Europe. Sans parler des trois personnes qu'elle a tuées depuis son arrivée à New York.

D'un geste théâtral, il tendit le passeport de La Biche à Grady. Ce dernier feuilleta le document et s'arrêta brusquement.

— Ce tampon indique qu'elle est entrée hier aux États-Unis par la frontière canadienne.

Dino se pencha sur la page que lui montrait son supérieur.

— C'est un faux, dit-il.

— Il faut montrer ça aux fédéraux.

— Pas tout de suite, capitaine. Je n'ai pas envie qu'ils débarquent dans notre enquête comme des chiens dans un jeu de quilles. J'attends une fille des services secrets britanniques.

— D'où vient-elle ?

— Elle arrive en voiture du Connecticut en compagnie d'un ami à moi. Ils devraient être là d'ici une heure.

— Votre ami, c'est le dénommé Barrington ?

— Euh… oui, capitaine. Pourquoi cette question ?

— Pour rien, mais comme je ne vous connais aucun autre ami… Qu'a-t-il à voir dans toute cette histoire ?

— À vrai dire, c'est plus ou moins le petit ami de l'agent britannique dont je viens de vous parler, s'empêtra Dino. Stone et moi l'avons connue à Londres l'an dernier.

— Vous avez pu vous entretenir avec la suspecte ?

— Je m'apprêtais à le faire lorsque vous êtes arrivé, capitaine. À vrai dire, j'attendais le substitut du procureur.

— Vous voulez dire que vous l'avez tiré du lit à cette heure-ci ? ricana Grady. Il faut que je voie ça.

— Eh bien, vous n'avez qu'à vous retourner, capitaine, fit une voix derrière les deux hommes.

Dino et le capitaine firent volte-face et se trouvèrent nez à nez avec George Mellon, le substitut du procureur.

— Elle n'a pas l'air si méchante que ça, commenta ce dernier en jetant un œil à travers la vitre.

— Je vais aller prendre la température, proposa Dino.

— Surtout, n'oubliez pas de lui faire signer le papier sur lequel figurent ses putains de droits avant de lui poser la moindre question, recommanda Mellon.

Dino poussa la porte et pénétra dans la pièce.

La Mercedes de Stone glissait à plus de 230 kilomètres heure sur l'Interstate 684 déserte.

— Tu ne peux pas accélérer un peu ? demanda Carpenter.

— La voiture serait peut-être d'accord, mais pas moi. Je n'ai jamais conduit aussi vite de ma vie.

— Poule mouillée, marmonna-t-elle.

Stone enfonça la pédale d'accélérateur, frisant le 260.

— Je ne peux pas aller plus vite.

— Lamentable, se moqua Carpenter. Tu n'aurais pas pu acheter une voiture qui avait un peu quelque chose dans le ventre ?

Stone se demandait déjà ce qu'il allait bien pouvoir raconter au motard qui l'arrêterait et, d'un œil, surveillait le ciel à l'affût d'un hélicoptère.

— Bonsoir. Je suis le lieutenant Dino Bacchetti.

Très digne, elle lui tendit la main sans prendre la peine de se lever.

— Enchantée, dit-elle.

— Tout le plaisir est pour moi, répondit Dino en serrant la main qu'elle lui tendait.

— Vous allez sans doute m'expliquer pour quelle raison je me trouve ici, dit-elle d'une voix ferme, tout à la fois mécontente et inquiète.

— Avant toute chose, je suis obligé de vous réciter vos droits, conformément à la constitution des États-Unis, l'interrompit Dino.

Il s'exécuta avant d'ajouter :

— Si vous avez la moindre question, je suis tout prêt à y répondre.

— Ce ne sera pas la peine. Je regarde les séries américaines à la télévision, comme tout le monde.

Dino lui tendit une feuille et un stylo.

— Dans ce cas, je vous demanderai de bien vouloir signer ce document.

Marie-Thérèse prit le temps de lire le papier qu'il lui tendait et le signa.

Dino posa le passeport de la jeune femme sur la table.

— Je vois ici que vous vous appelez Marie-Thérèse du Bois et que vous êtes domiciliée à Zurich, en Suisse. C'est exact ?

— C'est exact.

— À présent, si vous n'y voyez pas d'inconvénient, j'aimerais vous poser quelques questions, reprit Dino.

— À quel sujet ?

— Quand êtes-vous arrivée aux États-Unis ?

— La date figure sur mon passeport, répondit Marie-Thérèse, qui avait apposé le faux tampon elle-même.

— Où résidez-vous actuellement ?

— Je suis descendue à l'hôtel Kirwan sur Park Avenue, à hauteur de la 37e Rue. Chambre mille trois.

— Depuis quand ?

— Je suis arrivée aujourd'hui…

Elle s'interrompit et regarda sa montre.

— Ou plutôt hier. Vais-je avoir besoin d'un avocat ?

— Je n'en ai pas la moindre idée. Et vous ?

— Je peux répondre à vos questions, mais je préférerais le faire en présence d'un avocat.

Dino poussa un long soupir.

— Pas de problème. Je vous apporte un téléphone.

Il sortit de la pièce et alla chercher un téléphone sans fil qu'il tendit à la jeune femme.

— Vous souhaitez peut-être que je vous laisse seule ?

— C'est gentil de le proposer, mais ça ne sera pas nécessaire, dit-elle en désignant du menton le miroir sans tain.

Sans plus attendre, elle composa le numéro qu'elle avait retenu.

— Allô ? Bonsoir, maître. Marie-Thérèse du Bois à l'appareil. Je suis actuellement retenue par la police du… Un instant, je vous prie.

Elle plaça sa main sur l'appareil.

— Où sommes-nous exactement ? demanda-t-elle.

— Vous êtes au dix-neuvième district.

— Le dix-neuvième district, reprit-elle, et j'aurais besoin de l'assistance d'un avocat. Merci de venir dès que possible. Demandez le lieutenant…

— Bacchetti.

— Le lieutenant Bacchetti. Merci.

Elle raccrocha et tendit l'appareil à Dino.

— Je pense qu'il est temps de me dire pourquoi vous me retenez ici.

— Mademoiselle du Bois, vous êtes suspectée d'avoir commis quatre meurtres à New York.

Elle éclata de rire.

— Grand Dieu ! Et quand suis-je censée avoir trouvé le temps de commettre ces meurtres ?

— Ces derniers jours.

— Ces derniers jours, comme vous dites, je me trouvais en compagnie d'un ami. Nous sommes arrivés hier en voiture du Canada.

— Comment s'appelle cet ami ? demanda Dino en sortant son calepin. Je vais devoir vérifier.

— Il s'appelle Michel Robert et il est canadien.

— Où puis-je le trouver ?

— Très franchement, je ne sais pas très bien, dit-elle. Nous avons eu une petite dispute. Il m'a laissée en plan à New York, et je ne sais pas où il est parti. Puis-je savoir de quelles preuves vous disposez pour me suspecter de ces crimes ridicules ?

— Nous y viendrons tout à l'heure, répliqua Dino. Si vous voulez bien m'excuser quelques instants.

Il se leva et sortit de la pièce afin de s'entretenir avec Mellon.

— Elle vous a posé la bonne question, Dino, remarqua Mellon. Quelles sont vos preuves ?

— J'attends d'une minute à l'autre une femme des services secrets britanniques qui l'identifiera sans peine et qui pourra vous en dire plus sur son compte, répondit Dino.

— Avez-vous trouvé quoi que ce soit sur elle dont nous puissions nous servir ?

— Rien du tout, avoua Dino, mais elle a eu le temps de se rendre aux toilettes du restaurant Chez Elaine avant d'être arrêtée. J'ai demandé à ce qu'on fouille les lieux.

Deux des inspecteurs laissés sur place arrivaient juste au même moment. L'un des deux tenait à la main un grand sac en plastique transparent contenant un pistolet noir muni d'un silencieux, ainsi qu'un pic à glace.

— Pour un peu, je vous embrasserais, les gars, s'emballa Dino. Allez immédiatement au labo faire vérifier les empreintes. Faites établir une expertise balistique, et comparez les résultats avec ceux des balles retrouvées dans le corps de la victime de Park Avenue. Alors, ajouta-t-il en se tournant vers Mellon, vous êtes rassuré, maintenant ?

— Un peu, répondit Mellon. Êtes-vous en mesure de prouver qu'elle se trouvait sur le lieu du crime ?

— Vous venez d'entendre ce que je viens de dire à mes gars, non ?

— Vous avez relevé ses empreintes ?

— Pas encore. Je vais le faire tout de suite.

À cet instant, un petit bonhomme rondouillard se précipita dans leur direction.

— Où se trouve ma cliente ? demanda-t-il d'un ton sans réplique.

— Sol ! s'étonna Mellon. Qui t'as mis sur cette affaire ?

— Elle vient de m'appeler, répondit Kaminsky en désignant la jeune femme à travers la vitre. Je dois lui parler, et je ne veux voir personne rôder autour de cette porte pendant que je m'entretiens avec ma cliente.

— De combien de temps as-tu besoin ?

— Je te préviendrai quand j'aurai fini, George. Maintenant, va faire un tour et laisse-moi travailler.

Dino, le capitaine et le substitut du procureur s'éloignèrent en direction du bureau de Dino.

— Qui est ce type, George ?

— Il s'appelle Sol Kaminsky, et c'est l'un des avocats les plus retors que je connaisse. À moins que vous arriviez à établir un lien entre cette femme, ce pistolet et ces meurtres, il n'aura pas besoin de beaucoup de temps pour la faire sortir d'ici.

32

Stone s'engagea sur le Harlem River Bridge, ne ralentissant qu'au moment de passer le péage automatique. Il jeta un coup d'œil à sa montre. Il n'aurait jamais cru qu'il était possible de faire le trajet aussi vite.

— Tu traînes, tu traînes, grommela Carpenter.

— Je te signale que nous avons battu le record du monde de vitesse entre Washington, Connecticut, et Manhattan, lui signala Stone. D'une bonne demi-heure, au moins.

— On peut faire mieux, répondit-elle en faisant la moue.

Dino, le capitaine Grady et le substitut Mellon essayaient de calmer leur impatience, attendant que Sol Kaminsky en ait fini avec sa cliente, lorsque les deux inspecteurs pénétrèrent en trombe dans le bureau de Dino. Ils posèrent le pistolet, le silencieux et le pic à glace devant lui.

— Alors ? demanda Dino.

— Pas la moindre empreinte.

— Que dit la balistique ?

— Deux des balles retrouvées dans le corps étaient trop déformées pour être comparées, indiqua l'un des deux inspecteurs, mais la troisième est en bon état.

— Et alors ?

— Négatif. Pas le moindre rapport, de près ou de loin, avec le semi-automatique retrouvé chez Elaine. Ce n'est pas l'arme qui a servi à tuer le diplomate.

— Merde de merde ! lâcha Dino.

— En plus, ce n'est pas une arme anodine.

— Pourquoi ça ?

— Aucun numéro de série ou identification quelconque. Alors, nous avons vérifié sur la banque de données du FBI et la réponse est tombée aussitôt : arme fédérale. Ce qui veut dire qu'elle provient de la CIA, de la Defense Intelligence Agency, ou d'un autre organisme du même genre.

Levant les yeux, Dino aperçut Stone et Carpenter dans le bureau voisin.

— Voilà notre espionne anglaise. On devrait en savoir plus grâce à elle, dit-il en présentant ses amis au capitaine.

— Salut, Stone, dit Mellon sans même lui tendre la main.

— Salut, George.

Mellon le battait froid depuis qu'il l'avait ridiculisé en plein tribunal.

— Où est-elle ? demanda Carpenter.

Sol Kaminsky passa la porte du bureau au même moment.

— Ma cliente vous attend, dit-il à l'adresse de Dino. Vous pouvez l'interroger en ma présence. Allons-y.

Kaminsky tourna aussitôt les talons et se dirigea vers la petite pièce où était retenue Marie-Thérèse, escorté par toute la petite troupe. Il poussa la porte et Dino le suivit pendant que les autres restaient dans le couloir.

Stone donna un coup de coude à Carpenter.

— Alors, c'est bien La Biche ?

— Je ne sais pas, répondit-elle. Elle a l'air si différente… Je n'en jurerais pas.

— Voilà bien les témoins, marmonna le substitut.

— Très bien, lieutenant, commença Sol Kaminsky. Ma cliente a pu être identifiée à l'aide d'un passeport en bonne et due forme, et elle a répondu à toutes vos questions. Disposez-vous de preuves permettant de l'impliquer dans ces meurtres ?

Dino posa le pistolet, le silencieux et le pic à glace sur la table, sans rien dire, afin d'observer la réaction de Marie-Thérèse.

La jeune femme se tourna vers son avocat d'un air perplexe.

— Je ne comprends pas, s'étonna-t-elle.

— Ma chère, le lieutenant a l'air de penser que ces armes vous appartiennent, répondit Kaminsky.

— Je ne les ai jamais vues, répondit-elle. D'ailleurs, je n'ai aucune raison d'être armée.

Kaminsky se tourna vers Dino.

— Disposez-vous de preuves permettant d'établir un lien entre ma cliente et ces armes ?

— Elle les a déposées dans la cuve de la chasse d'eau des toilettes de Chez Elaine, insista Dino, la gorge serrée.

— Comment pouvez-vous le savoir ? Avez-vous retrouvé ses empreintes sur ces armes ?

Dino était de plus en plus mal à l'aise.

— Êtes-vous en mesure d'établir un lien entre ces armes et l'un ou l'autre des meurtres dont vous accusez ma cliente, à l'aide de tests balistiques ou scientifiques, par exemple ?

— Pas encore, répondit Dino afin de gagner du temps.

— Disposez-vous des témoins susceptibles de prouver que mademoiselle du Bois se trouvait sur les lieux de l'un ou l'autre de ces crimes ?

— Ne bougez pas, je reviens tout de suite, s'excusa Dino.

Il sortit de la pièce et rejoignit ses compagnons.

— Alors, Carpenter ? C'est bien elle ?

Carpenter fit la grimace.

— Elle n'est pas sûre à cent pour cent, répondit Stone à sa place.

George Mellon les interrompit :

— À mon avis, Dino, vous auriez pu éviter de me tirer du lit à une heure pareille pour si peu.

— Juste une seconde, reprit Dino. Cette femme est une tueuse professionnelle bien connue des services de police européens. Tu peux nous le confirmer, Carpenter ? Il n'y a qu'à entrer son nom dans les fichiers d'Interpol pour obtenir son dossier, non ?

Carpenter ne savait plus où se mettre.

— Non, dit-elle d'une petite voix.

— Non ? Et pourquoi non ?

— Elle a bien un dossier chez nous, mais nous ne l'avons jamais communiqué à aucun service de police. Nous espérions la prendre nous-mêmes.

Mellon reprit la parole :

— Si je comprends bien, il n'existe pas la moindre charge contre cette femme, ni ici ni ailleurs.

— Pas à ma connaissance, répondit Carpenter.

— Pas la moindre empreinte sur les armes retrouvées dans le restaurant, et les tests balistiques sont négatifs. C'est bien ça ?

— On peut résumer ça comme ça, acquiesça Dino.

— Alors, il suffit de la boucler pour port d'arme prohibé jusqu'à nouvel ordre, proposa le substitut.

Comme personne ne lui répondait, il regarda Dino droit dans les yeux.

— Vous n'allez tout de même pas me dire que vous n'avez aucun moyen de prouver que ces armes lui appartiennent ?

— Elle s'est rendue dans les toilettes et nous avons retrouvé les armes tout de suite après, indiqua Dino, sur la défensive.

— Vous n'avez aucun moyen de prouver que c'est bien elle qui les a déposées là-bas ? Je ne sais pas si vous êtes au courant, mais il doit y avoir une bonne cinquantaine de femmes qui vont aux toilettes tous les soirs dans un restaurant comme Chez Elaine. N'importe laquelle aurait pu laisser ces armes dans la cuve de la chasse d'eau, et pas uniquement ce soir. J'ai raison, oui ou non ?

— Vous avez raison, avoua Dino.

Mellon les regarda l'un après l'autre.

— L'un d'entre vous a-t-il un moyen de l'inculper pour une raison ou pour une autre ? Je ne sais pas, moi… Refus d'obtempérer, voie de fait sur agent, ce que vous voulez !

Un silence pesant s'installa. Au bout d'une minute, Mellon enfila son manteau.

— Je m'en vais, et je vous conseille de la laisser partir, maugréa-t-il en quittant la pièce.

Carpenter avait déjà sorti son téléphone portable.

— Mason ? La Biche va ressortir libre du commissariat du dix-neuvième district d'un instant à l'autre. Arrange-toi pour la faire filer immédiatement.

Dino se tourna vers ses deux inspecteurs.

— Trouvez qui vous voulez et allez l'attendre dehors. Dès qu'elle sort, ne la quittez pas d'une semelle. Suivez-la jusqu'à son hôtel et placez deux hommes devant la porte de sa chambre, prêts à la suivre en permanence.

— Dino, je suis sincèrement désolée, s'excusa Carpenter, confuse.

L'instant d'après, le lieutenant retrouvait Marie-Thérèse et son avocat dans la cellule des interrogatoires.

— Monsieur Kaminsky, votre cliente sera libre de s'en aller dès que nous aurons relevé ses empreintes et que nous l'aurons photographiée.

— Je m'y oppose, rétorqua Kaminsky. Ma cliente n'est pas en état d'arrestation, et rien ne permet de penser qu'elle a commis le moindre délit. Bonsoir, lieutenant.

Contraint et forcé, Dino ouvrit la porte et s'effaça pour les laisser sortir.

— Veuillez accepter toutes mes excuses pour le dérangement, mademoiselle du Bois, dit-il.

— Vous n'avez fait que votre travail, lieutenant, répondit-elle, gracieuse.

Dino les regarda s'éloigner, puis il conduisit Stone et Carpenter dans son bureau.

— Maintenant, tout ce qu'on peut faire, c'est la suivre en espérant qu'elle essayera de tuer quelqu'un.

— Moi, par exemple, dit Carpenter.

Un inspecteur frappa à la porte.

— Lieutenant, il faut que je consigne dans le registre le pistolet et le pic à glace. Vous pouvez me les donner ?

— Tu les trouveras sur la table, dans la première cellule d'interrogatoire.

— Non, lieutenant, ils n'y sont pas.

— Et merde, grogna Dino.

Marie-Thérèse et Sol Kaminsky, installés à l'arrière d'un taxi, descendaient la 2e Avenue.

— Je vous dépose à votre hôtel ? demanda l'avocat.

— Non, je vous remercie, monsieur Kaminsky. Je descendrai avant.

La voiture s'arrêta à un feu rouge. Par la fenêtre, Marie-Thérèse remarqua un gros camion sur la file voisine.

— Monsieur Kaminsky, pourriez-vous descendre tout de suite et vous éloigner ? demanda-t-elle.

Il la regarda, surpris.

— En pleine rue ?

— S'il vous plaît.

Kaminsky ouvrit la portière du côté gauche et descendit du taxi. Au même moment, Marie-Thérèse tendait un billet de vingt dollars au chauffeur.

— Laissez tourner le compteur jusqu'à la 34e Rue sans charger personne d'ici là, lui ordonna-t-elle.

Entrouvrant la portière de son côté, elle se laissa glisser sur la chaussée et rampa sous le camion. Elle avait tout juste terminé sa manœuvre lorsque le feu passa au vert. Le camion s'éloigna. Dissimulée sous une voiture garée le long du trottoir, elle se fit aussi petite que possible.

À quelques dizaines de mètres derrière le taxi, un inspecteur appela le commissariat par radio.

— Signalez à Bacchetti que l'avocat est descendu du taxi à la 77e Rue, dit-il. On continue.

Le flot des voitures s'ébranla et les inspecteurs poursuivirent leur filature.

Marie-Thérèse attendit patiemment que le feu soit à nouveau passé au rouge pour sortir de sa cachette. Elle se releva rapidement, épousseta ses vêtements et s'enfonça dans la nuit.

33

Stone poussa Carpenter dans un taxi.

— Je suis crevée, lâcha la jeune femme.

— Laisse les flics et tes collègues s'occuper tranquillement de tout ça, répondit Stone.

— Je ne me suis jamais sentie aussi humiliée de ma vie.

— Tu aurais tout de même pu prévenir Dino que La Biche ne figurait pas dans les fichiers d'Interpol.

— Oui, c'est vrai. Mais tu comprends bien qu'on n'avait pas vraiment envie d'avoir toutes les polices d'Europe dans les pattes.

— Pour pouvoir la tuer tranquillement, c'est ça ?

Carpenter préféra ne pas répondre.

— Puisqu'il n'existe officiellement aucune charge contre elle, comment avez-vous pu réunir autant d'informations à son sujet ? La liste des gens qu'elle a assassinés, ses méthodes habituelles et tout le reste ?

— À partir de… d'interrogatoires, répondit Carpenter.

— Il suffirait d'obtenir le témoignage de ces gens pour l'inculper, et Dino pourrait l'arrêter.

— C'est-à-dire que… les témoins en question ne sont plus là pour témoigner, dut admettre Carpenter.

À l'aide de sa radio, l'inspecteur chargé de suivre le taxi de La Biche poursuivit son rapport.

— Signalez à Bacchetti que le taxi ne s'est pas arrêté à son hôtel. Il continue en direction du sud de Manhattan.

— Ici Bacchetti. Où se trouve exactement la voiture à présent ?

— Au croisement de la 2e Avenue et de la 34e Rue, arrêtée à un feu, rapporta l'inspecteur. Attendez une seconde. Je ne comprends pas… La lumière du taxi vient de s'allumer, et il est en train de charger un client.

— Arrête tout de suite ce putain de taxi, s'écria Dino. Quant à la suspecte, tu la boucles pour destruction de preuves. Elle a volé le pistolet.

L'inspecteur mit en marche son gyrophare et s'arrêta à côté du taxi. Son coéquipier descendit et éclaira la banquette arrière de la voiture avec sa torche avant de revenir à toute vitesse.

— Lieutenant, dit-il dans sa radio, elle n'est plus dans le taxi !

— Quoi ?

— Elle n'y est plus. On a bien vu descendre l'avocat, mais pas la femme. On était convaincus tous les deux qu'elle était toujours à l'intérieur.

— Bravo les gars, lança Dino.

Il reposa sa radio, prit son téléphone et appela son ami.

— Allô ? répondit Stone.

Au même moment, Carpenter décrochait l'autre appareil de l'appartement.

— On l'a perdue, annonça la voix de Dino.

— Perdue ? Comment ça, perdue ?

— Mes types ont vu Kaminsky descendre du taxi à hauteur de la 77e Rue, mais pas La Biche. Ils étaient persuadés qu'elle se trouvait encore dans la voiture, mais elle n'y est plus. Pour couronner le tout, figure-toi qu'elle est partie en emportant le pistolet et le pic à glace. Quand je suis sorti de la cellule où on l'interrogeait, elle en a profité pour les ramasser sur la table. Vous ne l'avez pas vue faire ? Vous étiez pourtant de l'autre côté de la vitre.

— Oui, mais on discutait, se justifia Stone.

— Ce n'est pas ta faute, Dino, les interrompit Carpenter. C'est la nôtre.

— Désolé, chérie, s'excusa le lieutenant. Si tu veux, je peux lancer un avis de recherche avec son signalement pour le vol du pistolet.

— Tu es en mesure de prouver qu'elle l'a volé ?

— Si je la coince et qu'elle l'a sur elle, oui.

— Tu crois encore au Père Noël ?

Dino ne répondit pas.

Carpenter raccrocha, et Stone l'imita.

— Et maintenant, que fait-on ? demanda-t-il.

Carpenter était déjà en train de composer un numéro.

— J'appelle Mason, lâcha-t-elle.

Stone décrocha de son côté pour écouter la conversation.

— Mason à l'appareil.

— Vous avez pu suivre La Biche ? demanda Carpenter.

— Nous n'avons même pas eu le temps d'arriver au commissariat avant qu'elle soit relâchée.

— Bon sang ! Les flics de New York ont perdu sa trace. Elle les a roulés dans la farine, et ils ont suivi un taxi vide jusqu'à la 77e Rue.

— Quels cons ! Mais pourquoi diable ne l'ont-ils pas retenue là-bas ?

— À cause de nous, figure-toi. On n'a jamais voulu la faire rechercher officiellement ! Du coup, la police n'avait aucune raison de la retenir. Ils ont bien trouvé un pistolet dans les toilettes de Chez Elaine, mais le rapport balistique indique qu'il ne s'agit pas de l'arme avec laquelle a été tué le diplomate. Et elle ne s'est pas servie d'arme à feu pour les autres meurtres.

— C'est lamentable, lâcha Mason.

— Je ne te le fais pas dire. En plus, elle a réussi à barboter le pistolet au nez et à la barbe des flics. Elle l'a ramassé sur une table et l'a mis dans son sac avant de sortir tranquillement du commissariat.

— Si je comprends bien, on est revenu à la case départ, ou à peu près.

— À peu près.

— Architecte ne va pas être content.

— C'est le moins qu'on puisse dire. Bon, on se rappelle demain matin.

— Où es-tu ?

— Chez Barrington.

— J'envoie une équipe là-bas.

— Ce n'est pas la peine. Je ne pense pas qu'on risque grand-chose ce soir.

— Comme tu veux. Bonne nuit.

— Bonne nuit.

Stone et Carpenter raccrochèrent dans un même mouvement.

— Tu sais, j'adore ta petite maison du Connecticut, dit-elle.

Le garde-meuble était ouvert vingt-quatre heures sur vingt-quatre. Marie-Thérèse pénétra dans le bâtiment, rejoignit son box dont elle ouvrit la porte à l'aide du code, refermant derrière elle. La pièce mesurait deux mètres sur trois. *À peu près la taille d'une cellule de prison*, pensa-t-elle. Elle se déshabilla entièrement, prit un manteau de fourrure sur un cintre et l'étala par terre. S'enroulant dans un autre manteau, elle s'allongea sur le premier.

Le pire, dans tout ça, c'est qu'elle avait dû abattre son meilleur atout : sa véritable identité. Plus question de répéter la manœuvre. À moins qu'ils oublient d'envoyer son nom et son signalement à Interpol.

Elle s'endormit presque tout de suite, pensant au bébé qu'elle avait tenu dans ses bras dans l'avion.

34

Cinq hommes et quatre femmes débarquèrent du Concorde en provenance de Londres à Kennedy Airport. Deux véhicules les attendaient. L'un des deux chauffeurs tendit un téléphone portable à l'un des voyageurs.

— Il vous suffit d'appuyer sur la touche 1, monsieur.

L'homme s'exécuta et plaça l'appareil contre son oreille.

— Société Trading Partners, annonça une voix féminine.

— Vous savez qui est à l'appareil, n'est-ce pas ?

— Oui, monsieur.

— Nous venons d'arriver. Convoquez tout le monde. Absolument tout le monde. Réunion dans une heure.

— Très bien, monsieur. La salle est déjà prête.

— Bien.

Il referma l'appareil d'un mouvement sec et le tendit au chauffeur.

— Il s'agit du téléphone qui vous a été attribué pour votre séjour, indiqua celui-ci.

Architecte mit machinalement le portable dans sa poche et se plongea dans la lecture du *New York Times*.

La sonnerie du téléphone troubla brusquement le silence de la chambre de Stone.

— Allô ? dit-il d'une voix endormie tout en regardant son réveil.

— Je souhaiterais parler à Mlle Carpenter, s'il vous plaît, dit une voix féminine.

Stone secoua sa compagne.

— Téléphone pour toi.

— Quelle heure est-il ? demanda-t-elle en se tournant vers la table de nuit pour décrocher de son côté.

Stone en profita pour raccrocher.

— Un peu plus de 14 heures. On a dormi longtemps.

— Allô ?

— Architecte se trouve à New York. Il a convoqué une réunion pour 15 heures, dit son interlocutrice. Votre présence est impérative.

— Très bien, répondit Carpenter en raccrochant. Il faut que je me dépêche de prendre une douche, dit-elle à Stone. Mon patron vient d'arriver de Londres.

Elle repoussa les couvertures et se précipita vers la salle de bains.

— Tu crois qu'il y a quelque chose à grignoter ? demanda-t-elle.

Stone descendit à la cuisine et prépara un sandwich au jambon qu'il remonta. Carpenter, tout juste sortie de sa douche, se séchait les cheveux à l'aide d'une serviette.

— Ça a l'air bon, dit-elle en se précipitant sur le sandwich dont elle prit une énorme bouchée.

— Pourquoi cette réunion ? demanda Stone.

— C'est pas très difficile à deviner.

— Comment allez-vous faire pour la retrouver, maintenant ?

— Je ne sais pas encore, mais on va la retrouver et on va s'occuper d'elle, répliqua-t-elle, la bouche pleine.

Elle repartit en direction de la salle de bains, son sandwich à la main.

Stone en profita pour appeler Dino.

— Bacchetti à l'appareil.

— Tu as déjeuné ?

— Pas eu le temps, malheureusement.

— On se retrouve chez P.J. Clarke's dans une heure, d'accord ?

— C'est toi qui invites ?

— Si tu veux.

— Alors, retrouvons-nous au Four Seasons, conclut Dino en raccrochant.

Stone passa dans la salle de bains et entra dans la douche. Vingt minutes plus tard, il sortait de chez lui avec Carpenter.

— On se retrouve pour dîner ? demanda-t-il.

— Je ne sais pas. Je t'appellerai, répondit-elle en l'embrassant.

Elle descendit les marches à toute allure et se dirigea vers la 3e Avenue, tandis que Stone prenait la direction de Park.

Au grill du Four Seasons, passé le rush du déjeuner, il ne restait guère que quelques clients occupés à finir leur café. La salle était à moitié vide et les deux hommes n'eurent aucun mal à trouver une table bien placée. Ils commandèrent la même chose : salade et omelette avec un verre de vin.

— Comment se fait-il que La Biche se soit trouvée chez Elaine au même moment que toi ? demanda Stone.

— Elle te cherchait.

— Quoi ?

— Je ne plaisante pas. Elle est entrée, s'est installée au bar, a commandé à dîner, puis elle a sorti la coupure de presse du *Post* en demandant au barman qui tu étais.

— Il lui a répondu ?

— Je n'en sais rien. Je n'ai pas vraiment eu le temps de lui poser la question. Elaine m'a appelé chez moi pour me dire que quelqu'un s'intéressait à toi d'un peu trop près. J'ai dû partir en catastrophe pour me rendre sur place, au grand désespoir de ma femme qui était d'humeur particulièrement câline. Marie-Thérèse était accoudée au bar, en train de siroter un cognac.

Stone restait pensif.

— Pourquoi m'as-tu invité à déjeuner ? reprit Dino. Je me trompe, ou bien tu as quelque chose derrière la tête ?

— Nos amis anglais préparent une surprise, lâcha Stone.

— Ah oui ? Quoi donc ?

— Leur boss est arrivé de Londres avec toutes les huiles du service, et il a immédiatement convoqué une réunion.

— Qu'est-ce que ça peut te faire ? demanda Dino.

— Ça me fait que j'ai la très nette impression qu'ils ont l'intention de piétiner tes plates-bandes.

— De quelle manière ?

— Ce n'est pas très difficile à imaginer.

— Je ne suis pas d'humeur très imaginative.

— Moi non plus, mais nous n'avons guère le choix. As-tu reçu le moindre appel cet après-midi ? De nos amis anglais, je veux dire.

— Non. Pourquoi, j'aurais dû ?

— Non, et c'est bien ça qui m'inquiète.

— Stone, arrête de tourner autour du pot et raconte-moi ce que t'a dit Carpenter.

— Rien. Elle m'a simplement dit qu'elle devait se rendre à cette réunion.

— D'accord, mais tu dois bien avoir ta petite idée sur le pourquoi de cette réunion.

— Ne te fais pas plus bête que tu n'es, Dino.

— Bon, je me doute qu'ils vont parler de Marie-Thérèse. Que comptent-ils faire avec elle, à ton avis ?

— Ils ont l'intention de l'attraper et de la tuer, laissa tomber Stone.

— Ici, à New York ?

— Oui. Il y a toujours la possibilité qu'ils aient uniquement l'intention de la kidnapper et de la torturer, mais je reste persuadé que leurs chances de la prendre vivante sont nulles.

Dino réfléchissait en mâchonnant sa salade.

— D'accord, finit-il par dire.

— Quoi, d'accord ?

— Ça ne me dérange pas s'il veulent la coincer et la tuer, ou même la kidnapper pour la torturer.

— Bon Dieu, Dino, tu es lieutenant de police dans cette ville ! Tu as vraiment l'intention de les laisser faire ?

— Ouais, dit-il simplement avant de boire une gorgée de vin.

— Mais enfin, c'est un meurtre pur et simple ! Ça ne te fait rien ?

— Quelle mauviette tu fais, mon pauvre Stone !

— Pas du tout, mais je ne supporte pas l'idée qu'on assassine les gens en toute impunité dans ma ville.

— Tu devrais dire ça à tous les meurtriers qui courent les rues. Je suis sûr que la criminalité baisserait du jour au lendemain, ironisa le policier.

— Tu ne peux pas les laisser faire ça, Dino.

— Que veux-tu que je fasse ? Ces gens-là ne sont pas de simples touristes. Ce sont des putains d'espions, Stone. Ils n'agissent pas au grand jour. Tu t'imagines peut-être qu'ils vont me tenir au courant de leurs intentions ?

— Je pourrais m'arranger pour en savoir davantage.

— Non, je ne veux rien savoir, dit Dino. Quant à toi, si tu entends continuer à batifoler en toute quiétude avec mademoiselle Felicity Devonshire, je te conseille de ne pas lui poser trop de questions. Moins tu en sais, mieux tu te porteras.

— Tu veux que je te dise pourquoi Interpol ne sait rien des activités de La Biche ? demanda Stone.

— De toute évidence, tu vas me le dire quoi qu'il arrive.

— Tout simplement parce que les Anglais ont appris les détails de ses agissements en torturant ses amis avant de les assassiner. C'est pour ça qu'il n'existe aucune preuve contre elle, aujourd'hui. Tous les témoins sont morts.

— Je t'avais bien dit que je ne voulais rien savoir, commenta Dino.

— C'est comme ça qu'ils travaillent. Ils ne se contentent pas d'arrêter les criminels pour les juger, comme tout le monde. Ils les enferment dans des caves et ils s'acharnent sur eux avec toutes sortes d'outils innommables afin de les faire parler. Après ça, ils s'en débarrassent. Ces gens-là ne respectent pas la loi. Ils sont au-dessus des lois.

— C'est pour ça qu'à ta place, j'éviterais de contrarier Carpenter.

— À l'époque où on était flic tous les deux, je me souviens que nous avions la même conception de la loi, poursuivit Stone. On croyait au système, tout simplement.

— Sauf les fois où on tordait le bras au système, rectifia Dino.

— Je ne dis pas qu'il ne nous est jamais arrivé de bousculer certains clients pour leur faire peur, mais on n'a jamais été jusqu'à les assassiner, que je sache.

— Et je n'ai pas l'intention de changer de camp, le rassura Dino.

— Peut-être, mais ça ne t'empêche pas de fermer les yeux sur les agissements des Anglais.

— Stone, dans cette affaire, j'ai les yeux fermés depuis le début.

— Parce que tu ne veux rien voir.

— Sans doute. Contrairement à toi, j'ai compris qu'il existe deux mondes très différents qui fonctionnent en parallèle. Il y a notre monde, à toi et à moi, et puis il y a le leur, avec cette cinglée qui leur en veut pour une raison quelconque et qui se venge en les assassinant les uns après les autres, sans compter ceux qui ont le malheur de se trouver sur son passage. Que veux-tu qu'on y fasse ? Quelles preuves avons-nous ? Et même si je trouvais un moyen de les empêcher de tuer La Biche, que voudrais-tu que je fasse d'elle ? Que je la félicite avant de la renvoyer en Europe pour qu'elle fasse de nouvelles victimes ? Je n'ai rien pour la coincer. Rien de rien. Il faut bien que quelqu'un l'arrête, à un moment ou à un autre ; et comme ça ne peut pas être moi…

— J'entends ce que tu me dis, mais je trouve ça déprimant, convint Stone.

— C'est beaucoup moins déprimant quand tu évites d'y penser, rétorqua Dino.

35

Carpenter pénétra en hâte dans les bureaux new-yorkais des services secrets britanniques, accrocha son manteau dans un coin et prit ses notes sous le bras. Architecte était en train de s'asseoir lorsqu'elle rejoignit ses collègues en salle de réunion.

Le grand patron s'appelait en réalité Sir Edward Fieldstone ; le jour où il lui avait fallu choisir un nom de guerre, son penchant prononcé pour les métiers du bâtiment l'avait tout naturellement inspiré. On racontait qu'il avait fait aménager un énorme atelier dans sa maison de campagne du Berkshire et que la plupart des granges, appentis et autres hangars disséminés à travers sa vaste propriété avaient été construits par ses soins, ou bien réalisés d'après ses plans. Sir Edward avait rejoint les services secrets de Sa Majesté après un séjour dans les commandos. On murmurait qu'il avait un faible pour les agents ayant suivi le même parcours que lui, particulièrement ceux qui avaient servi en Irlande du Nord, où il avait longtemps dirigé la section des SAS. Il y avait gagné une réputation d'homme affable, mais impitoyable.

Carpenter avait toujours l'impression qu'il la considérait avec un certain mépris, faute d'avoir fait ses classes dans l'armée. En réalité, elle avait répondu à l'appel du sang en suivant l'exemple de son grand-père et de son père. Tous deux avaient appartenu au service avant elle, le premier pendant la Seconde Guerre mondiale en se faisant parachuter à plusieurs reprises en France afin d'y entraîner la Résistance ; le second en se distinguant comme l'un des meilleurs spécialistes de la lutte contre les terroristes de l'IRA. Un tel pedigree n'était pas à dédaigner, et Carpenter avait tout fait pour s'en montrer digne.

— Bonjour, commença Architecte d'une voix douce, faisant taire le brouhaha.

Des yeux, il fit le tour de la table, dévisageant l'un après l'autre la vingtaine d'agents, pour un tiers des femmes, réunis pour l'occasion.

— Mesdames et messieurs, ajouta-t-il après un silence pesant. La raison, l'unique raison de cette réunion, devrais-je dire, est Marie-Thérèse du Bois, également surnommée La Biche. Un sobriquet qui lui va comme un gant, étant donné les circonstances.

Un léger sourire s'afficha sur ses lèvres.

— Vous connaissez sans nul doute son dossier. Un dossier tragique, particulièrement pour certains de vos collègues. Vous ne serez donc pas surpris d'apprendre que j'entends mettre un terme aux agissements de cette femme dans les meilleurs délais.

Un murmure d'approbation parcourut l'assistance.

— Carpenter ? demanda Sir Edward.

Tous les regards se tournèrent vers la jeune femme qui se sentit rougir jusqu'aux oreilles.

— Oui, monsieur ?

— Auriez-vous l'amabilité de nous rappeler la nature exacte des activités de cette personne à New York, au cours des derniers jours ?

Carpenter n'avait pas besoin de ses notes pour répondre.

— Depuis son arrivée dans cette ville, Marie-Thérèse du Bois a assassiné l'un de nos anciens agents, un autre agent en poste, un diplomate d'un pays arabe employé par son gouvernement comme agent de renseignements, ainsi qu'une civile innocente. En outre, elle a blessé grièvement un autre de nos agents.

— Comment se porte Thatcher ? s'enquit Architecte.

— Il est en partie paralysé des jambes suite à une blessure à la moelle épinière, infligée à l'aide d'un pic à glace, mais ses jours ne sont plus en danger. Il réagit bien aux traitements qu'il subit actuellement et son état est en nette amélioration. Selon l'équipe médicale qui l'a pris en charge, il devrait à terme retrouver toute sa mobilité, ou presque.

— Bien, bien. Est-il convenablement traité ?

— Oui, monsieur.

— Fort bien. À présent, Carpenter, j'attends de vous une évaluation précise de la situation. En particulier, je souhaiterais savoir dans quelles circonstances La Biche a été arrêtée par les services de police de cette ville, et surtout pourquoi elle a été remise en liberté. Si vous voulez bien éclairer notre lanterne.

— Il y a quelques jours, le *New York Post* publiait un article dans lequel il était fait allusion à un avocat new-yorkais. Cet avocat n'était pas nommé, mais l'article le présentait comme le commanditaire du photographe ayant réalisé des clichés de l'un de nos anciens agents, Lawrence Fortescue, lors d'un rendez-vous galant avec une personne qui s'est révélée être La Biche. Il était précisé que cet avocat avait ses habitudes dans un restaurant appelé Chez Elaine. La Biche s'est rendue dans ce restaurant dans le but évident de se renseigner sur cet avocat. La propriétaire du restaurant, Elaine, s'est empressée de contacter un lieutenant de la police new-yorkaise de sa connaissance afin de lui faire part de cet incident. L'officier de police en question a aussitôt dépêché ses hommes sur les lieux, qui ont arrêté La Biche et l'ont conduite dans les locaux du dix-neuvième district.

— Fort bien. Voilà qui nous éclaire sur son arrestation. En revanche, j'ai du mal à comprendre pourquoi elle a été remise en liberté, s'inquiéta Architecte.

— Pressentant son arrestation, La Biche a pris la précaution d'essuyer soigneusement les deux armes qu'elle portait sur elle avant de s'en débarrasser dans la chasse d'eau des toilettes du restaurant. Ces armes ont été retrouvées, mais elles ne portaient ni empreinte, ni rien qui puisse prouver leur appartenance à Marie-Thérèse. Théoriquement, n'importe qui d'autre aurait pu les cacher là. L'une de ces armes, un pistolet, a fait l'objet d'un examen balistique dans l'espoir d'établir un lien avec le meurtre du diplomate arabe, mais cet examen s'est révélé négatif.

Carpenter reprit son souffle avant de poursuivre :

— La police new-yorkaise a été lourdement handicapée par le fait que notre service n'ait jamais cru bon de transmettre le dossier de Marie-Thérèse du Bois aux polices européennes ou à Interpol. Officiellement, aucune charge ne pèse contre elle.

Un grand silence enveloppa la salle. Tout le monde autour de la table savait que l'ordre de ne pas alerter les différentes polices avait été donné par Architecte en personne.

— Tout à fait, confirma ce dernier d'une voix calme, sans l'ombre d'une gêne. Poursuivez, je vous prie.

— Dernier élément : Marie-Thérèse a produit un passeport en bonne et due forme, établi à son vrai nom, portant un tampon parfaitement valide des services américains de l'immigration, ou alors si bien imité que la police de New York n'a rien pu détecter. Elle s'est faite représenter par un avocat new-yorkais du nom de Sol Kaminsky dont on sait qu'il a défendu à plusieurs reprises les intérêts de terroristes arabes. En particulier, Kaminsky a joué un rôle de premier plan dans la défense des hommes accusés d'avoir placé une bombe dans le sous-sol du World Trade Center, il y a quelques années.

— Je connais Kaminsky de réputation, dit Architecte. J'aimerais savoir qui a pris la décision de laisser partir La Biche.

— Le substitut du procureur du comté de New York s'était personnellement déplacé afin d'assister à l'interrogatoire ; en l'absence de raisons suffisantes pour la maintenir en détention, ou même de la photographier et de relever ses empreintes, il a donné l'ordre de la libérer.

Architecte hocha la tête.

— Comment jugez-vous la situation actuelle, Carpenter ?

— Nous n'avons aucune idée de l'endroit où elle se trouve, et nous ne savons pas davantage qui est susceptible de l'aider. Nous ne disposons d'aucune preuve tangible contre elle, de sorte que même si nous arrivions à la retrouver, nous n'aurions aucun moyen de la faire juger. Et, quand bien même nous finirions par y parvenir, elle serait acquittée par n'importe quel jury, aussi bien aux États-Unis qu'en Grande-Bretagne. J'ajoute qu'en raison de son allure passe-partout et de sa science du déguisement, il nous sera extrêmement difficile de l'identifier puisque ses empreintes ne figurent même pas dans nos dossiers. Pour dire les choses crûment, nous ne sommes pas prêts de mettre la main sur elle.

Architecte observait la jeune femme de son regard métallique.

— Votre souci de l'exactitude vous pousse à un certain pessimisme, Carpenter. Que proposez-vous ?

— Nous savons qu'elle a l'habitude de fréquenter des bars réservés à une clientèle lesbienne, et qu'il lui arrive régulièrement d'y rencontrer des femmes qu'elle assassine ensuite afin d'usurper leur identité et d'occuper brièvement leur logement. Dans la mesure où nous disposons ici d'un certain nombre d'agents féminins, je suggère de les placer en surveillance dans le plus grand nombre possible de ces bars dans l'espoir de la repérer. Ces agents seront bien évidemment équipés d'appareils de surveillance électroniques afin de rester en contact avec nous.

— C'est dans cette perspective que je me suis déplacé en compagnie de quatre de nos collaboratrices, remarqua Architecte. D'autres recommandations ?

— Je suggérerais de mettre sur écoute les lignes professionnelle et privée de M. Kaminsky et de le faire surveiller. Il est le seul contact connu de Marie-Thérèse à New York.

— Rien d'autre ? Vous n'avez vraiment rien d'autre à nous suggérer ? demanda Architecte d'une voix étrangement douce.

Carpenter soutint son regard sans ciller. Le jour où le gouvernement réclamerait une enquête sur cette affaire, ce qui ne manquerait pas d'arriver, tôt ou tard, elle n'avait pas l'intention de se retrouver en première ligne.

— Non, monsieur. Pas d'autre suggestion.

Elle savait pertinemment où il voulait en venir, mais elle n'avait pas l'intention de se laisser piéger par ce vieux salopard aux manières doucereuses. Le jour où l'ordre serait donné de se débarrasser de La Biche, ce n'est pas d'elle qu'il émanerait.

— Vraiment ? Vous me décevez, Carpenter.

— J'en suis sincèrement désolée, monsieur.

— Je n'en doute pas, dit-il.

Puis il se tourna vers ses autres collaborateurs.

— Fort bien, voici comment nous allons procéder. Mason, je vous demanderai de prendre en charge la surveillance électronique de ces bars homosexuels. Comment peut-on s'en procurer la liste ?

Nouveau regard circulaire.

Carpenter reprit la parole :

— Je propose d'écumer, pour commencer, les rues de Greenwich Village et de Soho, où nous n'aurons aucun mal à trouver plusieurs de ces établissements. Par la suite, il suffira à nos agents de se renseigner auprès de la clientèle pour recueillir d'autres adresses.

— Parfait, acquiesça Architecte avec l'ombre d'un sourire. Je constate avec soulagement qu'aucune de mes collaboratrices n'a ses habitudes dans ce genre d'endroit. À vous d'agir, Mason.

— Bien, monsieur.

— Sparks, lança Architecte à l'adresse d'un autre agent, je vous confie la surveillance de M. Kaminsky. Vous avez carte blanche, mais veillez à ce que les autorités locales n'aient pas vent de nos agissements.

— Bien, monsieur, dit Sparks. Dois-je prévenir le FBI ?

— Non, rétorqua Architecte. Je dîne ce soir avec le directeur de cette agence, qui se trouve justement à New York aujourd'hui. Je me charge de lui en faire part.

— Merci, monsieur.

— Eh bien, je crois que nous avons terminé, conclut Architecte en replaçant ses dossiers dans son attaché-case.

— Excusez-moi, monsieur. Une dernière question : quelle est ma mission ? s'enquit Carpenter.

Architecte l'observa de son regard glacial.

— Ma foi, comme La Biche vous a vue de près, il me semble difficile de vous demander de faire la tournée de ces bars… Même si je ne doute pas que ce soit très dur pour vous d'y renoncer.

Carpenter se sentit à nouveau rougir jusqu'à la pointe des cheveux.

— D'un autre côté, j'ai cru comprendre que vous aviez quelques affinités avec cet avocat, Barrington. C'est bien ainsi qu'il s'appelle, n'est-ce pas ?

Carpenter se tourna vers Mason, qui avait la tête plongée dans ses dossiers.

— Barrington, c'est bien ça, poursuivit Architecte. Puisque La Biche semble s'intéresser à ce monsieur, assurez-vous que leurs chemins ne se croisent pas. J'ai noté qu'elle avait une fâcheuse tendance à s'en prendre à des civils innocents et je ne voudrais pas…

Architecte laissa sa phrase en suspens.

— Je vous demande pardon, monsieur, s'interposa Mason.

— Oui, Mason ?

— J'aurais souhaité connaître la nature exacte de vos instructions lorsque nous aurons retrouvé La Biche.

Un bon point pour toi, mon petit Mason, pensa Carpenter. Il était temps qu'Architecte se mouille un peu, pour une fois.

— En aucun cas, je dis bien en aucun cas vous ne devez vous en emparer, répondit-il. Cette femme est beaucoup trop dangereuse et je n'ai pas l'intention de perdre de nouveaux agents.

Il referma son attaché-case en ajoutant :

— Débarrassez-vous d'elle comme vous le pouvez.

— J'ai bien compris, monsieur, mais il est fort probable que ce genre de situation survienne dans un lieu public, insista l'agent.

— J'en suis parfaitement conscient, Mason, répondit Architecte en se levant. Arrangez-vous pour éviter les dommages collatéraux.

Il empoigna son attaché-case et quitta la salle.

Au moment où les autres participants sortaient à leur tour, Carpenter rejoignit Mason.

— Tu as l'intention de suivre cet ordre ? demanda-t-elle, l'air de rien.

— Je n'ai pas l'habitude de lui désobéir, répliqua-t-il.

36

Cela commençait à faire longtemps que Stone, de plus en plus affamé, attendait l'appel de Carpenter. Il sauta sur l'appareil lorsqu'il sonna finalement.

— Allô ?

— C'est moi, dit-elle.

— Comment s'est passée ta réunion ?

— Je te raconterai ça tout à l'heure.

— Oui, mais quand, tout à l'heure ?

— J'ai peur de devoir passer la soirée à travailler ici. Pourquoi ne vas-tu pas m'attendre chez Elaine ? Je te rejoins dès que je peux.

— Ça me paraît dangereux pour toi de te montrer là-bas, remarqua Stone.

— Écoute, la dernière fois que La Biche a mis les pieds chez Elaine, elle s'est fait arrêter, répondit Carpenter. À mon avis, elle ne doit pas être pressée d'y retourner. Tu ne crois pas ?

— Tu as sans doute raison, concéda Stone. Tu as idée de l'heure à laquelle tu pourras te libérer ?

— Je t'appelle dès que je quitte le bureau. Salut.

Et elle raccrocha.

Stone se fit déposer en taxi devant Chez Elaine. Il s'installa à sa table habituelle et demanda qu'on lui apporte le menu avec un apéritif. Elaine le rejoignit presque aussitôt.

— Tu as raté un beau spectacle, hier soir, dit-elle.

— Je sais, Dino m'a expliqué. Merci de l'avoir prévenu.

Elaine haussa les épaules.

— De rien. Il faut bien que quelqu'un veille sur ta petite personne.

— Pour l'instant, ma petite personne se porte plutôt bien, je te remercie. Mais raconte-moi un peu comment les choses se sont passées, hier soir.

— Au début, très simplement. Elle est entrée et s'est installée au bar. L'un des barmen, Bobby, a sympathisé avec elle et ils ont discuté tranquillement pendant qu'elle dînait. Figure-toi qu'elle lui a même donné son numéro. Tout allait bien jusqu'au moment où elle a sorti de son sac l'article du *Post* en lui posant tout un tas de questions à ton sujet. Elle voulait savoir comment tu t'appelais et Bobby le lui a dit. C'est à ce moment-là que je me suis souvenue de la conversation que nous avions eue ensemble.

— Tu dis qu'elle a donné son numéro à Bobby ?

— Oui, il lui a bien plu, apparemment. Il faut dire que Bobby a souvent la cote avec les clientes.

— Excuse-moi un instant, dit Stone.

Il se leva et se dirigea vers le bar.

— Salut, Bobby.

— Salut, Stone. Comment ça va ?

— Bien. Et merci pour ton aide hier soir.

— Très franchement, je n'y suis pour rien.

— Elaine me dit que cette femme t'a donné son numéro de téléphone.

— Absolument !

— Tu l'as gardé ?

Bobby se tourna vers la caisse, appuya sur une touche et le tiroir s'ouvrit. Il souleva le casier à billets et prit un petit bout de papier qu'il tendit à Stone.

— Voilà. Après ce que j'ai appris sur elle, je n'ai plus vraiment l'intention de l'appeler.

Stone empocha le papier.

— Merci, Bobby. Prends un verre sur mon compte.

— Merci.

Il retourna s'asseoir, examina le morceau de papier et constata que le numéro commençait par 917. Il s'agissait donc d'un numéro de portable.

Elaine le regardait avec des yeux ronds.

— Ne me dis pas que tu vas l'appeler !

— Bien sûr que non, répondit Stone en fourrant le papier dans sa poche.

— Felicity n'est pas avec toi ?

— Elle avait du boulot. Elle doit me rejoindre tout à l'heure.

— Et Dino ?

— On a déjà déjeuné ensemble, je préfère être tranquille pour le dîner.

— Stone, tu crois que cette femme en a après toi ?

— J'espère que non. Et, de toute façon, je la vois mal remettre les pieds ici, après ce qui s'est passé hier soir.

Tout en parlant, Stone leva les yeux et vit une jeune femme seule pénétrer dans le restaurant. Elle s'arrêta sur le pas de la porte et jeta dans la salle un regard circulaire. Taille moyenne, poids moyen, cheveux bruns, élégante. Il se demandait déjà avec quoi il allait bien pouvoir se défendre.

Il n'eut pas à se poser longtemps la question, car la jeune femme avait aperçu quelqu'un au fond de la salle. Elle s'avança entre les tables d'un pas alerte, passa à côté de Stone sans un regard et rejoignit l'homme qui s'était levé pour l'embrasser.

— N'aie pas peur, c'est sa femme, le rassura Elaine. Je crois que tu as besoin d'un verre, ajouta-t-elle, faisant signe au garçon d'apporter à Stone un autre bourbon.

— Bonne idée.

— Je t'invite, précisa Elaine lorsque le garçon arriva.

— Merci, et à la tienne, dit Stone en levant son verre.

— Tu devrais peut-être te reposer quelques jours, suggéra Elaine. Pourquoi ne vas-tu pas dans ta maison du Connecticut ?

— J'en reviens, mais je crois que tu as raison.

Elaine se leva pour saluer un client, abandonnant Stone à son bourbon. Il passa la commande et sortit machinalement le bout de papier de sa poche. Sans réfléchir, il prit son téléphone portable et composa le numéro.

Elle répondit à la première sonnerie.

— Oui ?

— Mademoiselle du Bois, je m'appelle Stone Barrington. Je vous en prie, ne raccrochez pas, ajouta-t-il aussitôt. Il faut absolument que je vous parle.

— Très bien, répondit-elle après un bref silence. De quoi voulez-vous parler ?

Elle parlait avec un accent américain parfait.

— Je voudrais tout d'abord vous expliquer la raison qui m'a poussé à vous faire photographier.

— Je serais curieuse de savoir pourquoi, en effet, dit-elle.

— Il s'agissait en fait d'une affaire de divorce. Larry Fortescue était marié à l'une de mes clientes, et elle était persuadée qu'il avait une maîtresse. Avant de l'épouser, elle lui avait fait signer un document selon lequel il renonçait à lui réclamer le moindre centime si jamais il était convaincu d'adultère. Je ne savais même pas qui vous étiez.

— Et maintenant, vous le savez ? demanda-t-elle.

— Je crois avoir une petite idée, répondit-il, et je n'ai pas la moindre envie de me retrouver sur la liste de vos ennemis.

Elle éclata de rire à l'autre bout du fil.

— En tout cas, monsieur Barrington, vous avez un instinct de survie très développé. C'est déjà ça.

— Je pense qu'il serait préférable qu'on se rencontre, proposa Stone.

— Vous n'imaginez tout de même pas que je vais accepter.

— Dans ce pays, selon les termes de la Constitution, les relations entre un avocat et ses clients sont privilégiées.

— J'ai déjà entendu dire ça.

— Très bien. Vous savez donc que si nous sommes amenés à nous rencontrer pour des raisons purement professionnelles, les circonstances de cette rencontre, tout comme la teneur de notre entretien, resteront parfaitement confidentielles. Personne ne peut me contraindre à violer ce principe, pas même la police.

— Je sais cela. Reste à savoir si ce principe de confidentialité est susceptible de vous empêcher d'inviter d'autres participants à une telle rencontre.

— Absolument. Déontologiquement, je suis tenu au secret professionnel et je ne dois parler à personne de notre rencontre et de notre conversation, sauf si vous me faites part de votre intention de commettre un délit.

— Pourquoi devrais-je me fier à votre sens de l'éthique professionnelle, monsieur Barrington ?

— Rien ne vous y oblige, c'est vrai. Mais les avocats de ce pays ont le plus profond respect pour le principe qui les fait vivre, et ils n'ont pas l'habitude de livrer leurs clients à la police, sauf dans le cas que je viens de vous exposer.

— Si je comprends bien, vous vous posez des questions à mon sujet.

— C'est vrai, mais ce n'est pas la seule raison qui me pousse à vouloir vous rencontrer.

— Quelle autre raison, alors ?

— J'ai l'intention de vous sauver la vie.

— Vous pensez peut-être que je vais me rendre à la police ? Hier, ils n'ont finalement pas voulu de moi et m'ont relâchée.

— Je n'ai pas le moindre rapport avec la police. Ni même avec les services secrets britanniques.

Nouveau silence.

— Vous commencez à m'intéresser, monsieur Barrington, précisément pour les raisons que vous venez d'évoquer. Donnez-moi votre numéro de téléphone portable.

Stone obtempéra.

— Demain, à 18 heures, soyez à la patinoire du Rockefeller Center. Avec un peu de chance, je vous offrirai un verre, mais ne commettez pas l'erreur de venir accompagné.

Elle raccrocha.

Stone allait remettre son téléphone dans sa poche lorsque le vibreur se mit en marche.

— Allô ?

— Salut, c'est moi.

— Salut.

— Je croule sous le boulot et j'en ai encore pour plusieurs heures. Ne m'attends pas, je vais manger ici, on a commandé des plats chez un chinois. Je te retrouve tout à l'heure chez toi.

— Dommage que tu n'aies pas pu te libérer.

— Je suis désolée. À plus tard.

Stone remit son téléphone dans sa poche. Il ne pensait pas à Carpenter, mais à La Biche. Il se demandait dans quel guêpier il venait de se fourrer.

37

Marie-Thérèse se présenta à l'heure pour son rendez-vous chez Frédéric Fekkai, un coiffeur à la mode de la 57e Rue. Le personnel la connaissait bien, mais sous un nom d'emprunt. Elle fut accueillie par Fekkai en personne, toujours prompt à flatter sa clientèle.

— Madame King ! Comment allez-vous ? Quoi de neuf à Dallas ?

— Bonjour, mon cher, répondit Mme King avec un accent texan à couper au couteau. Tout va génialement bien. Le prix du baril de pétrole n'arrête pas de grimper ; alors, j'ai pensé qu'il était temps de venir faire un petit tour à la ville, histoire de dépenser l'argent de M. King.

— Quel plaisir de vous voir ! Voyons, voyons… nous avons dit un massage et un petit traitement aux herbes, une manucure, sans oublier votre rendez-vous avec notre visagiste. Si vous n'y voyez pas d'inconvénient, je m'occuperai de vos cheveux après tout cela.

— Mais c'est parfait, chéri.

— Vous n'aurez qu'à demander à l'une des filles de vous commander quelque chose à manger.

— Ça tombe bien, j'ai une faim de loup, et un petit bourbon ne me ferait pas de mal.

— Je m'en occupe personnellement tout de suite.

Au bout d'une demi-journée de soins divers, Marie-Thérèse passa enfin entre les mains du maître.

— Dites-moi tout. Que va-t-on faire de ces merveilleux cheveux, cette fois ? lui demanda-t-il.

— J'aurais voulu une coupe plutôt courte, dit-elle en passant la main dans sa toison. Et puis je verrais bien une coloration blonde assez soutenue, avec quelques mèches.

— Vous avez tout à fait raison, c'est exactement ce qu'il vous faut, répliqua Fekkai. La coloriste vous attend, je m'occupe de vous tout de suite après.

Lorsqu'elle sortit du salon de coiffure, à 16 heures, Marie-Thérèse avait une nouvelle tête. Elle se rendit chez Bergdorf où elle renouvela également sa garde-robe. Elle s'acheta deux perruques et régla le tout avec une carte American Express au nom de Mme King. À 18 heures précises, elle se trouvait au coin de la 5e Avenue et de la 57e Rue et appela Stone Barrington sur son portable.

Accoudé à la rambarde de la patinoire, l'avocat observait une jolie petite blonde, en minijupe, qui évoluait sur la glace avec beaucoup de grâce. Il regardait de temps en temps autour de lui, à la recherche d'une femme seule susceptible de correspondre au signalement de La Biche. Soudain, son portable vibra.

— Allô ?

— Bonjour, dit-elle. Vous allez vous rendre à pied jusqu'à Bryant Park, derrière la bibliothèque municipale. Vous devriez y être d'ici dix minutes. Une fois sur la 5e Avenue, prenez le trottoir de droite jusqu'à la 44e Rue, puis celui de gauche jusqu'à la 42e, avant de retraverser. Vous avez bien compris ?

— Oui.

— Je vous rappellerai quand vous serez là-bas, ajouta-t-elle avant de raccrocher.

Marie-Thérèse se dirigea vers Madison Avenue qu'elle traversa avant de prendre à gauche. Elle entra dans un magasin d'électronique spécialisé dans les équipements de surveillance, y fit quelques emplettes, ressortit sur le trottoir, héla un taxi, demanda au chauffeur de démarrer et rappela Stone.

— Écoutez-moi très attentivement, dit-elle. Vous allez prendre la 42e Rue à droite, et vous avancerez sur le trottoir de gauche. À la première intersection, prenez à gauche jusqu'à la 37e Rue et tournez de nouveau à gauche. Sur le trottoir de droite, vous verrez un bar appelé O'Coineen's. Entrez et installez-vous dans le dernier box à gauche. Un petit carton posé sur la table indiquera qu'il est réservé. Si on vous demande quoi que ce soit, dites simplement que vous avez rendez-vous avec Maeve. Compris ?

— Oui.

— Soyez-y dans dix minutes.

Elle raccrocha.

— Tournez à droite ici, dit-elle à l'adresse du chauffeur, et arrêtez-vous un peu avant le prochain carrefour.

Elle descendit de voiture, entra chez O'Coineen's et se dirigea vers les toilettes. Elle sortit une perruque à frange de son sac et l'enfila, puis elle regarda sa montre.

Stone n'eut aucun mal à trouver le bar que lui avait indiqué Marie-Thérèse. L'endroit était animé, apparemment rempli d'habitués qui prenaient un verre en sortant du boulot, et le dernier box à gauche était effectivement vide.

Un garçon s'approcha.

— Désolé, ce box est réservé.

— J'ai rendez-vous avec Maeve, annonça Stone.

— C'est bon, Sean, dit derrière lui une voix avec un charmant accent irlandais.

Il se retourna et découvrit une ravissante jeune femme rousse avec une frange, sans grand rapport avec la Marie-Thérèse entraperçue au commissariat.

— Je vous demanderai de vous lever, monsieur Barrington, lui ordonna la jeune femme.

— Bonsoir, dit-il en se mettant debout.

— Écartez les bras, poursuivit-elle.

Stone s'exécuta.

Elle s'assura qu'il n'était pas armé, allant jusqu'à lui palper l'entrejambe, puis elle sortit de son sac un petit appareil qu'elle fit courir sur son corps, de la tête aux pieds.

— Asseyez-vous, lui dit-elle finalement en lui désignant la banquette qui tournait le dos à la rue.

— Je vous remercie d'être venue, commença Stone en s'installant.

Elle se glissa en face de lui, posa à côté d'elle un sac de chez Bergdorf, puis déposa à plat sur la table un sac à main assez volumineux, ouvert de telle sorte qu'elle pouvait y plonger la main en cas de besoin. Elle observa longuement les autres clients autour d'eux, puis la rue, avant de se tourner vers lui.

— Vous prenez quoi ?

— Une bière, s'il vous plaît.

— Deux Harps, dit-elle au garçon.

— Tout de suite, répondit ce dernier en se dirigeant vers le comptoir.

— Vous ne trouvez pas ça formidable ? demanda-t-elle avec son accent irlandais.

Stone ne savait trop comment réagir.

— Allons, allons, monsieur Barrington. Je suis venue. C'est bien ça que vous vouliez, non ?

Stone allait lui répondre lorsque le garçon s'approcha avec les deux bouteilles de bière, et il préféra attendre qu'il se soit éloigné.

Elle versa un peu de liquide ambré dans son verre et trinqua avec Stone.

— Je ne vous trouve pas très bavard, monsieur Barrington.

Il avala une gorgée de bière.

— Je crois que vous devriez quitter New York le plus vite possible.

— Quitter New York ? Et pourquoi cela ?

— N'allez pas vous imaginer que, parce que la police vous a relâchée, vous êtes en sécurité.

— Et de quoi devrais-je avoir peur ?

— De… de ce qu'on risque de vous faire.

Elle jeta un coup d'œil à la porte d'entrée, se cala contre le dossier de sa banquette et porta son verre à ses lèvres.

— Au téléphone, vous m'avez dit que vous saviez un certain nombre de choses à mon sujet. Quelles choses ?

— D'après ce que j'ai cru comprendre, vos parents ont été tués par erreur dans une embuscade lorsque vous étiez plus jeune. Depuis, vous avez subi un entraînement dans un camp spécial et vous passez votre temps à assassiner des gens, entre autres les responsables de la mort de vos parents.

— Vous en savez des choses, dites-moi ! Mais ceux qui vous ont raconté que mes parents avaient été tués par erreur sont des menteurs.

— Je pense au contraire qu'ils sont plutôt bien informés, même si leur vérité n'est pas nécessairement la vôtre.

Elle eut un petit rire.

— C'est vrai que nous ne partageons pas exactement la même vision du monde. En revanche, je sais de source sûre qu'ils avaient décidé d'assassiner ma mère, et que ça ne les dérangeait pas plus que ça de tuer son mari et sa fille par la même occasion.

Stone la regarda d'un air méfiant.

— Il existe plus d'une manière d'écrire l'histoire, vous savez, ajouta-t-elle.

— Peut-être. Mais ça n'enlève rien au fait qu'ils ont l'intention de vous prendre et de vous tuer, dit-il.

Elle prit un air amusé.

— Vraiment ? Ils risquent d'avoir du mal, vous ne croyez pas ?

— Comme ils n'ont pas les moyens de s'y prendre légalement, ils useront de moyens plus expéditifs.

— Comment pouvez-vous en être si sûr ?

— J'ai l'habitude d'ouvrir mes yeux et mes oreilles, c'est tout, répliqua-t-il.

Elle fouilla dans son sac. Inquiet, Stone se redressa, mais Marie-Thérèse sortit un billet de cent dollars qu'elle poussa dans sa direction.

— Prenez ça, dit-elle.

Stone prit le billet et le fourra dans sa poche.

— À présent, vous êtes mon avocat et je vous paye pour une consultation. Nous sommes d'accord ?

— Nous sommes d'accord.

— Notre conversation est donc confidentielle. Vous n'avez le droit d'en parler à personne.

— Exactement.

— Très bien. Alors, quel conseil pouvez-vous me donner, monsieur Barrington ?

— Mon conseil est de ne pas rester à New York un jour de plus. D'éviter de prendre le train, le bus ou l'avion, et de vous procurer une voiture pour quitter la ville, et le pays par la même occasion.

— C'est tout ?

— Non. Je vous conseille également de vous faire oublier, de prendre une nouvelle identité et de mener dorénavant une existence paisible. Et, surtout, évitez à l'avenir de dire à quiconque que vous vous appelez Marie-Thérèse du Bois.

— Vos conseils ne sont pas dépourvus d'une certaine sagesse, monsieur Barrington. Je vais y réfléchir.

— Réfléchissez vite. En attendant, je n'ai pas l'intention de parler à quiconque de cette petite conversation, et je vous serais infiniment reconnaissant de bien vouloir faire de même. Si on savait que je vous ai rencontrée, ce serait extrêmement dangereux pour moi.

— Je vous promets de n'en parler à personne, dit-elle en rassemblant ses affaires. Je suis désolée, mais je dois vous quitter. Et je ne pense pas que nous ayons l'occasion de nous revoir. Finissez tranquillement votre bière, buvez la mienne tant que vous y êtes, et ne sortez pas d'ici avant un bon quart d'heure.

Elle se glissa hors de la banquette et se leva.

— Au revoir, monsieur Barrington, dit-elle avec un tout nouvel accent. Merci pour vos conseils. Je vous suis sincèrement reconnaissante de cette démarche.

Sur ce, elle se dirigea vers le fond de la salle et sortit par les cuisines.

Stone but sa bière, puis celle de Marie-Thérèse. D'après les réactions de la jeune femme, il savait que sa mission avait échoué et qu'elle n'avait pas la moindre intention de modifier ses plans.

38

Stone et Carpenter avaient décidé de se retrouver au Box Tree, un petit restaurant tranquille à deux pas de chez lui. Ils se mirent à table et Stone commença par commander une bouteille de son champagne préféré, un Veuve Clicquot La Grande Dame.

— En quel honneur ? demanda Carpenter une fois qu'ils eurent trempé les lèvres dans leurs flûtes.

— En l'honneur de la première soirée que nous passons ensemble sans parler boulot. En Amérique, on appelle ça un rancard.

Elle éclata de rire.

— Pourquoi, ça s'appelait comment, les soirs précédents ?

— Disons… tirer son coup vite fait, pour faire simple.

— J'aurais pourtant juré que les Américains n'avaient rien contre ce genre de relation.

— L'attrait physique n'est pas l'essentiel dans une relation digne de ce nom. Cela dit, je n'ai rien contre les relations purement sexuelles.

— J'avais cru remarquer.

Ils se plongèrent dans l'examen du menu et passèrent la commande. Le serveur en profita pour remplir à nouveau leurs flûtes.

— Parle-moi un peu de toi, demanda Stone, ce qui fit rire à nouveau Carpenter.

— Ce n'est pas aux filles de demander ça, d'habitude ? Pourquoi ai-je brusquement l'impression que nos rôles son inversés ?

— Parce que les rôles peuvent s'inverser, dans certains cas.

— Lesquels ?

— Par exemple, lorsque le mâle éprouve pour la femelle un intérêt qui dépasse celui des relations purement physiques, répondit Stone, qui crut voir rosir les joues de sa compagne. Je voudrais que tu me parles de toi.

— En fait, tu veux savoir pourquoi je fais le métier que je fais. Je me trompe ?

— Tu avoueras que le métier des gens est un bon indicateur de leur personnalité.

— Ce n'est pas mon cas. Mon métier n'est pas ce qu'il y a de plus intéressant chez moi.

— Alors, qu'est-ce qui est plus intéressant ?

— Qui je suis.

— Très bien. Qui es-tu ?

Carpenter baissa les yeux et fixa longtemps la table avant de regarder autour d'elle.

— D'accord, tu as raison. Mon métier, c'est moi.

— Je vais te poser une question hypothétique. Imagine que, pour une raison indépendante de ta volonté, tu ne puisses plus continuer à exercer ton métier. Qui serais-tu, dans ce cas-là ?

Elle avala une longue gorgée de champagne.

— J'aime mieux ne pas y penser.

— Pourtant, il a dû t'arriver de voir des gens se faire renvoyer de ton service.

— Quelquefois.

— À ton avis, la vie de ces gens-là se limitait à leur métier ?

— Pour certains, oui.

— Qu'ont-ils fait le jour où ils n'ont plus été en mesure de continuer à faire ce qu'ils faisaient auparavant ?

— Il y en a un ou deux qui… qui se sont suicidés.

— C'est ce que tu ferais, en pareil cas ?

— Certainement pas, répondit-elle hâtivement.

— Alors, quel genre de personne deviendrais-tu ?

— Je pourrais te poser la même question.

— Si tu veux, mais commence déjà par me répondre.

— Je serais avocate, dit-elle. J'ai fait mon droit à Oxford, tu sais, et je n'aurais aucun mal à m'installer.

— Quel âge as-tu ?

— Trente-huit ans, répondit-elle sans fausse pudeur.

— Une avocate de trente-huit ans qui débute dans le métier a-t-elle des chances de trouver du boulot à Londres ?

— Il faudrait probablement que je me rabatte sur une moins grande ville.

— Une avocate de trente-huit ans qui débute dans le métier a-t-elle des chances de trouver du boulot dans une moins grande ville ?

Elle haussa les épaules.

— J'ai suffisamment de relations.

— Ça te sera utile, en effet.

— J'ai du mal à comprendre où tu veux en venir, demanda-t-elle. Qu'est-ce que tu cherches à savoir, exactement ?

— Je cherche à savoir si notre relation a le moindre avenir.

— À New York, tu veux dire ?

— Bien sûr.

— Pourquoi ne viendrais-tu pas habiter à Londres ?

— Tout simplement parce qu'il n'y a pas de travail pour quelqu'un comme moi en Angleterre, et que je vois mal Scotland Yard me proposer un poste. Et, comme je ne sais rien faire d'autre, le problème est réglé. En fait, je voudrais surtout savoir si tu pourrais être heureuse en laissant de côté le mystère, la violence et le meurtre.

— Pourquoi ? C'est comme ça que tu vois ma vie ?

— Et toi, tu ne la vois pas comme ça ? Tu ne te demandes jamais quelle influence peut avoir ton travail sur ta personnalité ?

— Dans ma famille, ça fait plus de cinq cents ans que nous servons notre pays. C'est plus qu'une habitude, c'est une véritable tradition.

— Tu es prête à servir ton pays quoi qu'on te demande ?

— Jusqu'à présent, j'ai toujours fait ce que mon pays attendait de moi.

— C'est bien ce qui me gêne, regretta Stone.

— Ma loyauté te gêne ?

— Pas ta loyauté, mais le fait que tu sois capable de n'importe quoi, à partir du moment où ton pays te le demande.

Elle plissa les yeux.

— Que veux-tu dire ? Explique-toi.

— Les parents de Marie-Thérèse n'ont pas été tués par erreur. Je me trompe ?

— Oui, tu te trompes. Je t'ai dit que j'étais là.

— C'est sa mère qui était visée, tu le sais aussi bien que moi. Et les dommages collatéraux n'avaient pas d'importance.

Carpenter reposa sa flûte de champagne.

— Qui t'a dit ça ?

— Quelqu'un qui se trouvait là.

— Il n'y avait personne d'autre que moi, ce jour-là. Tous les autres sont morts.

— Non, répliqua Stone. Pas tous.

Elle le regarda un long moment, les yeux écarquillés, le reste du visage impassible.

— Mon Dieu, finit-elle par lâcher dans un souffle.

Stone se contenta de la regarder droit dans les yeux.

— Il est temps d'arrêter de me mentir, finit-il par dire. C'est mauvais pour notre relation.

— Comment as-tu fait pour la retrouver ?

— Je suis plutôt débrouillard de nature, et la police new-yorkaise est une excellente école.

— Tu as réussi à la retrouver, alors qu'on la cherche partout ?

— On dirait.

— Tu l'as rencontrée en personne ?

— Oui, même si ce n'est plus la personne que nous avons vue au commissariat. Franchement, je ne sais pas comment elle s'y prend pour se métamorphoser à ce point-là.

— Est-ce que tu as vraiment conscience que cette femme est extrêmement dangereuse ?

— De mon point de vue, il était encore plus dangereux de ne pas la rencontrer. Elle savait qui j'étais et le rôle que j'avais joué dans toute cette histoire.

— C'est vrai. Où l'as-tu rencontrée ?

— Dans un bar, mais c'est tout ce que je peux te dire.

— Pourquoi ?

— Pour la bonne et simple raison qu'avant de me dire quoi que ce soit, elle a tenu à me verser une provision sur honoraires, ce qui fait de moi son avocat.

— Elle est vraiment très maligne. As-tu le moyen de la contacter à nouveau ?

— Peut-être.

— Tu n'en es pas sûr ?

— Non.

Carpenter se leva.

— Je dois partir, dit-elle.

— Pour faire ton rapport à tes supérieurs, je suppose ?

— Merci pour le champagne, laissa-t-elle tomber avant de se diriger vers la sortie.

39

Il était tôt le lendemain lorsque le téléphone de Stone sonna.

— Salut, c'est Carpenter.

— Bonjour.

— Tu es libre à l'heure du déjeuner ?

— Oui.

— Alors, rendez-vous à 12 h 30 au Four Seasons. Je voudrais te présenter quelqu'un.

— Qui ça ?

— Surprise ! À tout à l'heure, se contenta-t-elle de répondre avant de raccrocher.

Lorsque Stone arriva à son rendez-vous, à l'heure dite, Carpenter et son compagnon étaient déjà installés. Ce dernier se leva pour le saluer.

— Je te présente Sir Edward Fieldstone, dit Carpenter. Sir Edward, voici Stone Barrington.

Fieldstone était un homme distingué, grand et plutôt mince, avec une tignasse poivre et sel trop longue et des poils sortant de ses narines et de ses oreilles. Il portait un costume élégant mais démodé, qui n'était visiblement pas de première fraîcheur.

— Comment allez-vous, monsieur Barrington ? dit-il d'une voix grave, avec un accent d'Oxford prononcé. Asseyez-vous, je vous en prie. Souhaitez-vous boire quelque chose ?

Stone jeta un coup d'œil rapide à l'étiquette de la bouteille posée sur la table. Un château-palmer 1966.

— Un verre de ce vin sera parfait.

Sir Edward fit un léger signe de tête au serveur qui s'avança aussitôt et remplit le verre de Stone.

— Je vous remercie d'avoir accepté aussi rapidement cette invitation, reprit Sir Edward. Mais peut-être pourrions-nous commencer par commander à manger.

Chacun se plongea dans son menu et Stone commanda un steak, tandis que les deux Anglais prenaient une sole... à l'anglaise. Un choix pour le moins douteux avec un tel vin.

— Quel temps superbe, lança Sir Edward. Il faut dire que nous n'avons guère l'habitude. Le climat londonien est si triste.

— Je vous rassure tout de suite, le temps peut également être triste à New York, répondit Stone poliment.

Sir Edward l'intriguait. Avec sa soixantaine bien tassée, il n'avait pas précisément le profil d'un espion en exercice.

La conversation se poursuivit sur le même ton jusqu'à l'arrivée de la commande. Stone attendait toujours qu'on veuille bien lui expliquer la raison de ce rendez-vous.

— Que voudriez-vous savoir ? lui demanda soudain Sir Edward à brûle-pourpoint.

Stone jeta un coup d'œil à Carpenter qui ne disait toujours rien.

— Vous pourriez peut-être commencer par me dire qui vous êtes, répondit-il.

— Bien sûr, répliqua Sir Edward, l'air confus. Disons que je suis un haut fonctionnaire de l'administration britannique. Cela devrait vous suffire.

— Vous êtes le supérieur hiérarchique de Carpenter ? interrogea Stone.

— Oui, et même un peu plus.

— Vous voulez dire que vous êtes le responsable du service pour lequel elle travaille ?

— On peut dire cela, en effet. Auriez-vous l'amabilité de me passer le sel ?

Carpenter s'empressa de tendre la salière à son chef.

— Vous êtes chef du MI5 ou du MI6 ? demanda Stone.

— Pour ne rien vous cacher, les frontières entre les deux services sont de plus en plus ténues de nos jours, répondit Sir Edward. Cela dit, je préférerais m'en tenir là.

— Je pourrais peut-être lui expliquer, s'interposa Carpenter.

Sir Edward hocha imperceptiblement la tête.

— Il est extrêmement inhabituel pour quelqu'un de l'importance de Sir Edward de s'entretenir de ce genre de chose avec une personne étrangère au service. À vrai dire, rares sont ceux qui connaissent son identité.

— Vous préférez peut-être que je vous appelle « M » ? railla Stone.

Sir Edward eut un petit rire, histoire de bien montrer qu'il avait le sens de l'humour, sans répondre pour autant.

— La blague est un peu éculée, Stone. En attendant, tu te doutes que ce rendez-vous n'a jamais eu lieu.

— Bien sûr, approuva Stone. Mais puis-je au moins connaître la raison de ce rendez-vous qui n'a pas lieu ?

— Merci, Felicity, je prends le relais, reprit Sir Edward. Monsieur Barrington, vous êtes, je crois, au courant de certains événements dans lesquels a récemment été impliquée une jeune femme répondant au nom de Marie-Thérèse du Bois.

— Plus ou moins, concéda Stone.

— Vous n'êtes pas sans savoir que notre but est de protéger certains de nos employés contre les agissements de cette femme.

— Autrement dit, vous êtes prêt à tout pour l'empêcher d'assassiner vos agents.

Sir Edward regarda furtivement autour de lui afin de s'assurer que personne ne pouvait les entendre.

— La formule est un peu expéditive, mais c'est à peu près ça.

— Sir Edward, les Américains ont la réputation d'être peu nuancés, sauf lorsqu'ils sont diplomates de profession, ce qui n'est pas mon cas. Je vous invite à en tenir compte si vous souhaitez qu'il ressorte quelque chose de cette conversation.

— Fort bien, répliqua Sir Edward, un peu vexé.

— Qu'attendez-vous de moi ?

— J'ai cru comprendre que vous représentiez les intérêts de cette femme.

— Elle m'a engagé comme avocat, en effet.

— Vous êtes donc en mesure de la contacter.

— Éventuellement.

— J'aurais souhaité la rencontrer.

Stone, qui venait de porter son verre à ses lèvres, faillit s'étouffer.

— Vous me surprenez beaucoup, Sir Edward. Surtout après ce qu'elle a fait subir, par le passé, aux membres de votre service qui ont eu la mauvaise idée de croiser sa route.

— J'ai parfaitement conscience du ressentiment qu'elle semble nourrir à notre endroit.

— Alors, vous devez bien vous douter qu'elle serait ravie de vous tuer.

— Sans aucun doute.

— Sir Edward, étant donné les relations pour le moins tendues de ma cliente avec votre service, votre requête me semble parfaitement irréaliste.

— C'est précisément de ces relations que je souhaiterais m'entretenir avec cette personne.

— Très franchement, je vois mal comment pourrait s'organiser une telle rencontre, sachant votre souci respectif de rester en vie.

— Je suis prêt à la rencontrer, seul, dans le lieu de son choix, à condition qu'il s'agisse d'un lieu public.

— Sir Edward, puis-je vous demander si vous avez l'intention de proposer à ma cliente une sorte de trêve avec votre service ?

— En quelque sorte.

Stone secoua la tête.

— Pour qu'une telle rencontre puisse avoir lieu, encore faudrait-il qu'il existe un minimum de confiance entre les deux parties, ce qui n'est pas le cas.

— Je vous ai déjà dit que j'étais prêt à la rencontrer seul.

— Si je puis me permettre d'être franc avec vous, Sir Edward, j'ai du mal à vous croire.

Sir Edward ne cacha pas son irritation.

— Pour quelle raison, je vous prie ?

— Ma cliente ne manquerait pas de penser qu'il s'agit d'un piège tendu par vos gens dans le but de la supprimer.

— Je suis prêt à lui donner ma parole qu'il n'en sera rien.

— Je ne suis pas certain que votre parole lui suffise, étant donné ce qu'elle sait de votre service.

Sir Edward jeta à Stone un regard assassin. Il aurait probablement bien aimé lui planter son couteau à poisson dans le ventre.

— Mettez-vous à sa place, insista Stone.

— Je vous demande tout de même d'en parler à votre cliente, appuya Sir Edward.

— Que souhaitez-vous que je lui dise, exactement ?

— Que nous sommes prêts à un compromis.

— Faites-moi une proposition.

— Mettons-nous d'accord pour ne plus chercher à nous entretuer. Si nous parvenons à cet accord, je m'engage à faire retirer son dossier de nos fichiers, ainsi que de ceux de nos collègues européens.

— De manière définitive ?

— Nous garderions sans doute un exemplaire de son dossier par-devers nous, au cas où elle choisirait de violer cette entente.

— Et si c'était vous qui violiez cet accord ?

— Je ne vous permets pas de mettre ma parole en doute, répliqua Sir Edward en se raidissant sur son siège, avant d'ajouter d'un ton plus conciliant : vous devez bien comprendre que mon service n'a jamais proposé un compromis comparable à celui-ci à aucun de nos… adversaires. Si nous faisons cette offre aujourd'hui, monsieur Barrington, c'est parce qu'à travers vous, nous avons le moyen d'entrer en contact avec l'adversaire. Je vous autorise à lui dire que nous respectons sa position et ses motivations, mais qu'il est désormais de l'intérêt des deux parties de mettre un terme à cette terrible escalade.

— Très bien. Je vais voir ce que je peux faire, laissa tomber Stone.

40

Stone décida de rentrer chez lui à pied pour mieux réfléchir à la situation. Il n'avait guère confiance en Sir Edward, et la parole de ce dernier ne lui suffisait pas. Dans sa tête, il voyait le visage de Marie-Thérèse s'afficher dans le viseur d'un tireur d'élite au moment où elle rencontrerait Sir Edward, lieu public ou pas.

Il sortit son téléphone portable et composa le numéro de la jeune femme, qui répondit aussitôt.

— Oui ?

— Stone Barrington.

— Faites vite, je n'ai pas l'intention de me laisser repérer pendant que vous m'appelez.

— Il faut absolument que je vous voie. J'ai du nouveau.

Sa requête fut suivie d'un court silence.

— Retournez au Rockefeller Center ce soir, à 6 heures. Je vous recontacterai.

Elle raccrocha sans attendre sa réponse. Stone rappela tout de même.

— Oui ?

— Faites extrêmement attention à vous. Je ne suis pas certain de ne pas être suivi.

— Je fais toujours extrêmement attention.

Stone se trouvait à la patinoire du Rockefeller Center à l'heure dite, mais dix minutes s'écoulèrent avant que son téléphone ne vibre.

— Allô ?

— Vous a-t-on suivi ?

— Pas que je sache.

— Vous vous y connaissez en filature ?

— Plutôt bien.

— Remontez la 5e Avenue jusqu'à Central Park. Traversez au moins trois fois pour vérifier que vous n'êtes pas suivi. Si on vous file, ils seront au moins quatre. Une fois arrivé à Central Park, asseyez-vous sur un banc à côté de l'entrée du zoo.

Elle raccrocha.

Stone remonta l'avenue d'un bon pas, prenant ici et là le temps de s'arrêter devant un magasin pour vérifier dans le reflet de la vitrine que personne ne le suivait. Il traversa l'avenue à quatre reprises, scrutant la foule à la recherche d'un visage familier, en vain. Arrivé à Central Park, il se dirigea lentement vers le zoo et s'assit sur un banc, comme elle le lui avait recommandé. Son portable vibra presque aussitôt.

— Oui ?

— Allez jusqu'à la patinoire Wollman.

Stone prit la direction de la patinoire, faisant des haltes fréquentes devant les cages des animaux afin de s'assurer qu'il n'était pas filé. Cette fois encore, il ne remarqua rien de suspect. Arrivé à la patinoire, son téléphone se déclencha à nouveau.

— Oui ?

— Allez jusqu'au manège et achetez un ticket. Pas la peine de grimper sur les chevaux de bois, vous auriez l'air ridicule. Contentez-vous de vous installer sur un banc.

Arrivé à destination, Stone se mêla aux enfants et aux gouvernantes. Le manège s'était arrêté à trois reprises lorsqu'elle vint s'installer à côté de lui. Cette fois, elle avait de longs cheveux noirs, portait un tailleur de tweed et du rouge à lèvres rouge vif.

— Bonsoir, dit-elle.

— Bonsoir. Je ne crois pas avoir été suivi.

— Si, par moi. Il n'y avait personne d'autre derrière vous. Pourquoi m'avez-vous appelée ?

Elle parlait avec l'accent américain.

— Connaissez-vous Sir Edward Fieldstone ?

— Architecte ? Bien sûr.

— Il m'a invité à déjeuner, ce midi.

Elle parut étonnée.

— Comment vous a-t-il contacté ?

— L'une de mes amies travaille pour lui. Je lui ai dit que je vous avais rencontrée.

— Je suppose qu'on ne peut pas appeler ça trahir le secret professionnel.

— Il souhaite vous rencontrer.

Elle éclata de rire.

— Vous m'en direz tant !

— Sérieusement, vous devriez y réfléchir. Il dit qu'il est prêt à vous rencontrer, seul, à l'endroit que vous lui indiquerez, à condition que ce soit un lieu public. Vous devez penser qu'il a l'intention de poster un tireur d'élite sur un toit.

— Vous savez que vous êtes très fort en télépathie, Stone ? Que veut-il ?

— Il veut vous proposer une trêve.

Elle écarquilla les yeux.

— Il vous a vraiment dit ça ?

— Avec les formes, en grand bourgeois anglais qui se respecte.

— Quelles sont ses conditions ?

— Ses agents arrêtent de chercher à vous tuer, à condition que vous arrêtiez de les tuer. Il propose de retirer votre nom des fichiers des services secrets anglais et européens, et de n'en garder qu'un seul en réserve, au cas où vous ne joueriez pas le jeu.

— Que se passe-t-il si lui ne joue pas le jeu ?

— C'est exactement la question que je lui ai posée, mais il ne m'a pas répondu clairement. Je suppose que vous pourriez recommencer à tuer ses agents.

— Je ne comprends pas. Pourquoi déciderait-il brusquement de ne plus me traquer ?

— À ce jour, il semble que vous ayez tué une demi-douzaine de ses hommes, et lui ne vous a pas tuée une seule fois. Il est en train de perdre la partie, et il le sait.

— Peut-être, mais ça ne lui ressemble guère de baisser les bras, dit-elle. En Irlande du Nord, il avait la réputation de ne jamais renoncer sans avoir atteint sa cible, homme ou femme.

— Il a peut-être vieilli, depuis. Il doit avoir environ soixante-cinq ans. Il n'a plus le feu sacré.

— C'est possible, mais j'en doute.

— Marie-Thérèse, combien de temps pensez-vous pouvoir continuer avant de vous retrouver dans le viseur de l'un de ses tueurs ?

— J'ai l'éternité devant moi.

— Vous n'avez jamais pensé à vous ranger ?

— Un mari et des enfants, c'est ça ?

— Ce que vous voulez. Vivre tout simplement, sans avoir besoin de changer d'identité et de visage tous les deux jours. Vous sentir en sécurité.

— Si, ça m'arrive d'y penser, mais vous ne pouvez pas comprendre. Si jamais je m'arrêtais, j'aurais encore plus de problèmes, à cause de tous ceux qui n'ont pas intérêt à me voir renoncer à ce métier.

— Je comprends bien, mais ils n'ont sûrement pas les mêmes moyens que les grands services de contre-espionnage. Ils disposent de réseaux actifs, mais ils n'ont pas encore des ordinateurs qui passent votre photo au crible chaque fois que vous franchissez une frontière. Vous pourriez disparaître, trouver un coin tranquille où vivre normalement. Un coin qui vous plairait.

Elle poussa un soupir.

— Vous feriez un bon avocat, plaisanta-t-elle.

— Écoutez, les gens pour lesquels vous travaillez finiront pas perdre, un jour ou l'autre. Ils sont traqués, eux aussi, et ça ne risque pas de se calmer. Ils font face à des nations disposant de moyens illimités ou presque, et ils finiront par se faire prendre. Même les pays qui acceptent encore de les accueillir ne pourront pas le faire éternellement, parce que ça leur coûte trop cher. Un jour ou l'autre, ils comprendront qu'il est plus rentable de faire du business avec les grandes puissances occidentales plutôt que de tenter de les détruire. C'est inévitable. Ce jour-là, de quel côté de la barrière serez-vous ?

— Je verrai quand on y sera. En attendant, je m'amuse plutôt bien.

— Je ne vous crois pas. Je suis persuadé, au contraire, que vous commencez à en avoir marre ; cela risque de vous pousser à la faute, et vous n'avez pas le droit à la faute.

— Je suis disposée à rencontrer Sir Edward à deux conditions : que les circonstances s'y prêtent, et que vous soyez chargé des négociations. Dites-lui surtout que, si la rencontre a lieu, il commettrait une lourde erreur en essayant de me doubler.

— Je lui transmettrai le message.

— Rappelez-moi dès que vous avez son accord. Un accord écrit.

— Vous savez aussi bien que moi qu'un accord comme celui-là ne sera jamais mis par écrit.

Elle soupira.

— D'accord. Alors, faites au mieux. Mais j'exige une trêve pendant les négociations.

— Je le lui dirai.

Elle se leva, se retenant au banc pour ne pas perdre l'équilibre.

— Je peux vous inviter à dîner ? demanda-t-elle.

— Ni ce soir, ni un autre, répliqua Stone. Votre compagnie n'est pas exactement de tout repos.

— Eh bien, on remettra ça le jour où cet accord rendra la situation moins dangereuse.

— D'accord, remettons ça à plus tard, répondit Stone qui n'en pensait pas un mot.

41

De retour chez lui, Stone appela Bob Cantor.

— Salut, Bob, c'est Stone. Sais-tu où je pourrais trouver ton cher neveu ?

— Derrière le comptoir photo du Walgreens où il travaillait avant.

— Il n'a plus l'intention de refaire sa vie à Saint Thomas ?

— Ce gamin est plutôt… comment dirais-je ? lunatique.

— C'est un euphémisme.

— Quoi de neuf ?

— J'aurais besoin qu'on passe ma maison au peigne fin tous les jours pendant une semaine. Tu peux m'arranger ça ?

— Tous les jours pendant une semaine ? Dans quel bourbier t'es-tu encore fourré ?

— Si on te le demande, tu diras que tu n'en sais rien. J'ai des trucs à faire, et je veux être certain qu'on me fiche la paix.

— Ce serait plus facile si je savais ce que je cherche. De quelle manière as-tu peur qu'on t'espionne ?

— Téléphone sur écoute, micros dans les pièces, le grand jeu.

— Qui se trouve en face ?

— Tu as vraiment besoin de le savoir ?

— Si c'est un amateur, pas vraiment. S'il s'agit d'un ou plusieurs pros, ça change tout.

— Plusieurs pros.

— Bon, j'arrive. Je suis chez toi dans moins d'une heure.

Cantor commença par vérifier l'installation téléphonique de Stone. Au bout d'une heure, il le rejoignait dans son bureau, tenant à la main ce qui ressemblait à un circuit imprimé.

— Je suis heureux de t'annoncer que tous tes téléphones étaient sur écoute ! Et, effectivement, ceux qui ont fait ça ne sont pas des enfants de chœur.

— Qu'est-ce qui te fait dire ça ?

— Dans la plupart des cas, les appareils utilisés sont à très courte portée, ce qui oblige ceux qui t'espionnent à se planquer dans une camionnette garée à proximité. Ce n'est pas le cas de ces machins-là, qui ont une portée de deux ou trois kilomètres. Ils sont reliés à un magnétophone qui se met en route automatiquement dès que la ligne est utilisée. Il suffit alors de venir, de temps en temps, écouter l'enregistrement de tes conversations. On n'achète pas ce genre de truc chez Radio Shack ou dans le premier magasin d'électronique venu. Il s'agit d'un appareil conçu par des spécialistes pour des spécialistes. Ceux qui ont mis ta ligne sur écoute ont les moyens. De qui s'agit-il ?

— Un service de renseignements.

— Pas le nôtre, j'espère. Je n'ai pas la moindre intention de piétiner leurs plates-bandes.

— Non, il s'agit d'un service étranger.

— Lequel ? J'espère que ce ne sont pas des Arabes, au moins.

— Non. Ils parlent la même langue que nous, si ça peut te mettre sur la voie. Mes téléphones sont sûrs, à présent ?

— Ouais. Tant que je serai là, en tout cas. Quand on veut vraiment écouter quelqu'un, ce ne sont pas les moyens qui manquent. Il leur suffit par exemple d'accéder aux lignes souterraines des compagnies de téléphone.

— Tu as vérifié le reste de la maison ?

— Je m'en occupe.

Quelques minutes plus tard, Cantor était de retour.

— Je n'ai rien trouvé nulle part, mais ça ne veut pas dire grand-chose. Il leur suffit de louer un appartement derrière chez toi ou de l'autre côté de la rue. De nos jours, il existe des équipements capables de décoder les vibrations acoustiques des fenêtres.

— J'ai du double vitrage partout.

— Ça devrait aider. Tu as l'intention d'avoir des conversations secrètes, ici ?

— Peut-être, je ne sais pas encore.

— Si c'est le cas, il est plus prudent de trouver un endroit mieux protégé contre ce genre d'intrusion. À ta place, je ne recevrais personne dans ce bureau. Ici, c'est un jeu d'enfant de t'espionner, souligna Cantor en désignant le jardin du doigt. Montre-moi l'étage.

Stone lui fit faire le tour du propriétaire.

— La salle à manger est encore l'endroit le plus sûr, parce qu'il n'y a pas de fenêtre. Ton bureau peut également faire l'affaire, à condition de tirer les rideaux. En revanche, évite de parler dans ta chambre, ainsi que dans la cuisine.

— D'accord, Bob, je commence à comprendre. J'ai besoin d'un autre service, à présent.

— Dis-moi.

— Je voudrais que tu réunisses trois ou quatre anciens flics pour me surveiller.

— Tu as peur que quelqu'un s'en prenne à toi ?

— Non, mais je crois que je suis filé. Je voudrais que tes gars s'en assurent.

— D'accord, dit Cantor en feuilletant son carnet d'adresses. Tu veux être relié avec eux par radio ?

— Ce serait l'idéal.

— À partir de quand ?

— J'ai un rendez-vous ici, tout à l'heure. Il faudrait qu'ils commencent à ce moment-là.

— À quelle heure, ton rendez-vous ?

— Je ne sais pas encore, mais je te tiens au courant. Pendant ce temps-là, occupe-toi de réunir tes types.

— Tu n'auras qu'à m'appeler sur mon portable.

— D'accord.

Dès que Cantor eut franchi la porte, Stone appela Carpenter.

— Je voudrais un autre rendez-vous avec Sir Edward.

— Je ne suis pas certaine qu'il ait le temps.

— Je pense qu'il va le trouver.

— Pourquoi ? Tu as pu arranger une rencontre avec La Biche ?

— Nous parlerons de tout ça pendant la réunion.

— Je vais voir s'il peut se libérer.

— S'il souhaite vraiment que cette affaire aboutisse, il y arrivera. Rendez-vous chez moi le plus tôt possible.

— Il voudra choisir lui-même le lieu de rendez-vous.

— Alors, dis-lui de ma part d'aller se faire foutre, lança Stone en raccrochant.

Dix minutes plus tard, le téléphone sonnait.

— Oui ?

— À 5 heures chez toi, fixa Carpenter.

— Dis-lui de venir seul, répliqua Stone.

— Il insiste pour que je sois là.

— Je préférerais te voir en dehors de tes heures de boulot ! O.K., mais dis à Sir Edward que je vous fouillerai pour m'assurer que vous ne portez pas de micro.

— Je serais étonnée qu'il se laisse faire.

— On fait comme je dis, ou alors j'annule tout, répondit Stone. Tu peux lui dire de ma part.

Elle couvrit le téléphone avec la main, et Stone l'entendit discuter avec quelqu'un sans comprendre ce qu'elle disait. Quelques instants plus tard, elle reprenait :

— On sera chez toi à 5 heures.

Stone appela immédiatement Bob Cantor sur son portable.

— Le rendez-vous a été fixé à 17 heures.

— Ça va être dur de réunir tout le monde aussi vite. Combien de temps doit durer ta réunion ?

— Une demi-heure à une heure, probablement.

— Je vais voir ce que je peux faire.

Stone se rendit dans la salle à manger. Il aligna les chaises le long du mur, n'en laissant que trois autour de la table, puis il passa dans son bureau, fouilla dans un tiroir et en sortit un petit détecteur de métaux. Il le démonta, remplaça les piles et s'assit sur une chaise avant de téléphoner à Marie-Thérèse.

— Oui ?

— Rappelez-moi d'une cabine, dit-il. J'ai fait vérifier ma ligne et j'ai bien fait, elle avait été mise sur écoute. Tout est en ordre à présent.

— Je rappelle d'ici dix minutes, confirma la jeune femme en raccrochant.

Stone prit son mal en patience et se rua sur le téléphone à la première sonnerie.

— C'est vous ?

— Oui.

— J'ai rendez-vous avec le vieux monsieur anglais à 17 heures.

— Bien joué.

— J'aurais besoin de connaître vos conditions pour avoir quelque chose à lui proposer.

— Ce qu'il m'a déjà proposé, avec un bonus en prime.

— Vous voulez qu'il vous dédommage pour la mort de vos parents ?

— Ce serait bien.

— Étant donné les dégâts que vous avez causés dans son service, ça risque d'être difficile.

— C'est vrai. Dans ce cas, je veux des excuses par écrit pour l'assassinat de mes parents.

— Ça me plaît comme entrée en matière, car on sait déjà tous les deux qu'il n'acceptera jamais. Quoi d'autre ?

— Ça n'a pas beaucoup d'importance. Mais il faut prévoir des mesures de rétorsion au cas où il ne tiendrait pas ses engagements.

— Laissez-moi y réfléchir. Je vous rappelle à la fin de la réunion.

— Où doit-elle avoir lieu ?

— Pas question de vous le dire. Je ne veux pas que vous touchiez à quiconque tant que je suis sur le coup. Sinon, je vous laisse vous débrouiller avec un autre avocat. Je n'ai pas l'intention de me rendre complice d'un meurtre.

— C'est bon, c'est bon ! dit-elle comme un enfant pris en faute. Je ne tuerai personne.

— Tant mieux. À tout à l'heure.

Stone dicta ses instructions à Joan qui les mit en forme et les imprima. Il les relut à deux reprises. Il était prêt. Il avait hâte que tout soit terminé.

42

Sir Edward et Carpenter se présentèrent à l'heure chez Stone. Il les fit monter immédiatement dans la salle à manger.

— Puis-je vous offrir quelque chose à boire ? proposa-t-il.

— Nous verrons ça tout à l'heure, si vous voulez bien, répondit Sir Edward. Je préférerais qu'on en finisse le plus rapidement possible.

Stone s'assit le premier.

— Marie-Thérèse accepte de vous rencontrer dans le lieu public de son choix, à condition de respecter un certain nombre de règles de sécurité qu'elle déterminera elle-même.

— Nous sommes d'accord, répliqua Sir Edward. Encore faut-il que le lieu fixé pour la rencontre nous paraisse raisonnable, bien évidemment.

— C'est vous-même qui m'avez proposé de lui laisser toute latitude à ce sujet, s'étonna Stone. Vous ne connaîtrez le lieu de rendez-vous qu'à la dernière minute.

— Comment compte-t-elle s'y prendre ?

— Vous vous rendrez dans un lieu qu'elle vous aura indiqué, puis elle vous contactera sur votre téléphone portable et vous indiquera le lieu suivant, et ainsi de suite, jusqu'à ce qu'elle soit certaine que vous n'avez pas été suivi. C'est à ce moment-là, et seulement à ce moment-là, que le rendez-vous proprement dit pourra avoir lieu.

— Nous sommes d'accord, répondit Sir Edward.

— Parfait. Maintenant, passons à ses exigences. Elle attend de vous une lettre d'excuses pour la mort de ses parents, rédigée de votre main sur du papier à en-tête de votre service.

Sir Edward se cabra aussitôt.

— C'est tout à fait hors de question.

— Elle souhaite également recevoir un dédommagement, poursuivit Stone.

— Mais c'est absolument ridicule ! s'écria Sir Edward.

— Vous croyez ? Réfléchissez un instant, Sir Edward. Sur votre ordre, plusieurs de vos agents ont tendu un piège à ses parents, faisant sauter leur véhicule en pleine rue. Ce genre d'agissement est passible de la prison à vie dans n'importe quel pays civilisé, mais nous sommes prêts à passer outre afin de trouver une solution à l'amiable.

— Je ne vois rien de très amiable là-dedans, maugréa Sir Edward.

— Amiable, par opposition à contentieux, répondit Stone patiemment. En échange de cette lettre d'excuses détaillant votre responsabilité et des dédommagements dont je viens de parler, Marie-Thérèse est prête à renoncer, par écrit, à porter plainte contre votre service.

— Ses parents sont des victimes de guerre, affirma Sir Edward.

— Je ne savais pas qu'il y avait eu une guerre entre la Suisse et la Grande-Bretagne

— Vous savez très bien ce que je veux dire.

— Nous sommes bien d'accord. Ses parents ne peuvent donc pas être considérés comme des victimes de guerre.

Carpenter s'interposa :

— Stone, tu dois comprendre que jamais nous ne pourrons lui donner la moindre lettre d'excuses. Lui présenter des excuses, passe encore, mais pas par écrit. Elle serait capable de publier la lettre.

— C'est exactement ce qu'elle a l'intention de faire, au cas où vous ne respecteriez pas ce compromis.

— C'est parfaitement ridicule, s'indigna une nouvelle fois Sir Edward.

— Vous trouvez ? Je ne suis pas d'accord. Vous trouvez normal d'avoir des armes pour vous défendre au cas où elle ne respecterait pas sa parole. Il vous est facile de transmettre en un clin d'œil son fichier à toutes les polices et à tous les services de renseignements de la planète. Il est donc juste qu'elle dispose, elle aussi, de moyens de rétorsion appropriés. Le simple fait de pouvoir publier cette lettre devrait suffire à vous faire respecter vos engagements.

— Que veut-elle d'autre ? demanda Sir Edward.

— C'est tout.

— Combien d'argent veut-elle ?

— Deux millions de dollars. Un pour son père, un pour sa mère.

— Hors de question.

— Alors, faites-moi une offre.

Sir Edward s'approcha de Carpenter et entama un conciliabule.

— Cent mille dollars, proposa Carpenter.

— Si vous êtes venus ici pour plaisanter, nous n'avons plus rien à nous dire, lâcha Stone en faisant mine de se lever.

Le conciliabule reprit.

— Très bien. Nous pouvons lui proposer un demi-million de dollars, dit Carpenter.

— Un million, contra Stone.

— Sept cent cinquante mille. En euros, précisa Sir Edward. Et c'est ma dernière offre.

— Je devrais pouvoir convaincre ma cliente, jugea l'avocat.

Sir Edward acquiesça.

— J'ai rédigé quelques propositions pour la lettre, proposa Stone en glissant une feuille de papier à Sir Edward.

Ce dernier la donna aussitôt à Carpenter, en ordonnant :

— Lisez-la-moi.

— « À qui de droit : Le (date à préciser), dans la ville du Caire, Égypte, plusieurs agents de ce service, agissant sur mon ordre, ont assassiné deux citoyens suisses parfaitement innocents, René et Fatima du Bois. Je souhaite par la présente, en ma qualité de responsable de ce service, m'excuser personnellement auprès de leur fille, Marie-Thérèse du Bois, pour cet acte impardonnable. En réparation, le service que je dirige accepte de verser la somme de (montant à remplir) à Mlle du Bois. Signé, Sir Edward Fieldstone. »

— Je vous demanderai de bien vouloir nous excuser quelques minutes, dit Sir Edward.

— Je vous en prie.

Stone se leva et se dirigea vers son bureau, d'où il pouvait entendre un murmure rythmé par les éclats de voix de Sir Edward. Au bout d'un moment, Carpenter vint le chercher.

— Tu peux revenir. Mais il faut que tu saches que jamais il n'ira au-delà de ce que nous allons te proposer.

— Je suis tout ouïe, répondit Stone en regagnant la salle à manger.

Sir Edward, la mâchoire serrée, regardait Stone droit dans les yeux.

— Voilà où nous en sommes, commenta Carpenter en se penchant sur un document manuscrit. « À qui de droit : Il y a quelque temps, plusieurs agents du contre-espionnage britannique ont été amenés à tuer par erreur deux citoyens de nationalité suisse, René et Fatima du Bois, dans le cadre d'une opération au Moyen-Orient. Ce service regrette les conséquences de cette erreur, et présente ses excuses et ses condoléances à leur fille, Marie-Thérèse du Bois. » C'est tout. La lettre ne mentionnera pas le moindre dédommagement, et elle sera tapée à la machine sur du papier à en-tête du ministère de la Défense.

— J'ajoute que je n'ai pas l'intention de changer un traître mot de cette lettre, ajouta Sir Edward.

— Très bien, conclut Stone. Vous pourrez proposer ce texte et le détail de votre offre à Marie-Thérèse quand vous la rencontrerez.

— C'est-à-dire ? demanda Carpenter.

— Je vous le ferai savoir quand j'aurai repris contact avec ma cliente.

Les trois protagonistes se levèrent et Stone les raccompagna jusqu'à la porte d'entrée.

Carpenter laissa son supérieur s'éloigner quelque peu et se tourna vers l'avocat.

— Il faut que tu me croies, Stone. Jamais Sir Edward n'est allé aussi loin dans un compromis de toute sa carrière. Dis bien à ta cliente que jamais elle n'obtiendra mieux.

— Je lui transmettrai l'information, répondit-il.

— Appelle-moi dès que tu en sauras davantage sur l'heure du rendez-vous.

Les agents anglais s'éloignèrent. Stone referma la porte, appela Marie-Thérèse et lui demanda de le rappeler d'une cabine. Il lui lut alors le texte de la lettre et lui fit part de la proposition chiffrée de Sir Edward.

— Ni la lettre ni la somme ne me conviennent, constata Marie-Thérèse.

— J'ai déjà eu beaucoup de mal à obtenir autant. C'est plus que vous ne pouviez espérer de ces gens-là, et je ne saurais trop vous conseiller d'accepter.

Marie-Thérèse resta silencieuse pendant un long moment.

— Très bien. Mais je tiens à ce que Sir Edward s'excuse personnellement lors de notre rendez-vous.

— Vous n'aurez qu'à le lui demander, mais j'ai bien peur de connaître d'avance sa réponse.

— Nous verrons. Maintenant, comment comptez-vous faire pour les empêcher de me tuer au cours de cette rencontre ?

— J'ai ma petite idée, annonça Stone avant de lui expliquer son plan en détail.

— Votre idée me plaît, dit-elle. Dites à Sir Edward de se trouver à la patinoire du Rockefeller Center demain, à 15 heures.

— Pas de problème, répondit Stone.

Puis il appela Dino.

43

Stone avait déjà avalé la moitié de son bourbon lorsque le lieutenant Bacchetti le rejoignit chez Elaine.

Le policier embrassa la patronne et s'installa en face de son ami.

— Un Laphroaig, avec des glaçons, demanda-t-il au serveur.

— Tu bois du single malt, maintenant ? s'étonna Stone.

— Uniquement quand c'est toi qui invites, répliqua Dino. Sans compter que c'est infiniment meilleur que ton maïs distillé.

— Un alcool de maïs vieilli plus de dix ans en fût de chêne, rectifia Stone. Tu sembles oublier un peu vite les vertus patriotiques du bourbon, qui reste tout de même la boisson nationale américaine.

— Arrête, tu vas me faire pleurer. Quoi de neuf ?

— J'ai besoin de ton aide.

— Je vois que rien ne change.

— Cette fois-ci, il s'agit d'empêcher un meurtre dans les rues de New York. C'est ton boulot, non ?

— Je suis impatient de savoir comment tu comptes m'aider à faire mon boulot.

— Alors, écoute-moi bien, c'est compliqué.

— Je veux bien faire un effort, mais essaye d'éviter les mots de plus de deux syllabes, railla Dino

— La situation…

— Ça fait quatre syllabes.

— Arrête ton char, Dino.

— Je voudrais un autre Laphroaig avec des glaçons, lança Dino à l'un des serveurs.

— Tu n'as même pas entamé le premier, s'étonna Stone.

— Peut-être, mais j'ai comme l'impression que tu vas parler longtemps, et je ne voudrais pas t'interrompre en commandant un autre whisky.

— Mais tu viens de m'interrompre.

— Je me tais. Vas-y.

— J'ai organisé une rencontre entre le patron de Carpenter et La Biche, et…

— Eh, attends un peu ! s'écria Dino. Comment as-tu réussi à organiser un truc pareil ?

— J'ai eu la chance de faire la connaissance de ces deux charmantes personnes, et tu connais mes qualités d'organisateur.

— Aux dernières nouvelles, tu avais une peur bleue que la fille veuille te descendre.

— De ce côté-là, rien n'a changé, et je fais tout pour que ça n'arrive pas. C'est pour ça que j'ai besoin de ton aide.

— Avant d'aller plus loin, dis-moi quelque chose.

— Quoi ?

— Comment se fait-il qu'il y ait quatre anciens flics de la police new-yorkaise en planque, dans la rue et au bar ?

— Ils sont là pour s'assurer que personne ne me suit.

— Tu nous fais une crise de parano, ou quoi ?

— Dino, si tu me laissais m'expliquer sans m'interrompre toutes les deux minutes, tu aurais la réponse à toutes tes questions. Promis, juré.

— Je t'écoute.

— Non, tu ne m'écoutes pas. Tu passes ton temps à me poser des questions.

— Plus maintenant. Je t'écoute vraiment, dit-il en posant le menton sur sa main. Tu vois ? La pose caractéristique de l'auditeur passionné.

— Bon, je reprends. J'ai donc organisé une rencontre entre La Biche et Sir Edward Fieldstone…

— Pourquoi les Anglais ont-ils tous des noms à coucher dehors ? s'exclama Dino en secouant la tête.

— Dino, pour la dernière fois, tais-toi et écoute.

Dino fit comme s'il avait une fermeture Éclair à la place de la bouche.

— Je disais donc que Sir Edward Fieldstone est à la tête du service pour lequel travaille Carpenter. Il propose une trêve entre ses gens et La Biche. Pour dire les choses simplement, il s'agit de les empêcher de s'entretuer lors de leur rencontre.

Dino prit un air étonné, puis il éclata de rire.

— Dino…

— Je n'ai rien dit, mais je n'ai pas pu m'empêcher de rire.

— Les protagonistes de cette sinistre histoire n'ont pas la moindre envie de rire, tu peux me croire.

— Tu parles. Combien d'agents de Fieldstone La Biche a-t-elle accroché à son tableau de chasse ?

— Beaucoup trop, et c'est bien pour ça qu'il lui propose une trêve. C'est moi qui me suis chargé de les mettre en contact.

— Cette fille est cinglée, ou quoi ? Les Anglais vont la descendre dès qu'elle pointera son nez au rendez-vous.

— C'est bien ce que je voudrais éviter, et c'est pour cette raison que j'ai besoin de ton aide.

— Pour quoi faire ? Tu veux que je lui prête un gilet pare-balles ?

— Je retiens l'idée, mais je ne crois pas que ce sera nécessaire.

— En tout cas, je n'ai pas envie de me trouver dans le coin le jour du rendez-vous.

— Je voudrais pourtant que tu sois là.

— Pas trop près, j'espère ?

— Extrêmement près.

Le visage de Dino exprima sa surprise.

— Laisse-moi d'abord t'expliquer la suite.

— Si tu comptes sur moi pour prendre un pruneau à la place de cette fille, tu te trompes.

— Non, je n'ai pas l'intention de te laisser prendre un pruneau, pour la bonne raison que, si tu te trouves là, personne n'osera lui tirer dessus.

— Tu as l'air bien sûr de toi, douta Dino. Je me demande bien en quoi ma présence pourrait les empêcher de la descendre si telle est leur intention.

— Dino, dois-je te rappeler que tu as le grade de lieutenant dans la police de cette ville ? Ils n'ont aucun intérêt à tuer un fonctionnaire. Si tu te trouves à côté d'elle, jamais ils n'oseront tirer.

— Où doit avoir lieu le rendez-vous ?

— Je ne sais pas.

— Super.

— Plus exactement, je ne sais pas encore.

— Revenons un peu en arrière, demanda Dino. D'abord, comment se fait-il que tu sois en contact avec La Biche ?

— Bobby, le type qui tient le bar, m'a donné son numéro.

— Tu veux dire que le meilleur moyen d'entrer en contact avec une terroriste internationale est de s'adresser à Bobby, le barman de Chez Elaine ?

— Dans le cas présent, oui. Tu sais…

— Je n'aurais jamais cru Bobby capable de ça. J'étais persuadé qu'il était tout juste bon à donner à boire aux clients. En fait, ce type-là sert de plaque tournante à un nid d'espions et d'assassins.

— Tu te souviens du soir où tu as arrêté La Biche ?

— Il faudrait que je sois très atteint pour ne pas m'en souvenir.

— La Biche a passé un long moment au bar à discuter avec Bobby. Au cours de la conversation, il lui a demandé son téléphone et elle lui a donné son numéro de portable.

— Mais bien sûr ! J'aurais dû penser à lui demander la même chose quand elle se trouvait au commissariat. Comme ça, on ne l'aurait pas perdue.

— Et c'est comme ça que j'ai pu me procurer son numéro. Je l'ai appelée, j'ai pris rendez-vous avec elle…

— Tu es complètement givré ou quoi ? Pourquoi as-tu fait une chose pareille ? Surtout après cet article dans le *Post*.

— C'est justement pour ça que je voulais lui parler, pour lui expliquer que je n'avais rien à voir avec toute cette histoire. Je n'avais pas envie de l'avoir à mes trousses.

— Et elle t'a cru ? Elle n'est pas aussi maligne que je croyais.

— Elle est remarquablement maligne, si tu veux que je te dise, et tu es la seule personne capable de m'aider à éviter qu'on la tue.

— Tu te doutes bien que je ne vais pas refuser une proposition aussi alléchante. Ça me changera de la routine, d'autant que je n'ai rien fait d'aussi idiot depuis longtemps.

— Très bien, approuva Stone. Alors, voici comment nous allons procéder.

Dino écouta religieusement Stone lui exposer son plan. À la fin, il éclata de rire.

— Si tu n'existais pas, il faudrait t'inventer. Une simple question : comment comptes-tu t'y prendre s'ils déclenchent la Troisième Guerre mondiale en plein milieu du rendez-vous ?

— Tu peux me faire confiance, Dino. Ça va marcher.

— Prions que le Ciel t'entende. Parce que si tu commets la moindre erreur, c'est moi qui suis aux premières loges.

— Avec moi.

— Belle consolation, laissa tomber Dino.

44

Raide comme la justice, au beau milieu du Rockefeller Center, Sir Edward Fieldstone feignait de s'intéresser aux évolutions des patineurs. Il ne s'était jamais senti à l'aise dans la foule. A fortiori au milieu de tous ces gens, de tous ces… étrangers, ces anciens immigrants renégats avec leur abominable accent de Brooklyn. À force de regarder des films hollywoodiens sur la Seconde Guerre mondiale, Sir Edward s'était forgé une idée toute personnelle des Américains. Pour lui, tous les New-Yorkais ressemblaient à William Bendix, le héros sans peur et sans reproche de *Guadalcanal*.

Il attendait avec une impatience croissante, depuis douze minutes très précisément, lorsque son téléphone portable vibra. Il le déplia aussitôt et le porta à son oreille.

— Oui ?

— Bonjour à vous, Sir Edward, fit la voix de Marie-Thérèse.

— Venons-en au fait, je vous prie.

— Allons, Sir Edward ! Ne vous faites pas plus méchant que vous ne l'êtes !

Son agacement, ajouté au lourd gilet pare-balles qu'il portait sous sa veste, commençaient à le faire transpirer.

— Très bien, continua-t-elle. Vous allez commencer par vous diriger vers la 50e Rue que vous prendrez en direction de l'ouest. Une fois arrivé à la 6e Avenue, traversez et prenez à gauche.

— Comment…

Il n'eut pas l'occasion de finir de poser sa question, Marie-Thérèse avait déjà raccroché.

— Elle m'a demandé de prendre la 50e Rue en direction de l'ouest, puis de prendre la 6e Avenue à gauche après l'avoir traversée, dit-il en baissant la tête comme un conspirateur, espérant que le minuscule micro accroché au revers de son manteau fonctionnait convenablement.

— La camionnette ne va pas pouvoir vous suivre, répondit Carpenter. La 6e Avenue est à sens unique, dans l'autre sens évidemment. Quant à vous faire prendre en charge par une équipe à pied, c'est trop dangereux. Mais l'hélicoptère ne vous quitte pas des yeux.

Sir Edward leva la tête.

— Évitez de regarder de notre côté, lui recommanda Carpenter, et ne baissez pas la tête pour parler. Je vous entends parfaitement avec le micro. Essayez de ne parler qu'en cas d'urgence, et sans remuer les lèvres, si possible.

Pour qui le prenait-elle ? Pour un ventriloque ? Il en voulait terriblement à Carpenter de l'avoir entraîné dans ce guêpier, même s'il était le premier à reconnaître que c'était leur seule chance de coincer La Biche. Il se mit en route. Arrivé à la 6e Avenue, il changea de trottoir et se dirigea vers le centre ville d'un pas lent. Il avait horreur de cette avenue, avec tous ces chauffeurs de taxi mal élevés et ces passants débraillés, sans parler des marchands de kebab qui empuantissaient l'atmosphère. Soudain, son téléphone vibra.

— Oui ?

— Au prochain carrefour, traversez et continuez en direction du centre.

Il s'exécuta, résistant à l'envie de se retourner pour voir s'il était suivi.

Le téléphone de Stone se mit en branle.

— Allô ?

— Cantor à l'appareil. L'Anglais vient de traverser la 6e Avenue, il se dirige vers le centre. Mes gars n'ont repéré personne jusqu'à présent, il n'a pas l'air d'être suivi.

— Tant mieux, se réjouit Stone en refermant son téléphone.

Sir Edward avait déjà parcouru près de huit cents mètres, et toujours aucun appel de Marie-Thérèse. Il n'avait pas un amour immodéré pour la marche à pied, surtout à New York. Pourquoi marcher quand on dispose d'une voiture avec chauffeur ? En vibrant, son téléphone interrompit le cours de ses pensées.

— Oui ?

— Traversez la 42e Rue et prenez à gauche en direction de Bryant Park, derrière le bâtiment de la bibliothèque municipale. Arrivé dans le parc, comptez dix pas et arrêtez-vous. Je vous recontacterai.

Elle raccrocha.

— Elle m'a demandé de me rendre dans un parc situé derrière la bibliothèque municipale, commenta Sir Edward.

Les gens qu'il croisait et qui le voyaient parler tout seul devaient le prendre pour un cinglé.

— J'ai du mal à croire qu'elle nous fasse un tel cadeau, répondit Carpenter. Si ça se trouve, ce n'est pas le lieu de rendez-vous final.

— Elle m'a dit de m'arrêter à l'entrée du parc. Vous la croyez capable de me tirer dessus ?

— Non, je ne pense pas. Maintenant, il s'agit de bien coordonner nos mouvements. Quand vous êtes sûr qu'il n'y a aucun risque, vous enlevez votre chapeau et vous vous passez la main dans les cheveux.

— Inutile de me rappeler ce que je dois faire, répondit sèchement Sir Edward. Contentez-vous de veiller à ce que votre homme ne la rate pas.

— Son fusil est monté sur un gyro-stabilisateur pour éviter que le tremblement de l'hélico ne le gêne, précisa-t-elle.

Elle se retourna en direction de Mason. Avec le harnachement qui le maintenait à l'hélico et sa casquette de base-ball en arrière, il avait l'air parfaitement ridicule.

— Dieu vous entende, marmonna Sir Edward en traversant la 42e Rue.

Il gagna le trottoir opposé et pénétra dans Bryant Park, compta dix pas et s'arrêta. Aussitôt, son téléphone vibra.

— Oui ?

— Parfait, Sir Edward. Vous voyez la rangée de bancs à votre droite, vers le milieu du parc ?

— Oui.

— Très bien. Dirigez-vous vers le quatrième, celui qui se trouve le plus près de la 6e Avenue, et asseyez-vous.

Sir Edward étudia un instant les bancs, sagement alignés à quelques mètres les uns des autres. Il s'approcha du quatrième et s'y installa, conformément aux instructions de Marie-Thérèse. Il regarda autour de lui.

— Que se passe-t-il ? fit la voix de Carpenter à son oreille.

— Elle m'a dit de m'asseoir sur ce banc.

— Rien d'autre ?

— Non.

— Alors, il n'y a plus qu'à attendre.

— En effet, je ne vois pas ce que nous pourrions faire d'autre, répondit Sir Edward d'un ton pincé. Si ça se trouve, ma tête est déjà dans sa ligne de mire.

Au même moment, quelqu'un s'assit à côté de lui.

— Qui est-ce ? Qui est le type au chapeau ? demanda Carpenter.

— Bonjour, Sir Edward, le salua l'homme.

— Barrington ! Que faites-vous ici ? C'est avec Mlle du Bois que j'avais rendez-vous, pas avec vous.

— J'ai bien entendu ? demanda Carpenter. C'est bien Stone Barrington ?

— Oui, répliqua Sir Edward.

— Oui, quoi ? s'étonna Stone.

— Je ne vous parlais pas, répondit Architecte, agacé.

— Mais alors, à qui parliez-vous ?

— Je réfléchissais tout haut, c'est tout. Où se trouve Mlle du Bois ?

— Elle sera bientôt là, ne vous inquiétez pas, le rassura Stone.

Sir Edward observa à nouveau les environs. Les allées du parc étaient assez animées, et La Biche pouvait être n'importe laquelle de ces femmes qu'il apercevait : la clocharde poussant un caddie, la femme d'affaires avec son attaché-case, la fille en patins à roulettes…

— Où est-elle ?

— Je vous assure, Sir Edward, vous n'avez aucune raison de vous énerver, répondit Stone.

Sur l'allée courant derrière le banc, un homme avec un chapeau poussait une vieille infirme dans une chaise roulante, toute recroquevillée sur un cabas qu'elle tenait sur ses genoux. Sir Edward, trop occupé à essayer de repérer La Biche dans la foule, ne les voyait même pas.

La chaise roulante s'arrêta juste derrière le banc de Sir Edward. L'homme se pencha vers la vieille femme, probablement sa mère.

— Alors, tout va bien ? Tu es bien installée ? demanda-t-il.

— Je suis très bien installée, répliqua-t-elle d'une voix chevrotante.

Elle avança brusquement la main et arracha le petit écouteur que Sir Edward portait à l'oreille.

— Bonsoir, Sir Edward, dit-elle.

La voix n'était plus du tout chevrotante, et son accent était aussi anglais que celui de son interlocuteur.

— Je suis Marie-Thérèse du Bois, et je souhaiterais vous présenter le lieutenant Dino Bacchetti, de la police de New York.

— Enchanté, Sir Edward, sourit Dino, toujours penché au-dessus de la chaise roulante, la tête à quelques centimètres de celle de Marie-Thérèse.

45

Sir Edward regarda désespérément autour de lui.

— Je suis cerné, dit-il d'un air de conspirateur, en approchant les lèvres du petit micro dissimulé derrière le revers de son manteau.

Il ne fallut que quelques secondes à Marie-Thérèse pour le trouver et l'arracher d'un geste sec.

— Sir Edward ne craint rien, dit-elle dans le micro. Je profite de l'occasion qui m'est offerte pour vous prévenir charitablement que toute tentative de m'abattre mettrait en péril la vie du lieutenant Bacchetti et de Stone Barrington. En cas de malheur, le *New York Times* serait averti avant même l'arrivée des ambulances.

Elle ramassa l'écouteur tombé sur l'épaule de Sir Edward et le porta à son oreille.

— Vous avez entendu ce que je viens de vous dire ? demanda-t-elle.

Sir Edward ôta son chapeau d'un geste nerveux et se passa la main dans les cheveux avant de se recoiffer.

Carpenter, depuis l'hélicoptère, regarda Mason lui faire un signe de tête négatif.

— Trop dangereux, dit-il. Ça ferait un peu désordre d'abattre un policier, tu ne trouves pas ? Sans parler de ton petit copain.

— Message reçu cinq sur cinq, confirma Carpenter dans son micro.

— Alors, soyez gentille d'éloigner votre hélico et de le mettre en vol stationnaire au-dessus de l'East River, poursuivit Marie-Thérèse. De cette façon, vous pourrez continuer à entendre notre conversation et je me sentirai plus rassurée. Vous me recevez ?

Mason débrancha son casque.

— Combien de temps nous faut-il pour envoyer une équipe sur place ?

— Dans les cinq minutes, s'ils ne traînent pas en chemin, répondit Carpenter.

— Alors, nous n'avons pas le choix.

Carpenter rebrancha son casque.

— Direction l'East River. Une fois arrivé, restez en vol stationnaire, ordonna-t-elle au pilote de sorte que Marie-Thérèse puisse l'entendre, avant de basculer sur un autre canal. À toutes les équipes, à toutes les équipes ! Rendez-vous général à Bryant Park, derrière la bibliothèque municipale. La cible se trouve juste derrière Architecte, ne tirez donc qu'à coup sûr. Il faut à tout prix éviter les dommages collatéraux.

— Je vous remercie infiniment, dit Marie-Thérèse.

Elle regarda l'hélicoptère s'éloigner vers l'est en longeant la 42e Rue, puis se pencha vers Stone.

— Il s'agit de faire vite, dit-elle.

— Nous n'avons que quelques minutes avant l'arrivée des carabiniers. Sir Edward, interrogea Stone, puis-je vous demander si vous avez apporté la lettre ?

Le chef des services secrets tira une enveloppe de la poche intérieure de sa veste et la tendit à Stone. Il l'ouvrit, la lut et la tendit à Marie-Thérèse.

— Il s'agit bien du document dont je vous ai parlé, précisa-t-il.

Elle lut la lettre en diagonale.

— Et l'argent ?

Sir Edward sortit une seconde enveloppe.

— Vous y trouverez un reçu établi par la Manhattan Trust. Il vous suffit d'appeler le numéro qui figure en en-tête et d'utiliser le mot de passe « structure » pour que la banque fasse virer la somme convenue sur le compte de votre choix. J'ai personnellement donné mon accord pour la transaction, il est irrévocable.

— J'ose l'espérer pour vous, Sir Edward. En cas de problème, vous savez aussi bien que moi que notre accord deviendrait automatiquement caduque.

— Si je ne m'abuse, vous êtes vous-même censée me communiquer un certain document, dit Sir Edward.

Stone lui tendit une lettre qu'il examina avant de la glisser dans sa poche.

— C'est parfait, murmura-t-il.

— Très bien. Alors, allons-y, lança Marie-Thérèse. Sir Edward, je vous demanderai de bien vouloir pousser ma chaise.

— Comment ? Mais il n'en est pas question !

— Bien sûr que si ! Nous allons tous ensemble à la bibliothèque, je suis persuadée que vous trouverez l'endroit tout à fait charmant.

— Nous n'en avons que pour quelques minutes, Sir Edward, intervint Stone. Ne compliquez pas les choses, je vous en prie.

Sans un mot, Architecte se mit en route en poussant la chaise roulante. Stone et Dino marchaient de chaque côté. Le petit groupe pénétra dans la bibliothèque par une entrée latérale et prit un ascenseur qui le conduisit au rez-de-chaussée.

— Arrêtez-vous, ordonna Marie-Thérèse. Sir Edward, soyez assez gentil d'accompagner ces messieurs jusqu'à l'entrée principale. Vous êtes libre.

Manœuvrant elle-même la chaise, elle fit demi-tour et pénétra dans les toilettes pour handicapés.

— Allons-y, dit Stone en ouvrant la marche.

La Biche s'enferma dans les toilettes et se déshabilla à moitié avant d'enfiler d'autres vêtements qu'elle tira de son cabas, ainsi qu'une perruque. Elle quitta la pièce après un dernier coup d'œil dans la glace, laissant derrière elle la chaise roulante et les effets qu'elle venait d'enlever. Arrivée dans la rue, elle longea Bryant Park en direction de la 6e Avenue. Au moment où elle s'apprêtait à héler un taxi, elle vit une demi-douzaine d'hommes d'aspect austère passer à côté d'elle en courant.

Stone s'arrêta en haut des marches de la bibliothèque.

— Nos chemins se séparent ici, Sir Edward.

— Pas trop tôt, grommela-t-il d'un ton acide.

— Vous n'avez pas pu vous empêcher de vouloir la doubler, pas vrai ? Moi qui croyais que la parole d'un gentleman anglais était sacrée…

— Allez vous faire foutre, rétorqua Sir Edward, le visage ruisselant de sueur.

— À votre place, j'enlèverais au plus vite ce gilet pare-balles, intervint Dino. Vous frôlez la crise cardiaque. Tu viens, Stone ?

Les deux hommes descendirent les marches et montèrent dans la voiture de Dino.

— Où vas-tu ?

— À la maison, ça ira très bien, répondit Stone.

La voiture démarra aussitôt.

— Je me demande où se trouve Marie-Thérèse à cette heure, pensa Dino à voix haute.

— Je n'en ai pas la moindre idée, et je n'ai pas la moindre envie de le savoir.

Marie-Thérèse déplia son téléphone portable et composa le numéro imprimé sur le reçu que lui avait donné Sir Edward.

— Bureau des virements, répondit une voix de femme.

La Biche récita le numéro de compte figurant sur sa feuille.

— Mot de passe ?

— Structure.

— Mot de passe validé. Quelles sont vos instructions ?

— La totalité de la somme doit être virée sur un compte de la Saint George's Bank, dans les îles Caïmans. En voici le numéro, ajouta-t-elle en le donnant à son interlocutrice.

La femme le répéta pour s'assurer qu'elle n'avait pas commis d'erreur, puis elle ajouta :

— Les fonds seront sur votre compte demain matin.

— Pourquoi pas aujourd'hui ? s'inquiéta Marie-Thérèse.

— Les ordres de virement doivent impérativement être passés avant 14 heures pour une opération le jour même, précisa l'employée.

— Vous ne pourriez pas faire une exception pour moi ? J'ai une urgence.

— Je suis désolée, mais je ne peux rien faire. C'est la loi.

— Bien, merci quand même.

Marie-Thérèse raccrocha, puis composa le numéro de portable de Stone.

— Oui ?

— La banque refuse de virer les fonds avant demain matin.

— Ça ne m'étonne pas. Les ordres doivent être passés avant 14 heures pour un virement le jour même.

— Oui, c'est ce qu'ils m'ont dit. Je vérifierai avec ma banque demain matin, mais l'argent a intérêt à y être, sinon…

— Ne me dites rien ! J'aime mieux ne pas savoir, répondit Stone.

— En tout cas, je vous appelle si jamais l'argent n'est pas là.

— J'aimerais autant que vous me laissiez tranquille, Marie-Thérèse.

— Et vos honoraires ?

— Je vous en fais cadeau, répondit-il. Et, si vous tenez absolument à me faire plaisir, disparaissez de ma vie et soyez heureuse.

— C'est gentil. Et je m'en doutais. Mais regardez tout de même dans la poche de votre manteau, dit-elle. Merci pour tout ce que vous avez fait, monsieur Barrington.

Elle raccrocha.

Intrigué, Stone inspecta son manteau et y découvrit une enveloppe contenant une épaisse liasse de billets de cent dollars.

— Il doit bien y en avoir pour dix mille dollars, siffla Dino. N'oublie pas de les mettre sur ta déclaration de revenus. En attendant, tu m'invites à dîner.

46

Les deux amis venaient tout juste de prendre place à leur table chez Elaine lorsque Carpenter fit son entrée dans le restaurant.

Dino lui fit signe de les rejoindre. De son côté, Stone faisait semblant de ne pas l'avoir vue.

— La même chose que Dino, demanda-t-elle au serveur.

— Tu as bien raison. Ce malt est délicieux, et c'est Stone qui régale.

— Quelle journée ! soupira la jeune femme.

Le serveur lui apportait déjà son verre qu'elle leva aussitôt.

— En l'honneur de la firme Barrington & Bacchetti, pour un super boulot.

Dino leva à son tour son verre.

— À la firme Barrington & Bacchetti, répéta-t-il, avant de s'inquiéter, constatant que Stone ne touchait pas à son apéritif. Qu'est-ce que tu as ?

— Elle se trouvait dans l'hélico, répondit Stone d'un air bougon avant de se tourner vers la jeune femme. Qui était censé tirer sur elle ? Toi ou Mason ?

— Mason, avoua-t-elle. Il a longtemps été tireur d'élite dans les Royal Marines, et il n'a pas perdu la main.

— Et c'est toi qui devais donner l'ordre de tirer ?

— Non, c'était Sir Edward, en enlevant son chapeau, mais j'ai annulé l'opération.

— Tu ne l'aurais pas fait si Dino n'avait pas été aussi près, pas vrai ?

— Dino et toi. Bien joué.

— C'était le seul moyen de lui éviter de se faire tuer.

— Absolument.

— En tout cas, j'aurai au moins appris quelque chose aujourd'hui, poursuivit Stone.

— Ah bon ? Quoi donc ? demanda-t-elle.

— Il ne faut jamais faire confiance à un Anglais. Ou à une Anglaise, en l'occurrence.

— Tu sais ce que disent les mafieux dans les films américains ? Je n'ai rien contre toi personnellement, mais le boulot, c'est le boulot.

— Tu ne m'en voudras pas, mais je le prends personnellement, au contraire.

— Libre à toi.

— Stone et moi ne voyons pas tout à fait les choses sous le même angle, intervint Dino. Je comprends ta position, et je peux même dire que je la respecte.

— Merci, Dino, répondit Carpenter. Ça fait plaisir de voir qu'il y a au moins quelqu'un pour me comprendre.

Stone s'empara du menu.

— Vous avez faim ?

— Un faim de loup, oui, approuva Carpenter. Je prends la même chose que Dino.

— J'ai toujours su que tu étais une fille intelligente, plaisanta Dino. Deux osso-buco, commanda-t-il au serveur.

— Moi aussi, ajouta Stone. Dis à Barry de me servir le mien avec de la polenta au lieu des pâtes. Et apporte-nous une bouteille d'amarone.

— Pourquoi prends-tu de la polenta au lieu des pâtes ? s'inquiéta Carpenter.

— Une recommandation expresse de ma cravate, qui déteste les teinturiers, répondit Stone.

— Tu n'as qu'à coincer ta serviette dans ton col de chemise, comme les Anglais.

— C'est bien ce que je compte faire, même avec de la polenta.

— Dis-moi un peu, Felicity, quels sont tes projets, maintenant que cette affaire est terminée ?

— Eh bien, je comptais passer quelques jours à New York. Il faudrait tout de même que je consacre un minimum de temps aux affaires dont j'étais censée m'occuper avant que La Biche ne vienne tout chambouler.

— Quel genre d'affaires ?

— Tu ne m'en voudras pas, Dino, mais je ne peux rien te dire.

— Elle a peur que la police de New York s'en mêle, railla Stone.

— Tant que ça ne se passe pas dans mon district et que mes équipes ne sont pas dans la ligne de mire…

Elaine vint les rejoindre.

— Quoi de neuf ? demanda-t-elle en s'asseyant.

Stone haussa les épaules.

— Tu arrives juste une minute trop tard, l'accueillit Dino. Stone vient de rejouer *Règlement de comptes à O.K. Corral.* Tu connais sa haute estime des valeurs morales.

— Je regrette d'autant plus d'avoir raté ça que ce genre de choses n'arrive jamais ici, sauf les jours où les Yankees ou les Knicks perdent un match.

Le serveur leur apporta les osso-buco et Elaine poursuivit son tour de salle.

— Hmmm ! fit Carpenter. Un vrai délice.

— Le meilleur osso-buco de New York, approuva Dino. Même en Italie, je n'en ai jamais mangé d'aussi bon.

Stone avala quelques bouchées en silence avant de repousser son assiette.

— Tu es malade ? s'étonna Dino. C'est bien la première fois que je te vois laisser de l'osso-buco.

— Je n'arrête pas de penser à cet après-midi, et ça me coupe l'appétit.

Il héla le serveur.

— Un Wild Turkey, avec des glaçons.

— Tu n'as même pas fini ton vin, remarqua Carpenter.

Stone versa son verre dans celui de la jeune femme.

— Je te le laisse. J'ai besoin de quelque chose d'un peu plus costaud, ce soir.

Le serveur revint avec le bourbon que Stone avala d'une gorgée.

— Oh, oh ! lâcha Dino. Il va encore falloir que je le fasse reconduire chez lui par un de mes gars.

— Ça lui arrive souvent ? s'enquit Carpenter.

— Une ou deux fois par an, en moyenne. La plupart du temps, à cause d'une femme.

— Et c'est le cas ce soir, remarqua Stone.

— Connaît-on l'heureuse élue ? demanda Dino.

Stone se tourna vers Carpenter et la regarda droit dans les yeux pour la première fois de la soirée.

— Oui, et si tu cherches un indice, je peux te dire qu'elle n'est pas loin.

— J'ai toujours adoré rendre les hommes malheureux, avoua Carpenter.

Stone ne répondit rien, les yeux rivés sur son verre vide.

— Tu n'arrives pas à t'y faire, c'est ça ? lui demanda Carpenter.

— Non.

— Nous sommes en guerre, au cas où tu ne le saurais pas. Une guerre que nous n'avons pas l'intention de perdre.

— Vous avez gagnée la Première Guerre mondiale. Bilan : un million de morts et une génération entière sacrifiée. Ensuite, vous avez gagné la Seconde en y laissant votre empire, votre industrie et une bonne partie de vos villes. Vous avez l'intention de gagner quoi, cette fois-ci ?

Carpenter haussa les épaules.

— La paix, je suppose.

— À quel prix ?

— Celui qu'il faudra payer.

— J'admire ta résolution, mais j'apprécie nettement moins tes méthodes.

— Dans tous les pays du monde, y compris celui-ci, ceux qui sont prêts à se salir les mains pour le bien commun ne sont pas légion. Les gens n'en ont pas grand-chose à foutre ; alors, ils se contentent de regarder ailleurs pendant que des imbéciles dans mon genre réparent les conneries des diplomates.

— Dieu bénisse cette glorieuse élite, railla Stone en levant son verre. Le problème, c'est qu'elle me fait gerber, ta glorieuse élite.

— Je préférerais que tu évites de gerber dans ma voiture, si ça ne te fait rien, remarqua Dino.

— Si ça continue, je crois que je vais gerber ici même.

— Dino, tu ne peux pas le raisonner ? demanda Carpenter.

— J'ai bien peur qu'il n'ait pas envie de comprendre, répliqua-t-il.

— Mais si, j'ai envie de comprendre, reprit Stone. Je comprends même trop bien, et c'est bien ce qui me donne envie de gerber.

Carpenter jeta sa serviette sur la table d'un geste rageur et vida son verre.

— Puisque c'est comme ça, je ne te ferai pas gerber plus longtemps, siffla-t-elle entre ses dents en se levant.

— Tu as une idée de ce qui va se passer demain ? lui demanda Stone.

— Qu'est-ce qui va se passer demain ?

— Marie-Thérèse va s'apercevoir que l'argent promis par Sir Edward n'est pas arrivé sur son compte. Connaissant Sir Edward, ça ne m'étonnerait pas. S'il est aussi hypocrite que je le pense, on va assister à un vrai carnage. Un carnage dont tu risques de faire les frais, au même titre que Sir Edward, Mason, et tous les autres guignols de ton service qui oseront mettre le nez dehors.

— Parce que tu t'imagines qu'on va tous s'enfuir en courant ?

— Vous devriez même quitter cette planète, si vous avez un tant soit peu compris de quoi cette femme est capable. La première fois que vous vous en êtes pris à elle, ça vous a coûté une demi-douzaine d'hommes. Si jamais vous l'avez doublée sur ce coup-là, cette histoire ne se terminera que le jour où vous serez tous morts. Vous comme elle.

— Une simple question, Felicity, s'interposa Dino. L'argent doit-il être viré sur son compte demain matin ou non ?

Carpenter le regarda dans les yeux.

— Oui, dit-elle avant de se tourner vers Stone. J'ai réglé les détails avec la banque moi-même. Maintenant, je m'en vais. J'en ai soupé des airs supérieurs de M. Barrington.

— Il y a des gens vis-à-vis desquels il n'est pas difficile de se sentir supérieur, rétorqua Stone.

Carpenter prit son sac et s'éloigna.

Dino se tourna vers Stone.

— Elle dit que l'argent a été versé. Si ça se trouve, tu te fais des cheveux pour rien.

— Elle ment, répondit Stone. Tous ces gens mentent comme des arracheurs de dents. Ils ne savent faire que ça, mentir et tuer. Cette histoire est loin d'être finie, tu peux me faire confiance.

— Ce que j'admire le plus chez toi, c'est ton optimisme, répliqua Dino.

47

Marjorie Harris arriva à son bureau de la Manhattan Trust avec une demi-heure d'avance, comme toujours. Elle alluma son ordinateur et ouvrit le dossier des virements à effectuer. Elle avait préparé la veille la liste des transactions arrivées après le couvre-feu de 14 heures ; ainsi, elle n'avait plus qu'à effectuer une dernière vérification et appuyer sur la touche « Envoi » pour que des dizaines de millions de dollars partent aux quatre coins de la planète en quelques secondes.

Elle patienta quelques instants, et vit arriver l'une après l'autre les confirmations de ses virements. À l'exception de quelques fax, il s'agissait de messages informatiques expédiés automatiquement par les ordinateurs des banques concernées.

Sa première tâche du matin effectuée, Marjorie sortit d'un sachet en papier un croissant au fromage auquel elle n'avait normalement pas droit, ainsi qu'un café noir fumant qu'elle dégusta en faisant les mots croisés du *New York Times.* Sa journée ne commencerait vraiment que lorsqu'elle aurait noirci toutes les cases.

Au même moment, dans les îles Caïmans, au sud de Cuba, Hattie Englander ouvrait la porte de la Saint George's Bank et pénétrait dans les locaux encore vides de l'établissement. Elle se dirigea vers le service des virements étrangers où se trouvait son bureau. Elle déposa sur sa table son gobelet de café et un sandwich au jambon et à l'œuf, puis elle s'approcha du fax, se pencha, et ramassa un paquet de messages arrivés pendant la nuit ou tôt le matin.

Elle allait se redresser lorsqu'elle entendit un léger bruit derrière elle. Sans changer de position, elle sourit de toutes ses dents.

— Tiens, tiens ! s'exclama dans son dos Jamie Shields, qui caressait d'une main avide son postérieur. Quelle vision de rêve ! Une vision aussi glorieuse que celle du soleil levant.

Il souleva la jupe de la jeune femme et fit glisser sa culotte sur ses cuisses.

— Ma petite chatte serait-elle humide, ce matin ? demanda-t-il.

— Tu le sais bien, roucoula Hattie en commençant à se déhancher au rythme des caresses de ses mains, puis d'un objet plus troublant encore.

Il la pénétra par-derrière.

— C'est quand même la meilleure façon de commencer la journée, souffla-t-il entre deux spasmes.

Hattie, selon un rituel qui se répétait deux ou trois fois par semaine, se mit à jouir avec une série de petits grognements. Elle s'agrippa à la petite table du fax, et les feuilles qu'elle tenait à la main s'éparpillèrent sur le sol dans une explosion de couinements aigus.

Lorsque leurs collègues arrivèrent, cinq minutes plus tard, Jamie était assis derrière son bureau à l'autre bout de la pièce et Hattie, à quatre pattes, ramassait les fax qu'elle avait fait tomber.

— Que se passe-t-il ? demanda son patron d'une voix hargneuse.

— Rien, monsieur Peterson, répondit-elle en se relevant brusquement, sans voir qu'une feuille avait glissé sous la table. J'ai fait tomber les fax de la nuit, rien de grave.

— Alors, dépêchez-vous de vous en occuper, gronda Peterson.

— Oui, monsieur, tout de suite, répliqua-t-elle en s'installant derrière son bureau.

Elle avalerait son café plus tard. Elle empila ses feuilles et les passa rapidement en revue. Il s'agissait de copies de virements effectués depuis la veille par des banques du monde entier, à l'exception d'une demande d'authentification. Son correspondant en Suisse lui demandait de bien vouloir confirmer le virement d'une somme de sept cent cinquante mille euros en provenance de la Manhattan Trust à New York. Dès l'arrivée des fonds, on lui demandait de transférer l'intégralité de la somme sur un compte en Suisse, déduction faite des cinquante dollars de commission habituels. Au cas où l'argent n'aurait pas été viré, son correspondant suisse lui demandait de le prévenir immédiatement.

Elle feuilleta à nouveau ses fax de la nuit, mais le virement en question n'était pas arrivé. Elle regarda sa montre : 8 h 40. Elle ôta le couvercle de son gobelet en se disant qu'elle avait tout le temps de prendre son petit déjeuner avant de retourner consulter les fax, vers 9 heures. Tranquillement, Hattie but son café entre deux bouchées de sandwich.

À 9 heures, elle se leva. Plusieurs virements étaient arrivés, mais aucun n'émanait de la Manhattan Trust. Elle cliqua sur l'application fax de son ordinateur et rédigea un court message :

« Virement de sept cent cinquante mille euros en provenance de la Manhattan Trust toujours en attente. Merci d'en informer le client. »

Tout aurait été tellement plus simple si les patrons avaient accepté d'informatiser le service des virements ! Mais ils attendaient la fin de l'année fiscale pour le faire.

Cinq minutes plus tard, elle reçut un e-mail en provenance de Suisse :

« Merci de confirmer l'arrivée du virement de la Manhattan Trust avant 14 heures. »

Hattie poursuivit normalement son travail toute la matinée. Vers 13 heures, elle commençait à avoir faim, mais il lui fallait attendre 14 heures et la fin des virements pour partir déjeuner. À l'heure dite, elle constata qu'aucun nouveau fax n'était arrivé. Elle attrapa son sac à main et se dirigea vers la porte. Elle allait sortir lorsqu'elle se souvint qu'il lui restait une dernière chose à faire.

Elle retourna à son bureau et vérifia une dernière fois les virements avant d'expédier un message en Suisse.

« Virement de sept cent cinquante mille euros en provenance de la Manhattan Trust pas arrivé ce jour. Merci d'en informer le client. »

Puis elle sortit déjeuner.

Marie-Thérèse prenait le petit déjeuner dans sa suite du Carlyle lorsque son portable sonna.

— Oui ?

— Bonjour. Docteur von Enzberg à l'appareil, de Zurich, fit une voix grave.

— Bonjour, docteur, répondit-elle. Ravie de vous entendre.

— Je reçois à l'instant un message de la Saint George's Bank m'avisant que le virement en provenance de la Manhattan Trust n'est pas arrivé. Il devrait être là en fin de matinée. Je leur ai demandé de reprendre contact avec moi à 14 heures afin de me tenir au courant.

— Je vous remercie, docteur, répondit Marie-Thérèse. J'attends de vos nouvelles.

Elle referma son téléphone et retourna à son petit déjeuner, mais le cœur n'y était plus. Elle fouilla nerveusement son sac à la recherche de la lettre donnée la veille par Sir Edward, et composa le numéro de la banque.

— Service des virements, fit la voix de Marjorie Harris.

— Bonjour. J'ai donné des instructions hier concernant un transfert sur la Saint George's Bank, dans les Caïmans, annonça Marie-Thérèse en indiquant le numéro du compte concerné.

— Oui, je m'en souviens, répondit Marjorie en vérifiant sur son ordinateur. Je m'en suis occupée ce matin, à la première heure. L'argent devrait déjà se trouver sur votre compte.

— Je vous remercie.

Marie-Thérèse raccrocha, soulagée. Elle termina son petit-déjeuner et se fit couler un bain. Où allait-elle bien pouvoir aller avec cet argent ? Elle avait le monde à ses pieds. Elle pouvait se payer le luxe de retourner dans les pays où elle était recherchée, à condition de disposer d'un passeport de l'Union européenne, ce qui ne lui posait aucun problème. Elle envisagea même de s'établir en Angleterre ; pourquoi pas une maison de style en pleine campagne, pas trop loin de Heathrow ? Ou bien alors dans les Cotswolds ? L'idée ne manquait pas de sel puisqu'il s'agissait de la région où vivait Sir Edward ! Elle éclata de rire.

La jeune femme essayait une robe chez Armani, peu après 14 heures, lorsque son portable sonna enfin.

— Oui ?

— Le docteur von Enzberg à l'appareil. Je viens de recevoir un message de la Saint George's Bank. Les fonds de la Manhattan Trust ne sont toujours pas arrivés sur votre compte.

— Ils n'ont pas pu se tromper ?

— J'ai demandé que l'on me confirme l'information. Quelles sont vos instructions ?

— Aucune pour l'instant, répondit Marie-Thérèse. Je m'en occupe moi-même.

Elle referma son téléphone.

— Je prendrai cette robe, ainsi que la veste en tweed, dit-elle à la vendeuse.

— Vous verrez, c'est un véritable rêve pour voyager.

— Je ne pense pas partir en voyage tout de suite, répondit Marie-Thérèse. Il me reste encore deux ou trois petites choses à régler à New York avant mon départ.

Le virement de la Manhattan Trust avait sans doute été détourné par les services britanniques. Elle avait vu juste, mais ils allaient le regretter.

Peu après la fermeture de l'agence, la femme de ménage de la Saint George's Bank entra dans les bureaux du service des virements.

— Vous en avez encore pour longtemps ? demanda-t-elle à la jeune femme installée derrière son bureau.

— Non, je m'en vais dans une minute, répondit Hattie.

La femme de ménage commença par tirer la table roulante sur laquelle reposait le fax et découvrit, par terre, une feuille de papier. Elle la ramassa et la tendit à la jeune femme.

— C'est à vous, ce truc-là ?

Hattie jeta un coup d'œil au papier qu'elle lui tendait.

— Mais oui ! dit-elle. Où l'avez-vous trouvé ?

— Sous la petite table du fax.

— Et moi qui l'ai attendu toute la matinée, s'écria Hattie en riant.

Elle regarda sa montre. Avec le décalage horaire, les bureaux de Suisse étaient fermés depuis longtemps. Elle décida d'envoyer un message confirmant l'arrivée des sept cent cinquante mille euros en provenance de la Manhattan Trust et cliqua sur le bouton « Envoi ». Comme on était vendredi, les Suisses trouveraient le message dès leur arrivée, le lundi matin.

48

Marie-Thérèse bâilla à s'en décrocher la mâchoire. Elle détestait rester en planque, mais c'était le seul moyen de retrouver ses proies. Cela faisait plus de deux heures qu'elle attendait dans une Lincoln Town Car noire, le véhicule anonyme par excellence dans les rues de New York.

— Vous en avez pour longtemps ? demanda le chauffeur, complaisamment prêté par Ali, de l'ambassade.

— Le temps qu'il faudra, répliqua-t-elle sèchement. Contentez-vous de lire le journal.

— Je l'ai fini.

— Vous n'avez qu'à faire les mots croisés.

— Je n'arrive pas à les faire en anglais. C'est trop dur.

— Alors, taisez-vous.

Le chauffeur ne répondit rien.

Ils avaient trouvé un emplacement autorisé sur la 3e Avenue, tout près du bâtiment insignifiant dans lequel les services secrets britanniques avaient leurs bureaux. De son poste d'observation, Marie-Thérèse voyait parfaitement la porte d'entrée et ne la quittait pas des yeux. Soudain, trois énormes 4 × 4 noirs aux vitres teintées passèrent en trombe à côté de la Lincoln et s'arrêtèrent devant l'entrée de l'immeuble. Quatre hommes sortirent précipitamment du bâtiment afin de s'assurer que tout était calme dans la rue.

— Enfin ! s'exclama Marie-Thérèse. Attendez que ces trois 4 × 4 repartent et suivez-les.

— Bien, répondit le chauffeur.

Un homme et une femme sortirent de l'immeuble. Ils montèrent en hâte dans le 4 × 4 du milieu et la petite caravane se remit en route.

— Allons-y, ordonna Marie-Thérèse. Veillez à rester assez loin derrière eux sans les perdre de vue.

Le chauffeur s'exécuta, mais la filature ne dura que quelques minutes. Les trois véhicules s'engagèrent sur Park Avenue et tournèrent à hauteur de la 52e Rue avant de s'arrêter devant la marquise protégeant l'entrée du Seagram Building. Quatre hommes sortirent des véhicules de tête et de queue et inspectèrent longuement les alentours. Sur un signe de l'un d'entre eux, les portières arrière du 4 × 4 intermédiaire s'ouvrirent, laissant passer un homme d'un certain âge et une jeune femme qui pénétrèrent dans le bâtiment, suivis de deux gardes du corps. Ils avaient à peine disparus que les trois véhicules s'éloignaient, sans doute pour se garer dans les environs.

Rien de cette scène n'avait échappé à Marie-Thérèse dont la Lincoln stationnait sur Park Avenue.

— Déposez-moi à hauteur de la marquise, ordonna-t-elle au chauffeur. Ensuite, faites le tour du pâté de maisons et allez m'attendre à un endroit d'où vous pouvez voir l'entrée du building. Si la police vous dit quelque chose, montrez-leur votre passeport diplomatique, mais ne partez sous aucun prétexte tant que je ne vous aurai pas rejoint.

Le chauffeur arrêta la voiture devant le Seagram et Marie-Thérèse en descendit, prenant soin d'épousseter sa petite robe noire après avoir enfilé une paire de gants sombres. Elle avait choisi une longue perruque noire pour l'occasion. Elle pénétra dans le bâtiment et découvrit un large escalier dans lequel elle s'engagea. Ses proies avaient tout juste quelques mètres d'avance sur elle. Arrivée à l'étage supérieur, elle vit le vieil homme et la jeune femme disparaître en direction du grill du Four Seasons, suivis de leurs anges gardiens.

La disposition des lieux était loin d'être idéale. Il fallait traverser un petit hall pour accéder au restaurant, à moins de passer par les cuisines, ce qui n'était pas envisageable. De l'autre côté du hall se trouvait le bar, et Marie-Thérèse décida de s'y installer de façon à pouvoir observer les allées et venues. Au bout de quelques minutes, après s'être assuré que tout était normal dans le restaurant, l'un des gardes du corps laissa son collègue en surveillance dans la salle et s'installa au bar, en face de Marie-Thérèse, pour pouvoir surveiller le hall du coin de l'œil. Il commanda une eau minérale qu'il commença à boire à petites gorgées.

Sûrement pas un agent anglais, pensa Marie-Thérèse. Avec ses cheveux trop courts, il n'avait pas le physique de l'emploi. On aurait dit un jeune cadre dynamique.

Elle déposa un billet de cinquante dollars sur le bar et regarda sa montre.

— Je suis en avance à mon rendez-vous, expliqua-t-elle au barman. En attendant, je prendrais volontiers un Martini Tanqueray très sec, sans glace.

— Bien, madame, répondit-il en s'activant.

Avec un peu de chance, elle n'aurait pas longtemps à attendre. Sir Edward avait la soixantaine bien sonnée, sa vessie l'obligerait sans doute à se rendre aux toilettes entre le hors-d'œuvre et le plat de résistance.

Le jeune agent prit son eau minérale, contourna le bar et vint s'asseoir à côté d'elle, tournant le dos au hall qu'il était censé surveiller.

— Bonsoir, dit-il.

Son accent confirma à Marie-Thérèse qu'il était américain.

— Bonsoir, répondit-elle froidement.

— Je ne voudrais pas vous déranger, poursuivit son interlocuteur, mais je vous trouve particulièrement charmante. Je peux vous offrir quelque chose ?

— Merci, j'ai déjà un verre, et la personne avec qui j'ai rendez-vous ne devrait plus tarder.

— Ça vous dérange si on discute un peu en l'attendant ?

— Comme vous voulez.

— Je m'appelle Burt Pence, dit-il. Et vous ?

— Elvira Moore, répondit-elle en serrant la main qu'il lui tendait.

Il ramassa le billet de cinquante dollars sur le bar et le tendit à Marie-Thérèse.

— Je vous en prie, dit-il, ça me fait plaisir de vous inviter.

Elle prit le billet et le fourra dans son sac à main.

— Merci, Burt. Dites-moi un peu, quel genre de métier faites-vous ?

— Je travaille pour le FBI.

— Bien sûr, comme tous les grands garçons. Vous savez, vous n'êtes pas le premier à me la faire.

Burt fouilla dans la poche intérieure de sa veste et sortit un porte-cartes qu'il ouvrit et posa sur le bar.

— Oh… alors, c'est vrai ! s'étonna Marie-Thérèse en prenant l'objet pour l'examiner de plus près. Mais qu'est-ce que vous faites au Four Seasons ? En tout cas, j'espère pour vous que c'est le FBI qui paye.

— À dire vrai, je ne suis pas ici pour dîner, répondit gravement Burt. Je suis en mission.

— Vraiment ? répondit-elle, enthousiaste. Quel genre de mission ?

L'homme regarda à droite et à gauche d'un air de conspirateur avant de lui répondre.

— Je suis chargé de la protection du directeur du FBI et du chef des services secrets britanniques.

— C'est pas vrai ! Où sont-ils ? demanda Marie-Thérèse en tournant la tête de tous les côtés.

— Vous ne les verrez pas ici. Ils sont dans la salle de restaurant, de l'autre côté du hall. L'un de mes collègues est en poste là-bas.

— Et pourquoi ont-ils besoin d'être protégés ?

— Aucune raison. Je veux dire, aucune raison particulière, mais le directeur du Bureau ne se déplace jamais sans gardes du corps.

— Oui, c'est normal. Mais, ces gens, par exemple, demanda-t-elle en désignant de la tête un couple qui traversait le hall en direction du restaurant, comment pouvez-vous savoir qu'ils ne sont pas dangereux ?

Burt se retourna pour les regarder.

— Ils n'ont rien d'inquiétant, mais mon collègue est tout de même là pour surveiller leurs faits et gestes.

Brusquement, il se leva.

— Je suis désolé, j'en ai pour un instant.

Marie-Thérèse tourna la tête et vit Sir Edward Fieldstone s'approcher d'un pas alerte.

— C'est mon client anglais, indiqua Burt à voix basse. Il doit avoir envie de pisser.

— Alors, je vous conseille d'aller lui tenir… la main, plaisanta-t-elle.

Sir Edward s'était engagé dans l'escalier et Burt le suivit aussitôt.

La jeune femme reposa son billet de cinquante dollars sur le bar et descendit de son tabouret. Elle traversa le hall et emprunta à son tour l'escalier jusqu'au palier inférieur. Sir Edward, tout seul, attendait sagement devant les toilettes pour hommes. Son garde du corps ouvrit la porte et lui fit signe que la voie était libre, puis il se mit en faction dans le couloir.

Marie-Thérèse le rejoignit en quelques enjambées.

— Vous partez déjà ? demanda l'agent. Je n'en ai que pour une minute.

— Le garçon avec qui j'avais rendez-vous vient de m'appeler pour me dire qu'il annulait.

— Écoutez, je termine mon service dans deux heures, on pourrait se retrouver quelque part.

Marie-Thérèse regarda autour d'elle. La fille du vestiaire s'était éclipsée momentanément.

— Vous avez une arme sur vous, Burt ? demanda-t-elle.

Burt ouvrit sa veste avec un petit sourire satisfait, découvrant un semi-automatique 9 mm.

— Super, dit-elle en lui plantant son propre pistolet muni d'un silencieux dans les côtes, avant de le plaquer contre le mur. Vous ne m'en voudrez pas si je la prends, Burt, ajouta-t-elle en sortant le semi-automatique de son étui. Maintenant, conduisez-moi dans les toilettes.

D'un geste brusque, elle le poussa devant elle à l'aide du canon de son arme.

— Qu… qu'est-ce qui vous prend ? bégaya Burt, espérant encore qu'il s'agissait d'une plaisanterie.

Derrière la porte se trouvait un petit vestibule. Marie-Thérèse assena un violent coup de crosse sur la nuque de l'agent qui s'écroula comme une poupée de chiffon.

— Désolée, mon petit Burt.

Elle poussa une seconde porte et découvrit Sir Edward en train de se laver les mains. Un employé stylé attendait à côté de lui, tenant une serviette-éponge. Elle l'abattit sans état d'âme. Sir Edward se redressa alors et tendit ses mains mouillées devant lui, comme pour se protéger.

— Non, non ! s'écria-t-il. Je vous ai versé l'argent, comme convenu !

— Ce sera votre dernier mensonge, répondit-elle en lui tirant une balle en pleine poitrine.

Il s'écroula. Marie-Thérèse s'approcha de son corps et lui tira une seconde balle en pleine tête. Elle rangea son arme dans son sac à main, sortit des toilettes et enjamba l'agent qui commençait à sortir de l'inconscience. Elle réfléchit un instant, prit son pistolet dans son sac et le frappa à nouveau.

— C'est ton jour de chance, mon petit Burt.

Elle entrouvrit la porte et risqua un œil à l'extérieur. Personne. Elle poussa la porte, gagna calmement l'entrée principale et sortit de l'immeuble. Arrivée sur le trottoir, elle s'arrêta et chercha sa voiture des yeux. Elle aperçut la Lincoln un peu plus loin et fit signe au chauffeur, qui approcha aussitôt.

— Pas besoin d'aller si vite ! s'énerva-t-elle en se glissant sur la banquette. Éloignez-vous tranquillement, comme si de rien n'était.

Elle se retourna et vit, à travers la lunette arrière, les trois 4 × 4 garés un peu plus loin. Tout avait l'air calme.

— Tout s'est très bien passé, dit-elle en ôtant ses gants. Soyez gentil, déposez-moi au coin de Madison et de la 72e.

Arrivée sur place, elle reprit tranquillement le chemin du Carlyle en faisant du lèche-vitrines.

49

Installée en face du directeur du FBI et de son adjoint, au Four Seasons, Carpenter commençait à trouver le temps long. Le serveur avait débarrassé l'entrée et apporté le plat principal, mais Sir Edward ne semblait pas décidé à revenir des toilettes.

— Je crois que je ferais mieux d'aller voir, dit-elle.

— Ne bougez pas, répondit le directeur.

Il fit signe à son garde du corps de le rejoindre.

— Allez vérifier aux toilettes que Sir Edward n'a besoin de rien, ordonna-t-il à l'homme. Il a peut-être eu un malaise.

— Rien de grave, j'en suis sûre, reprit Carpenter. Il a dû tomber sur quelqu'un qu'il connaissait. Nous ferions mieux de commencer sans l'attendre.

Elle prit son couteau et sa fourchette et découpa un morceau de gibier qu'elle porta à sa bouche.

— Vous appartenez aux services britanniques depuis longtemps, Felicity ? demanda le directeur.

— Cela fait douze ans, monsieur, répondit-elle. J'y suis entrée dès la fin de mes études de droit à Oxford.

— Sir Edward m'a dit que votre père appartenait déjà au service.

— C'est exact. Tout comme mon grand-père.

Tout en parlant, Carpenter remarqua du coin de l'œil une agitation anormale à l'autre bout de la salle. Le garde du corps revenait précipitamment, traversant le restaurant à grandes enjambées.

— Que se passe-t-il ? s'inquiéta le directeur. Sir Edward a eu un problème ?

— Oui, monsieur, répondit l'agent. Je vous demanderai de me suivre le plus rapidement possible.

Le directeur, son adjoint et Carpenter se levèrent d'un même mouvement et suivirent l'homme vers le fond de la salle, sous les regards étonnés des autres clients. Ils traversèrent les cuisines et s'arrêtèrent devant la porte de sortie.

— Que se passe-t-il ? demanda le directeur.

— Attendez-moi un instant, monsieur, dit l'agent.

Il sortit et revint presque aussitôt.

— Vite, votre voiture vous attend.

Carpenter suivit les deux hommes dans un 4 × 4 noir qui s'éloigna sur les chapeaux de roue.

— J'attends vos explications, insista le directeur.

Carpenter avait déjà deviné la suite et composait un numéro sur son téléphone.

Stone et Dino avaient à peine fini de dîner, chez Elaine, lorsque le portable du policier sonna.

— Bacchetti à l'appareil, dit-il.

Il écouta un long moment avant de répondre.

— Je m'en occupe. Tu restes joignable sur ton portable ? En tout cas, ne retourne pas là-bas, planque-toi quelque part. Je te tiens au courant.

Il raccrocha.

Stone le regarda d'un air interrogateur.

— Il y a un problème ? Tu n'as pas l'air dans ton assiette.

— On dirait…

Il fut interrompu par la sonnerie de son téléphone.

— Bacchetti à l'appareil… Oui, monsieur, on vient de m'avertir. Mes hommes sont déjà en route… Oui, monsieur, je comprends très bien ce que ça signifie pour nous. Je serai là-bas dans moins de dix minutes… Oui, monsieur, bien entendu.

Il raccrocha.

— Suis-moi, dit-il à Stone en se dirigeant à pas pressés vers la porte.

Ce n'est qu'une fois installé sur la banquette arrière de la voiture de police, toute sirène hurlante, que Dino reprit la parole :

— Ne traîne pas en route, recommanda-t-il au chauffeur.

Sans attendre, il sortit son téléphone de sa poche.

— Excuse-moi de te déranger, Dino, mais tu ne crois pas que tu me dois quelques explications ? demanda Stone.

— Tout semble indiquer que ta cliente vient de descendre Sir Edward Fieldstone dans les toilettes pour hommes du Four Seasons, répondit Dino en composant un numéro sur son portable. Bacchetti à l'appareil. J'ai besoin de quatre inspecteurs de la criminelle, des équipes techniques et dix hommes en uniforme au Four Seasons, sur la 52e Rue Est. Immédiatement ! Bouclez le quartier, ne laissez entrer personne dans le restaurant, et vérifiez l'identité des clients avant de les laisser partir. Bloquez l'entrée des toilettes et ne laissez entrer personne tant que je ne suis pas là, c'est-à-dire dans six minutes.

— C'est pas vrai ! marmonna Stone, effondré sur la banquette arrière.

— Tu avais tout prévu, c'est bien ça que tu m'as dit, hein ? demanda Dino.

— Au Four Seasons ? geignit Stone. On va en entendre parler !

— Je ne te le fais pas dire, lâcha Dino. Je viens d'avoir le préfet au téléphone ; si jamais il apprend que j'ai joué un rôle dans le numéro de cirque que tu as monté hier à Bryant Park, je suis bon pour terminer ma carrière comme îlotier dans le Bronx.

— Je n'arrive pas à y croire, poursuivit Stone. J'avais pourtant tout prévu. Jusqu'au moindre détail !

— Je dois dire que tu as une conception du détail assez particulière, répondit Dino. En attendant, appelle ta cliente.

— Quoi ?

— Appelle-la. Tu as bien son numéro de portable, non ?

— Que veux-tu que je lui dise ?

— Demande-lui ce qu'elle a l'intention de faire.

— Parce que tu t'imagines peut-être qu'elle va me le dire ?

— Demande-lui toujours. Vas-y, appelle !

Dino tendit à Stone son portable.

Stone composa le numéro qu'il connaissait par cœur, et Dino approcha son oreille de l'écouteur.

— Stone à l'appareil. Pourquoi avez-vous fait ça ?

— Ils n'ont pas envoyé l'argent.

— Mais bien sûr que si ! Je m'en suis assuré. Vous n'avez pas appelé la banque ?

— Si, mais ce n'était pas la banque. De toute évidence, je suis tombée sur quelqu'un du service de Sir Edward. Ils nous ont menti, Stone. À vous comme à moi. Je me le suis fait confirmer deux fois : l'argent n'a jamais été envoyé.

— Arrêtez ça avant qu'il ne soit trop tard, Marie-Thérèse, supplia Stone.

— Non seulement je n'ai pas l'intention de m'arrêter, répliqua-t-elle, mais je peux même vous dire que la chasse est ouverte.

Et elle raccrocha.

Dino arracha le téléphone des mains de Stone et appuya sur la touche Bis pour faire apparaître le numéro.

— Qu'est-ce que tu fabriques ? s'énerva l'avocat. Tu n'as pas le droit de faire ça ! Je te signale que je m'entretenais avec une cliente.

— Une cliente qui vient de t'annoncer clairement son intention de commettre un crime, rétorqua Dino. Ton devoir est d'en avertir immédiatement la police et d'aider les forces de l'ordre dans la mesure de tes moyens, ce que tu viens précisément de faire.

Dino composa un autre numéro.

— Allô ? Ici le lieutenant Bacchetti, du dix-neuvième district. Je voudrais que vous mettiez immédiatement sous surveillance le numéro de téléphone portable suivant, dit-il en donnant le numéro de Marie-Thérèse. Rappelez-moi dès que vous avez pu le localiser. Priorité absolue. Et surtout, n'essayez en aucun cas, je dis bien en aucun cas, d'arrêter la propriétaire de ce portable.

Il raccrocha.

— Je finirai par avoir cette salope, gronda-t-il.

— En quoi puis-je t'aider ? demanda Stone.

— Essaye de réfléchir au meilleur moyen de lui mettre la main dessus. Tu sais où elle habite en ce moment ?

— Non.

— Aucune idée ? Elle est descendue à l'hôtel ? Un appartement ? Une planque ?

— Pas la moindre idée. La seule chose que j'avais, c'est son numéro de portable, et tu viens de le récupérer.

— Espérons que ça suffira, soupira Dino. Je t'ai dit qu'au moment où elle l'a descendu, Sir Edward était en train de dîner avec le directeur du FBI et Carpenter ?

— Et merde !

— Tu l'as dit, bouffi.

Le chauffeur slaloma à travers le barrage établi au carrefour de Park Avenue et de la 52e Rue et s'arrêta dans un long crissement de pneus devant le Four Seasons. Stone et Dino se précipitèrent dehors.

— Reste avec moi et ferme-la, recommanda Dino à son compagnon.

— Je vois mal ce que je pourrais dire, bougonna Stone.

50

Dino et Stone traversèrent le hall d'entrée du Four Seasons et découvrirent une armada de policiers en uniforme attroupés devant la porte des toilettes pour hommes. Ils se faisaient copieusement engueuler par un type en costume à fines rayures.

— Vous êtes bouchés ou quoi ? J'ai un besoin pressant ! C'est trop vous demander de me laisser passer ?

Dino lui tapota l'épaule. L'homme se retourna et trouva devant ses yeux le badge du lieutenant.

— Soyez gentil. Remontez à l'étage et demandez au chef de rang de vous indiquer d'autres toilettes.

— Quelles autres toilettes ? Il n'y a que celles-ci !

— Je suis sûr qu'il vous en trouvera, insista Dino.

Il fit signe à l'un des policiers d'approcher :

— Accompagnez ce monsieur au premier étage. Merci.

Il prit l'homme en costume par le bras et le dirigea vers les escaliers.

— De l'air, ordonna Dino aux policiers en uniforme dont les rangs s'ouvrirent aussitôt, comme les eaux de la mer Morte devant Moïse. Ce monsieur est avec moi, ajouta-t-il en montrant Stone du doigt.

Un instant plus tard, ils pénétraient dans les toilettes où plusieurs secouristes étaient penchés sur deux corps sans vie, l'un d'eux vêtu d'un costume sombre.

— Ils sont morts ? demanda Dino.

— Tout ce qu'il y a de plus morts, répondit l'un des secouristes.

— Alors, vous n'avez plus rien à faire ici. Laissez-nous travailler.

Ils rassemblèrent leurs affaires et s'éclipsèrent.

Dino se pencha sur Sir Edward.

— Une balle dans la tête, une autre en pleine poitrine. Du boulot de pro.

Il jeta un œil sur le cadavre du préposé aux toilettes.

— Pauvre type ! Il a eu la malchance de se trouver au mauvais endroit au mauvais moment.

Un policier en uniforme passa la tête par la porte.

— Lieutenant, on a un type du FBI au bar. C'est le seul témoin.

— Allons-y, lança Dino à Stone.

Les deux hommes montèrent au premier et s'avancèrent vers le bar. Un secouriste s'escrimait sur la nuque d'un homme plutôt jeune, qui tenait à la main un verre d'un liquide ambré dont il avala une longue gorgée.

Dino lui prit son verre et le posa sur le bar.

— C'est comme ça qu'on soigne les petites bobos, au FBI ? demanda-t-il. Bacchetti, police de New York. Racontez-moi ce qui s'est passé sans omettre aucun détail.

— Je m'étais posté ici pour surveiller les gens qui se rendaient au restaurant. Mon collègue se trouvait dans la salle avec le directeur, son adjoint et ses deux invités.

— À savoir ?

— Le directeur adjoint Robert Kinney, Sir Edward quelque chose, celui qui est mort, et une fille qui travaille pour lui. Enfin, qui travaillait pour lui.

— Continuez.

— Sir Edward est arrivé, il cherchait les toilettes. Je l'ai accompagné, et c'est à ce moment-là que la femme…

— Pas si vite. Quelle femme ?

— Une femme qui était assise au bar, à côté de moi.

— Elle était assise à côté de vous, ou bien c'est vous qui étiez assis à côté d'elle ?

— C'est-à-dire…

— Merci de votre franchise.

— Bref, j'ai accompagné Sir Edward au rez-de-chaussée et je me suis assuré que tout était normal dans les toilettes. Il n'y avait personne, à part un employé. J'attendais devant la porte que Sir Edward ait terminé lorsque la femme est arrivée.

— Décrivez-la-moi.

— Race blanche, entre trente et quarante ans, à peu près un mètre soixante-dix, soixante kilos, cheveux longs de couleur noire, habillée d'une robe de cocktail noire avec des gants noirs.

Il jeta un regard d'envie au verre posé sur le bar.

— Une belle femme.

— Excellente description, approuva Dino. On vous a au moins appris quelque chose, à l'école du FBI. Que s'est-il passé ensuite ?

— Elle m'a demandé si j'étais armé et je lui ai montré mon pistolet. À ce moment-là, elle a sorti de son sac un petit calibre muni d'un silencieux, s'est emparée de mon arme, et m'a poussé avec le canon de la sienne dans le petit vestibule à l'intérieur des toilettes pour hommes. Elle a dû m'assommer avec une des armes. J'ai perdu connaissance et, quand je suis revenu à moi, elle m'a assommé une seconde fois. Je me suis réveillé il y a quelques minutes et j'ai aussitôt donné l'alerte par radio.

— Mais alors, où sont vos collègues ?

— Ils ne devraient pas tarder.

Dino regarda la nuque du jeune agent.

— Conduisez-le à l'hôpital, recommanda-t-il à l'infirmier. Il va falloir le recoudre.

L'infirmier et son collègue prirent le jeune agent en charge et descendirent au rez-de-chaussée, suivis de Dino et Stone. Les portes de l'ambulance venaient tout juste de se refermer lorsqu'une caravane de camionnettes noires s'arrêta devant l'entrée. Une armée d'hommes casqués, équipés de vestes en Kevlar et d'armes automatiques, émergèrent des véhicules au pas de course. Ils portaient tous les trois lettres blanches FBI dans le dos.

Dino se campa devant l'entrée, son badge en évidence.

— Police de New York, dit-il. Qui commande cette unité ?

Un homme en costume sombre, assis à l'avant de l'une des camionnettes, ouvrit sa portière, descendit de son véhicule et s'avança lentement. Il sortit son propre badge.

— Bonsoir. Jim Torrelli, responsable local du FBI, dit-il. Vous gênez mes hommes.

— Je crois qu'il y a erreur, rétorqua Dino. Ce n'est pas moi qui les gêne, ce sont eux qui gênent la circulation. Merci de les rentrer à la niche au plus vite.

— Un crime a été commis ici, et nous sommes venus prendre possession des lieux.

— Ce crime concerne la police de New York et elle seule, et nous avons déjà fait le nécessaire, merci, répondit Dino sans bouger d'un pouce.

— L'un de nos hommes a été blessé. Il se trouve ici, reprit Torrelli.

— Non, il n'y est plus. Il est actuellement en route pour l'hôpital. Il ne reste personne du FBI, ici. En revanche, il y a deux cadavres, et je me permets de vous rappeler que le meurtre n'est pas un délit fédéral. Maintenant, si vous souhaitez assister à la suite, je vous y invite bien volontiers, à condition de vous tenir tranquille et de remballer la cavalerie au plus vite.

Torrelli réfléchit quelques instants.

— Tout le monde dans les véhicules, finit-il par dire d'un ton sans réplique. Vous retournez à la base et vous attendez mes ordres.

Les hommes remontèrent dans les camionnettes et quittèrent les lieux aussi vite qu'ils étaient venus.

— Maintenant, inspecteur…

— Je ne suis pas inspecteur, je suis le lieutenant Bacchetti, responsable de la brigade criminelle du dix-neuvième district, le corrigea Dino.

— Vous pouvez me dire ce qui s'est passé ?

— Bien sûr. Votre directeur et son adjoint avaient invité à dîner le chef des services secrets britanniques et l'une de ses collègues, sous la protection de deux de vos agents. L'Anglais a voulu se rendre aux toilettes ; une jeune femme en a profité pour assommer l'un de vos agents avant de descendre l'Anglais ainsi que le préposé aux toilettes. Elle a ensuite pris la fuite. C'est tout ce dont je dispose pour le moment. Mais, quand nous en aurons fini, j'ai comme l'impression que le FBI en aura pour des années à s'en remettre.

Torrelli serra les mâchoires, mais il parvint à se maîtriser.

— A-t-on pu arrêter la jeune femme ?

— Non, et je doute qu'on y arrive rapidement.

— A-t-on pu l'identifier ?

— Oui.

— De qui s'agit-il ?

— Je ne suis pas autorisé à vous révéler son identité à l'heure actuelle. Plus tard, peut-être.

— Lieutenant, j'ai la ferme intention d'apprendre ce qui s'est passé ici, même si je dois m'adresser au préfet ou au maire pour ça.

— Je vous ferai parvenir un exemplaire de mon rapport, dit Dino. En attendant, vous feriez mieux d'aller prendre un verre au bar. Je ne crois pas avoir besoin de vous pour l'instant.

— Puis-je voir les victimes ?

— Mortes, toutes les deux. L'Anglais a pris deux balles, le préposé aux toilettes une seule. Ça devrait vous suffire.

— Les équipes scientifiques du FBI sont à votre disposition, proposa Torrelli.

— Je ne voudrais pas vous vexer, mais si ce qu'on dit à leur sujet est vrai, je préfère encore travailler avec mes propres techniciens.

Torrelli avait une bonne tête de plus que Dino, et il eut un instant la tentation de transformer le lieutenant en chair à saucisse.

— Je serai dans mon véhicule si vous avez besoin de moi, finit-il par dire en remontant dans sa camionnette.

Dino et Stone rentrèrent dans le bâtiment.

— Tu n'as pas fini d'en entendre parler, souffla Stone.

— Ne t'inquiète pas pour ça.

Dino sortit son portable et appuya sur une touche préprogrammée avant de coller l'appareil à son oreille.

— Bacchetti à l'appareil, monsieur le préfet. Comme promis, je vous tiens au courant de la situation, dit-il.

Il raconta succinctement les derniers événements, puis poursuivit :

— Vous ne serez pas étonné d'apprendre que le FBI a voulu piétiner nos plates-bandes. Je vous serais extrêmement reconnaissant de m'aider à les tenir à distance, le temps de régler cette affaire et d'arrêter la coupable.

Il écouta la réponse de son correspondant.

— Je vous remercie, monsieur le préfet.

Il referma son portable et se tourna vers Stone.

— J'ai comme l'impression que les fédéraux ne viendront plus nous déranger.

— Que comptes-tu faire à présent ? demanda Stone.

Dino fut interrompu par son téléphone.

— Bacchetti à l'appareil.

Il écarquilla les yeux.

— Où ça ?

Il referma l'appareil d'un geste sec.

— On a pu la repérer grâce à son portable.

51

Dino prit une radio sur le siège avant.

— Rafraîchis-moi un peu la mémoire. Qu'y a-t-il sur Madison Avenue, aux alentours de la 73e Rue ?

— Des boutiques chic en pagaille, répondit Stone.

Dino prit sa radio.

— Voici mes instructions, dit-il aux quatre inspecteurs qui les suivaient en voiture. Arrêtez-vous sur Madison à hauteur de la 65e Rue et remontez en direction du nord en vous intéressant aux femmes que vous croisez. De mon côté, je fais la même chose en descendant Madison depuis la 76e Rue. Nous recherchons une femme élégante de race blanche, probablement seule, entre trente et quarante ans, un mètre soixante-dix, soixante kilos, vêtue d'une robe de cocktail noire et portant des gants noirs. Il est possible qu'elle ait un manteau. Comme il n'est pas loin de 22 heures, les magasins sont tous fermés, mais on sait qu'elle a stationné quelques minutes au coin de la 73e et de Madison. Il est donc possible qu'elle fasse du lèche-vitrines. Dans la mesure du possible, essayez de ne pas vous faire repérer. Faites extrêmement attention, elle est armée et très dangereuse.

Dino relâcha le bouton de sa radio.

— Ça ne marchera jamais, murmura-t-il.

— Pourquoi ça ? demanda Stone. On peut avoir de la chance.

— À ce stade-là, je ne crois pas à la chance, rétorqua Dino. Si jamais on l'attrape, elle trouvera le moyen de tuer au moins un flic avant d'être abattue.

Stone préféra ne pas répondre.

— J'aimerais que tu me dises quelque chose, poursuivit le lieutenant. Comment ai-je fait pour me trouver mêlé à cette histoire ?

— Je te signale qu'elle a commis un meurtre dans ton secteur.

— C'est vrai, j'oubliais ! admit-il, désabusé. Si j'insiste un peu, tu es capable de me rappeler que je l'avais arrêtée et que je l'ai laissée repartir.

— Je n'avais pas la moindre intention d'aborder le sujet, mais puisque tu en parles…

— Il faudrait vraiment que j'aie le cul bordé de nouilles pour m'en tirer sans perdre mon job.

— Arrête de t'inquiéter, Dino. Tu n'as qu'à tout mettre sur le dos des Anglais et du FBI.

Le visage du policier s'éclaira.

— Pour une fois, tu n'as pas tort.

Il se pencha en avant et tapota sur l'épaule de son chauffeur.

— Arrête-nous ici.

Les deux hommes descendirent de voiture.

— Tu prends Madison sur le trottoir de droite, je m'occupe de celui de gauche, lança Dino. Tu es armé ?

— Non.

Le policier lui tendit un calibre 32 automatique.

— Prends celui-ci, j'en ai toujours un de rechange.

— Merci, répondit Stone.

Les deux hommes se séparèrent et commencèrent à descendre l'avenue. La nuit était tombée depuis longtemps, mais il y avait encore beaucoup de monde dans la rue.

Stone scrutait le visage de toutes les femmes qu'il croisait, espérant distinguer une silhouette familière. Elle s'était probablement déjà changée, mais il arriverait peut-être à la reconnaître. Brusquement, il la vit, quelques dizaines de mètres plus loin. Elle venait à sa rencontre. Elle ne portait pas de gants, mais avait une robe noire et des cheveux foncés mi-longs. Ses traits ne lui disaient rien, mais Marie-Thérèse changeait de visage avec une telle facilité qu'il ne pouvait se fier à ses souvenirs. Sa main chercha la crosse de l'arme dans sa poche. La jeune femme s'arrêta quelques instants devant la vitrine d'un magasin.

Stone adressa un petit signe à Dino sur le trottoir d'en face. Celui-ci comprit immédiatement et n'attendit même pas que le feu passe au rouge pour traverser.

Stone arrivait déjà à hauteur de la jeune femme.

— Excusez-moi, mais je crois que nous nous connaissons, dit-il.

Elle se retourna.

— Je ne crois pas, répondit-elle avec un petit sourire, mais je ne demande pas mieux que de faire connaissance.

Dino s'approcha à son tour.

— Excusez-moi de vous déranger, mademoiselle. Police. Je vous demanderai d'éviter tout geste brusque.

La jeune femme le regarda par-dessus son épaule.

— Vous jouez à quoi, les gars ? Viol collectif ?

— Une pièce d'identité, s'il vous plaît, poursuivit Dino, impassible.

Sans la quitter des yeux, Stone arracha son sac des mains de la jeune femme et le tendit à Dino.

Elle n'eut pas l'air de s'en émouvoir.

— C'est comme ça que la police new-yorkaise passe ses soirées ?

— Seulement quand il ne pleut pas, répondit Stone.

— Comment vous appelez-vous ? demanda Dino, le permis de conduire de l'inconnue à la main.

— Donna Howe Baldwin.

— Numéro de sécurité sociale ?

Elle le récita sans l'ombre d'une hésitation avant d'ajouter :

— Mais j'aurais pu vous dire n'importe quoi. Le numéro de sécurité sociale ne figure pas sur le permis de conduire, en Floride.

— Pour quelle raison avez-vous un permis de conduire établi en Floride ? demanda Dino.

— Pour la bonne raison que je vis à Miami. Vous trouverez mon adresse sur le permis.

— Que faites-vous à New York ?

— On m'avait dit que les flics new-yorkais étaient particulièrement affables. Alors, j'ai voulu vérifier.

Stone regarda Dino en secouant la tête.

— Ce n'est pas Marie-Thérèse.

— Non, mais je peux faire un effort, si vous y tenez vraiment, proposa la jeune femme. C'est bon ? Je peux m'en aller ?

— Oui, admit Dino en lui tendant son sac à main. Désolé de vous avoir dérangée. Nous n'avons pas l'habitude de bousculer les touristes.

— Vous pouvez encore vous rattraper, proposa-t-elle. Je n'ai rien contre les rendez-vous à trois. Lequel de vous deux paye le premier verre ?

— Une autre fois, répondit Stone.

Elle lui tendit sa carte.

— Je suis au Plaza jusqu'à après-demain. Si vous avez une minute, n'hésitez pas.

Se tournant vers Dino, elle ajouta :

— N'oubliez pas d'amener votre ami.

L'instant d'après, elle avait repris sa route.

— Il n'y a vraiment que toi pour avoir une chance pareille, soupira Dino.

— Je ne sais pas si tu as bien écouté ce qu'elle a dit, mais j'ai cru comprendre que tu avais autant de chance que moi, commenta Stone.

Le lieutenant retourna sur le trottoir d'en face et les deux hommes poursuivirent leurs recherches, dévisageant une à une les femmes qu'ils croisaient. Dino sortit une fois son badge et vérifia l'identité d'une passante qui repartit quelques instants plus tard.

Ils arrivaient à hauteur de la 72e Rue lorsqu'ils croisèrent les quatre inspecteurs. Le chauffeur de Dino les rejoignit au même moment avec la voiture.

— Qu'est-ce qui te fait croire qu'elle remontait Madison Avenue ? demanda Dino à Stone.

— J'ai pensé qu'elle chercherait à s'éloigner du Four Seasons.

— Que pouvait-elle bien faire du côté de la 73e Rue ?

— Je ne sais pas. Sauf si elle rentrait à son hôtel. Il y en a plusieurs dans le coin, en particulier le Westbury et le Carlyle.

— Au point où on en est… grogna Dino. Vous quatre, dit-il à ses inspecteurs, vous vous occupez du Westbury. Vous demandez au directeur de vous faire la liste de toutes les clientes descendues seules à l'hôtel, et vous interrogez toutes celles qui répondent de près ou de loin au signalement de la suspecte. Stone et moi allons faire la même chose au Carlyle.

Les deux hommes montèrent dans la voiture.

— Pour une fois, ton idée n'est pas bête, déclara Stone. Il faut bien qu'elle dorme quelque part, et le Carlyle est le dernier endroit où l'on penserait à la chercher.

— L'idée la plus bête de ma carrière, en revanche, a été de t'accompagner à Bryant Park hier, gronda Dino.

Le chauffeur s'arrêta devant l'entrée principale du Carlyle, sur Madison Avenue, et les deux hommes descendirent de voiture.

— Tu connais quelqu'un, ici ? demanda Dino au moment où il pénétraient dans le hall de l'hôtel.

— Oui, le directeur, mais il ne sera pas là à cette heure-ci. Je peux toujours glisser son nom dans la conversation.

— Ne te fatigue pas, c'est mon badge que je glisserai dans la conversation, ce sera plus efficace, répliqua le lieutenant en s'approchant de la réception.

Le portable de Stone vibra dans sa poche. Il le sortit et le déplia.

— Oui ?

— C'est Carpenter.

52

Stone ne s'attendait pas à être aussi heureux d'entendre la voix de Carpenter.

— Où es-tu ? demanda-t-il.

— Je suis en compagnie du directeur du FBI, dans l'une des suites louées à l'année au Waldorf Towers par les autorités fédérales.

— Ne bouge de là sous aucun prétexte, tu n'es en sécurité nulle part.

— Ne t'inquiète pas, je n'avais pas l'intention de bouger. Tu as eu Dino au téléphone ?

— Je suis même avec lui.

— C'est vrai, pour Sir Edward ? Sa mort a été confirmée ? Personne ne veut rien me dire, ici.

— Oui, il a été tué.

— Et merde…

— Comme tu dis.

— Demande à Dino comment je dois faire pour récupérer le corps.

— Il suffit de le réclamer à la morgue, mais il faudra attendre l'autopsie.

— C'est ce que j'aurais voulu éviter. Je souhaiterais rapatrier son corps en Angleterre le plus rapidement possible.

— Tu devrais demander ça au directeur du FBI. Il lui suffira de passer deux ou trois coups de fil pour avoir les autorisations nécessaires.

— Il est furieux contre les autorités municipales de New York, de Dino jusqu'au maire.

— Parce que Dino a refusé de laisser intervenir ses équipes. Il a le soutien du préfet, donc du maire.

— C'est ce que j'avais cru comprendre. Les types du FBI piaffent d'impatience, mais le directeur a les mains liées.

— Le FBI a toujours horreur d'être mis sur la touche.

— Tu crois que tu pourrais venir me rejoindre ici ?

— Tes gardes du corps seraient trop contents de m'abattre.

— J'ai envie de te voir. J'ai besoin de te voir.

— Tu n'as pas peur que ça ne soit pas très intime, dans ta suite, avec le directeur du FBI pour nous tenir la chandelle ?

— Je trouverai un moyen de m'en débarrasser.

— Dis-moi : Mason se trouvait-il au Caire lorsque les parents de Marie-Thérèse ont été assassinés ?

Carpenter hésita.

— Plus ou moins. Il se trouvait dans une camionnette, un peu plus loin.

— Alors, tu devrais lui dire de faire gaffe. Qui d'autre se trouvait là ? Je veux parler des survivants.

— Lui et moi, c'est tout.

— À ta place, je ferais venir un avion et je rentrerais en Angleterre au plus vite, en évitant Kennedy Airport. Marie-Thérèse connaît tous tes repaires à New York, tu seras plus en sécurité à Londres.

— Je vais y réfléchir. Tu crois qu'elle sait que j'habitais chez toi ?

— Pas à ma connaissance.

— Je te rappelle plus tard sur ton portable.

— Promis ?

— Oui, mais je ne sais pas exactement quand.

— Appelle-moi quand tu peux.

Stone raccrocha.

— J'ai comme l'impression que Carpenter est un peu stressée, commenta-t-il.

— Ça t'étonne ?

Le directeur de nuit s'approcha et Dino sortit son badge.

— Bonsoir. Lieutenant Bacchetti. J'aurais besoin de la liste de toutes les clientes descendues seules à l'hôtel.

— Pour quelle raison ? s'enquit l'homme.

— Nous soupçonnons l'une d'entre elles d'être une meurtrière, et je préférerais l'arrêter avant qu'elle ne décime vos clients et votre personnel.

— Une minute, je vous prie.

L'homme pianota sur le clavier d'un ordinateur.

— Nous avons actuellement trois clientes susceptibles de répondre à vos critères.

— Vous les connaissez toutes personnellement ?

— Je connais Mme King, de Dallas, qui est déjà descendue ici à plusieurs reprises. Je connais également Mme Shapiro, de San Francisco. En revanche, je n'ai jamais vu Mme Applebaum, de Chicago.

Dino lui donna le signalement de Marie-Thérèse.

— Cela pourrait correspondre à Mme King comme à Mme Shapiro, soupira le directeur.

— J'aurais souhaité les voir, mais elles ne doivent pas se douter que nous sommes de la police. Il faudrait également dénicher quelqu'un capable d'identifier Mme Applebaum.

— Une minute, je vous prie.

Le directeur s'éloigna et revint quelques instants plus tard, accompagné d'un employé.

— Ce monsieur est notre concierge. Il connaît Mme Applebaum et me dit qu'elle a la soixantaine.

— Bon, voici comment nous allons procéder, déclara Dino. Trouvez un prétexte quelconque pour faire sortir Mme King et Mme Shapiro de leurs chambres, le temps d'apercevoir leur visage.

— Je pourrais leur dire qu'un léger incendie s'est déclaré dans une suite voisine de la leur, et leur demander de quitter leur chambre quelques instants.

— Où comptez-vous les mettre pendant ce temps-là ?

Le directeur pianota à nouveau sur son ordinateur.

— Nous disposons de suites libres à côté des leurs, dit-il.

— Trouvez-nous des bleus de travail et une boîte à outils, suggéra Dino. Commençons par Mme Shapiro.

Le directeur de nuit conduisit Dino et Stone dans son bureau où ils attendirent qu'on leur apporte les accessoires demandés. Pendant ce temps, le directeur composa le numéro de la chambre de Mme Shapiro.

— Désolé de vous déranger à cette heure tardive, madame. Le responsable de nuit à l'appareil. Suite à un problème électrique, un léger incendie s'est déclaré dans la suite située juste au-dessous de la vôtre. Je me vois contraint de vous déplacer temporairement dans une chambre voisine, le temps pour nos électriciens de s'assurer que tout va bien chez vous. Oui, et j'en suis sincèrement navré. Puis-je vous les envoyer tout de suite ? Je vous remercie infiniment, madame.

Il se tourna vers Dino.

— Vous êtes prêts ?

Quelques minutes plus tard, le directeur sonnait à la porte de la suite de Mme Shapiro. Dino et Stone, en bleu de travail, avaient la main serrée sur la crosse de leur arme.

La porte s'ouvrit, découvrant une femme en robe de chambre.

— Je vous remercie de votre coopération, s'excusa le directeur.

— Je vous en prie, répondit poliment Mme Shapiro.

Stone remarqua aussitôt son nez long et fin. Il jeta un coup d'œil en direction de Dino en secouant la tête.

Ce dernier ouvrit son téléphone portable, comme s'il venait d'être appelé.

— Oui ?... D'accord. Merci beaucoup.

Il se tourna vers le directeur.

— Ils ont pu localiser la panne, dit-il. Nous n'avons plus aucune raison d'ennuyer Mme Shapiro.

— Tant mieux, lâcha le directeur, soulagé. Encore une fois, madame Shapiro, je vous prie d'accepter toutes nos excuses.

Elle referma la porte en souriant.

Dino tendit son téléphone portable au directeur.

— À Mme King, à présent.

Le directeur appela la réception et demanda qu'on lui passe la suite de cette dame.

— Ça ne répond pas, dit-il après avoir laissé sonner assez longtemps. Elle doit être sortie.

— Vous avez un passe ? demanda Dino.

— Bien évidemment, mais je voudrais attirer votre attention sur le fait que tout ceci est parfaitement illégal.

— Pas si nous avons votre autorisation.

L'homme lui tendit son passe.

— La suite de Mme King se trouve deux étages plus haut. Le 1917.

— Merci, répondit Dino. Je vous rends ça tout à l'heure. Viens, Stone.

Au rez-de-chaussée, au bar du Café Carlyle, Marie-Thérèse était en grande conversation avec un inconnu.

L'orchestre terminait de s'installer sur la scène lorsqu'une voix résonna dans les haut-parleurs.

— « Mesdames et messieurs, le Café Carlyle est heureux de vous proposer ce soir, pour sa treizième saison consécutive au Carlyle, M. Bobby Short ! »

L'orchestre commença à jouer, et Marie-Thérèse se tourna vers la scène, imitée par son compagnon.

53

Carpenter appela le portable de Mason, et ce dernier décrocha à la première sonnerie.

— Oui, répondi son collègue.

— C'est Carpenter. Où es-tu ?

— Dans un restaurant qui s'appelle La Goulue, sur Madison Avenue, au coin de la 65e Rue.

— Tu es seul ?

— Non.

— Écoute-moi bien et fais comme si de rien n'était.

— Vas-y.

— Architecte est mort.

— Vraiment ? demanda-t-il avec son accent d'Eton. On sait qui a fait ça ?

— La Biche l'a abattu de deux balles dans les toilettes du Four Seasons. À mon avis, elle a dû surveiller nos bureaux et le suivre lorsqu'il est sorti. À ta place, j'éviterais d'aller là-bas.

— Compris. Quoi d'autre ?

— Évite également de retourner à ton hôtel.

— Dans ce cas, il va falloir que je trouve à me loger ailleurs, soupira Mason.

— C'est ce que tu as de mieux à faire.

— Que comptes-tu faire ?

— Le plus raisonnable serait de demander qu'on nous envoie un avion de la RAF et de repartir dès que possible. Je me sentirais plus en sécurité en Angleterre.

— Je ne suis pas de ton avis. Après tout, notre… petite camarade se trouve ici, ce qui constitue notre meilleure chance de la trouver.

— À moins qu'elle ne nous trouve en premier.

— Ne t'inquiète pas pour ça.

— Tu peux me joindre sur mon portable en cas de besoin. Tiens-moi au courant.

— Où es-tu ?

— À l'hôtel Waldorf Towers, dans l'appartement de fonction du directeur du FBI.

— Quelle chance !

— Je n'ai pas vraiment envie de rire. Tiens-moi au courant.

— Pas de problème.

Mason raccrocha et regarda le jeune agent du FBI assis en face de lui.

— J'ai un léger souci. Mon directeur a eu la mauvaise idée de trépasser.

— À son âge…

— Ce n'est pas le cœur qui a lâché.

Le jeune agent sortit à son tour son portable.

— À ta place, je ne ferais pas ça, lui conseilla Mason. Ils sont capables de te faire revenir au bureau d'urgence. Ils t'appelleront bien assez tôt.

L'agent sourit et remit son téléphone dans sa poche.

Mason se pencha en avant.

— On me conseille de ne pas retourner à mon hôtel. Ça t'ennuierait de me loger pour la nuit ?

— Tout le plaisir sera pour moi, répondit l'agent avec un large sourire.

Carpenter retourna dans la pièce servant de salon. Le directeur et son adjoint étaient tous les deux au téléphone.

— La police et la municipalité de New York refusent toute coopération, disait le directeur. Le mieux serait que vous appeliez le maire.

Son interlocuteur réagit avec une telle virulence que le directeur fut contraint d'éloigner l'écouteur de son oreille.

— Bien sûr, monsieur, mais la presse risque de réagir pour le moins brutalement en apprenant que le patron des services de renseignements britanniques a été assassiné au cours d'un dîner avec un haut fonctionnaire américain… Oui, je vous le concède. Les journalistes ne savent même pas qui était Sir Edward. À moins que la police locale ne lâche le morceau. Un coup de fil au maire permettrait de faire passer ça pour le simple meurtre d'un étranger… Je vous remercie.

Il raccrocha en soupirant.

— Les choses ne s'arrangent pas, monsieur le directeur ?

— Soyez gentille, Felicity, appelez-moi Jim.

Il tapota le canapé à côté de lui pour l'inviter à le rejoindre, mais Carpenter préféra s'asseoir sur une chaise.

— Le ministre de la Justice refuse de s'en mêler, avoua le directeur.

— Je vois mal comment on pourrait le lui reprocher, répondit Carpenter. À votre place, je ne m'inquiéterais pas trop des réactions des journalistes. Nous veillons scrupuleusement à ce que les noms de nos responsables n'apparaissent jamais dans la presse, et le seul membre de la police new-yorkaise qui soit au courant est le lieutenant

Bacchetti, du dix-neuvième district. Je le connais bien, et je doute qu'il aille s'épancher dans les journaux.

— Oui, on m'a déjà parlé de ce Bacchetti. On m'avait même recommandé de le recruter. Qu'en pensez-vous ?

— C'est un type bien.

— Je devrais peut-être profiter de l'occasion pour lui en parler.

— Qui sait ?

Le directeur se leva, un verre vide à la main.

— Puis-je vous offrir un scotch ?

— Je vous remercie, monsieur, mais je suis en service.

— Nous ne sommes pas à Londres, que je sache.

— J'ai fait prévenir le ministre de l'Intérieur, mais il ne m'a pas encore rappelée. Avec le décalage, c'est le milieu de la nuit là-bas, et je ne pense pas que l'officier de service ait pris sur lui de le réveiller. De toute façon, je vois mal ce qu'il pourrait faire, et je préfère garder les mains libres.

— Quelles sont vos intentions ?

— Je compte bien réagir si l'occasion m'en est donnée. Le tout est de savoir comment.

— En tout cas, vous n'avez rien à craindre ici avec moi, répondit le directeur en se versant un whisky.

— Merci de votre aide, monsieur.

— Vous connaissiez bien Sir Edward ?

— Depuis toujours. Il a longtemps travaillé au côté de mon père.

— Alors, je vous présente mes sincères condoléances.

— Ne vous fatiguez pas pour ça, monsieur. Sir Edward était un sale con et sa mort ne me fait ni chaud ni froid.

Stone et Dino, debout devant la porte de la suite 1917, retenaient leur souffle.

— Prêt ? demanda Dino.

— Quand tu veux, répliqua Stone, la main crispée sur l'arme dissimulée dans sa poche.

Le lieutenant appuya sur la sonnette. Pas de réponse. Il sonna à nouveau.

— Et puis merde ! marmonna-t-il en introduisant le passe dans la serrure.

54

Stone pénétra dans la suite derrière Dino.

— Il y a quelqu'un ? appela le policier. Service d'entretien. Il y a quelqu'un ?

Il traversa le petit vestibule en quelques enjambées et s'aplatit le long du mur, à côté de la porte de la chambre, puis fit signe à Stone de prendre le relais.

Celui-ci poussa lentement la porte et s'engagea prudemment dans la pièce.

— Service d'entretien. Il y a quelqu'un ?

Dino appliqua son pied sur le postérieur de Stone et le poussa violemment dans la pièce.

— Comme au bon vieux temps, conclut l'avocat. À l'époque, c'était déjà moi qui montais au feu le premier.

— Ta mémoire te joue des tours, mon vieux, corrigea Dino en pénétrant lui aussi dans la chambre.

Les deux hommes firent des yeux le tour de la pièce. Tout avait l'air normal.

— Va voir dans le placard, ordonna Dino.

— Tu crois qu'elle se planque là-dedans ? Vas-y toi-même.

Le policier ouvrit la porte du placard. Une lumière s'alluma automatiquement, révélant une demi-douzaine de tenues.

— Pour une femme, elle n'a pas beaucoup d'affaires.

Stone désigna du doigt une étagère sur laquelle trônaient trois perruques posées sur des têtes de polystyrène.

— Toutes les femmes ne se baladent pas avec autant de coiffures différentes, remarqua-t-il.

— O.K., acquiesça Dino. On fouille partout, mais faisons attention de tout remettre en place.

— Que cherche-t-on ?

— Des preuves. Je ne serais pas mécontent de trouver son arme, par exemple.

— À mon avis, elle doit la garder sur elle, cachée dans son soutien-gorge.

— Ça ne me dérange pas d'aller voir.

Les deux hommes se mirent au travail sans attendre.

Quelques étages plus bas, au Café Carlyle, la prestation de Bobby Short se terminait sur des applaudissements nourris.

— Puis-je vous offrir un dernier verre ? proposa le compagnon de Marie-Thérèse.

— Je suis descendue ici, répondit-elle. Pourquoi ne pas aller le boire dans ma suite ? J'ai un bar très bien approvisionné.

— Je suis votre homme, répondit-il en lui tendant la main. Je me présente : Jeff Purdue.

— Moi, c'est Darlene King. Allons-y.

Ils se levèrent et se mêlèrent à la foule des clients qui quittaient le club.

— Si je comprends bien, vous n'êtes pas de New York ? demanda-t-il.

— Non, mon chou, je suis du Texas.

— De Dallas ?

— Entre autres.

— Que faites-vous là-bas ?

— Mon mari est dans le pétrole.

— Parce que vous êtes mariée ? J'ose espérer que cet heureux homme a eu la bonne idée de rester à Dallas.

— Pour ça, on peut lui faire confiance. Tel que je le connais, il doit être dans les bras de sa secrétaire à l'heure qu'il est.

Purdue fit glisser sa main sur les fesses de Marie-Thérèse.

— À mon avis, une petite vengeance vous ferait du bien.

— J'adore me venger, répondit-elle.

Stone arrêta ses recherches.

— C'est bon, on ne trouvera rien.

— Il y a encore un coffre dans le placard, remarqua Dino. Je vais appeler le directeur pour le faire ouvrir.

— Il commence à se faire tard, remarqua Stone en jetant un coup d'œil à sa montre. Je ne tiens pas à ce qu'elle nous tombe dessus.

— J'ai besoin de preuves.

— Elle a dû garder son arme avec elle.

— On n'est même pas certain que cette suite soit la sienne.

— Bien sûr que si ! insista Stone.

— Qu'est-ce qui te permet de dire ça ?

— Lors de notre première rencontre, elle portait la perruque rousse qui se trouve sur cette étagère.

Dino regarda sa montre.

— Tu as raison. Partons d'ici et contentons-nous de mettre cet endroit sous surveillance.

— D'accord.

Les deux hommes sortirent de la suite et se dirigèrent vers les ascenseurs.

Marie-Thérèse et son compagnon sortirent du Café Carlyle et se retrouvèrent dans le hall de l'hôtel. Ils s'avançaient tranquillement vers les ascenseurs lorsque la jeune femme s'arrêta net. Elle venait de voir Stone Barrington sortir d'une cabine en compagnie de ce lieutenant de police dont il était l'ami. Tous deux portaient des bleus de travail.

— Un problème ? s'inquiéta Purdue.

— Je viens de me rappeler que ma suite est un vrai chantier. Où habitez-vous ?

— Au Waldorf, à cinq minutes d'ici en taxi.

— Ça vous ennuierait qu'on aille chez vous ?

— Pas du tout.

Ils rebroussèrent chemin et sortirent sur Madison Avenue. Plusieurs taxis y stationnaient devant l'hôtel. Quelques instants plus tard, ils étaient en route pour le Waldorf.

Il se pencha vers elle et l'embrassa dans le cou, lui caressant un sein au passage.

Elle ne semblait guère prêter attention à ses avances, les yeux perdus dans le vague. Le chauffeur tourna sur la 5e Avenue.

Il lui pinça le bout du sein.

— Que dois-je faire pour que tu daignes t'intéresser à moi ? demanda-t-il.

— Je suis désolée, répondit-elle en lui tapotant le genou. J'étais ailleurs. Tu fais quoi dans la vie, Jeff ?

— Je travaille pour le département d'État. Je suis membre de la délégation américaine aux Nations unies.

C'est pour ça que je suis deux semaines par mois à New York.

— Tiens, tiens ! Un diplomate, dit-elle avec une lueur d'intérêt dans le regard. Je suppose que ta femme est restée à Washington ?

— Elle m'accompagne, la plupart du temps. Elle a même une partie de ses affaires dans ma suite, mais elle avait plusieurs réunions cette semaine.

— Ça ne pouvait pas mieux tomber, dit-elle en l'embrassant.

Il voulut lui passer la main dans les cheveux, mais la perruque de Marie-Thérèse lui resta entre les doigts.

— Surprise, surprise, dit-il en découvrant ses cheveux blonds coupés courts.

— Ce n'est que la première, mon chou, répondit Marie-Thérèse en lui caressant doucement la cuisse.

55

Assis à côté de Stone dans la voiture garée en face du Carlyle, Dino téléphonait.

— Bacchetti à l'appareil, monsieur le préfet. Nous avons découvert l'endroit où elle se cache. Une suite au Carlyle… J'ai demandé une équipe de surveillance, mes gars ne devraient pas tarder à arriver. J'ai prévu d'installer deux hommes dans la suite voisine de la sienne, avec un système d'écoute… Non, monsieur le préfet, je comprends bien. Pas question de l'arrêter en pleine rue ou dans le hall de l'hôtel. Vous ne voulez pas de victimes innocentes, c'est bien compris. Non, je pensais attendre qu'elle rentre se coucher, la surveiller toute la nuit, et attendre l'heure du petit déjeuner pour la cueillir en douceur… Oui, monsieur le préfet, je sais que vous attachez une importance toute particulière à cette affaire. Je vous appelle dès que nous avons du nouveau. Bonsoir, monsieur le préfet.

— Encore un qui va passer une nuit blanche, commenta-t-il après avoir raccroché.

— Il doit être sur des charbons ardents, approuva Stone.

Le chauffeur revint avec deux gobelets de café dans un sac en papier.

— Autant nous installer le plus confortablement possible, soupira le lieutenant.

— Je viens de penser à quelque chose, lança Stone. Et si elle était tout simplement au Café Carlyle, en train d'écouter Bobby Short ?

— Tout le monde n'a pas tes goûts musicaux bizarres, ricana Dino.

Le trajet en ascenseur parut durer une éternité à Marie-Thérèse.

— Ma suite se trouve au Waldorf Towers, expliqua Purdue. Le gouvernement fédéral loue un étage entier à l'année, dont la délégation aux Nations unies peut profiter. C'est également là que résident les dignitaires étrangers de passage à New York, et il y a même une suite présidentielle.

— Intéressant, répondit Marie-Thérèse. Il y a beaucoup de monde en ce moment ?

— Non, je suis le seul membre de la délégation. La plupart de mes collègues n'arrivent que demain pour la séance d'ouverture du conseil de sécurité. Sinon, j'ai aperçu tout à l'heure le directeur du FBI, devant l'ascenseur. Il doit dormir là, en ce moment. Le connaissant, il a dû réquisitionner la suite présidentielle.

Marie-Thérèse éclata de rire.

— Qu'est-ce qu'il y a de si drôle ?

— Rien, mais je n'aurais jamais imaginé dormir un jour à côté du patron du FBI.

L'ascenseur s'arrêta enfin et ils se retrouvèrent sur un vaste palier. Un homme en costume sombre les arrêta.

— Pas de problème, le rassura Purdue, cette dame m'accompagne.

— Désolé, monsieur, mais je dois relever son identité. C'est la consigne.

— Je comprends très bien, s'interposa Marie-Thérèse.

Elle sortit de son sac un porte-cartes dont elle tira son permis de conduire du Texas.

Le garde nota scrupuleusement l'identité et l'heure d'arrivée de la jeune femme et lui rendit le document.

— Encore désolé de vous avoir dérangée, s'excusa-t-il.

— Par ici, la pressa Purdue en lui prenant le bras.

Il ouvrit la porte de sa suite à l'aide d'une carte électronique qu'il jeta négligemment sur la petite table de l'entrée.

— Pas mal, dit-elle en regardant autour d'elle d'un air curieux.

La suite n'était pas immense, mais elle ne manquait pas de charme.

— Où se trouve la chambre ?

— Une femme comme je les aime, plaisanta Purdue. Par ici, ma jolie, ajouta-t-il en lui montrant le chemin.

Marie-Thérèse tira la fermeture Éclair de sa robe.

— J'aurais voulu la pendre quelque part pour qu'elle ne soit pas froissée demain matin.

— Ici, répondit-il en lui désignant un dressing. Pendant ce temps, je passe à la salle de bains.

Marie-Thérèse ouvrit la porte du dressing et découvrit une collection de tenues féminines. Elle en sortit une au hasard, la mit devant elle, et constata que la taille lui allait.

— Pas mal, dit-elle à voix haute.

— Ne touche pas aux affaires de ma femme, s'il te plaît, lui recommanda-t-il depuis la salle de bains. Elle est capable de s'en apercevoir.

— Ne t'inquiète pas, mon chou, répondit-elle en remettant la robe à sa place. Je ne touche à rien. Dis-moi, tu es obligé de te lever tôt, demain matin ?

— Oh non ! La séance d'ouverture ne commence qu'après le déjeuner. On peut faire la grasse matinée, si ça te fait plaisir.

— Génial, répondit-elle en accrochant sa robe à un cintre avant d'ôter ses sous-vêtements. Tu es prêt, mon chou ?

— Plus que prêt, si tu veux tout savoir.

Elle se glissa entre les draps à côté de Purdue. Elle comptait lui faire son affaire rapidement pour avoir le temps de passer une bonne nuit.

Le téléphone de Stone vibra.

— Allô ?

— C'est Carpenter.

— Alors, tu es où ?

— Figure-toi que nous sommes dans la suite présidentielle ! Et je me suis arrangée pour obtenir une chambre qui ferme à clé, avec une porte donnant directement sur le couloir. Pourquoi ne viendrais-tu pas me rejoindre ?

— Désolé, là, c'est vraiment impossible !

— Que se passe-t-il ?

— Nous avons retrouvé la trace de Marie-Thérèse. Elle a pris une suite au Carlyle. Les équipes de Dino l'ont mise sous surveillance, ils attendent qu'elle rentre se coucher pour la coffrer demain matin.

— Eh bien, voilà une bonne nouvelle, constata la jeune femme. Tu es sûr de ne pas vouloir attendre son arrestation dans la suite présidentielle ?

— Non, j'ai envie d'être là quand ils la cueilleront. Dors bien, on se rappelle demain matin.

Stone raccrocha.

— Carpenter passe la nuit dans la suite présidentielle du Waldorf Towers en compagnie du directeur du FBI, commenta-t-il à l'adresse de Dino.

Celui-ci pouffa de rire.

— Elle me dit que sa chambre ferme à clé.

Carpenter appela Mason. Il ne décrocha qu'à la quatrième sonnerie.

— Allô ? dit-il d'une voix essoufflée.

— Tu viens de faire un footing ? demanda-t-elle.

— Écoute, Carpenter, je suis occupé. Que se passe-t-il ?

— Le directeur du FBI a convoqué une réunion pour demain matin, 8 heures. Tu peux venir ?

— Je pense, oui. C'est tout ?

— D'ici là, j'aurai certainement eu le ministre de l'Intérieur au téléphone.

— Super ! Bonne nuit.

Il raccrocha et reprit ses activités avec son jeune agent du FBI.

Le lendemain matin, à 8 heures précises, Carpenter et les autres participants à la réunion s'installaient dans la salle à manger de la suite présidentielle. Mason était arrivé à l'heure, les traits tirés. Il portait le même costume et la même chemise que la veille.

— Puisque tout le monde est là, nous pouvons commencer, lança le directeur du FBI.

Au même moment, le téléphone de Carpenter sonna.

— Je vous prie de m'excuser, dit-elle en se levant et en s'éloignant. Allô ?

— Stone à l'appareil.

— Tu as du nouveau ?

— Elle n'est pas rentrée de la nuit.

— Bon. Je préviens les autres et je te rappelle un peu plus tard.

Elle referma son téléphone et reprit sa place à la table de réunion.

— Quelles sont les dernières nouvelles ? s'enquit le directeur.

— Rien de très positif, malheureusement. Comme je vous l'ai expliqué, la police de New York a retrouvé sa trace dans une suite de l'hôtel Carlyle qu'ils ont mise sous surveillance. Mais elle n'y est pas retourné.

— Bon sang ! gronda le directeur. Moi qui pensais qu'on la tenait. Où peut-elle bien être ?

56

Marie-Thérèse se trouvait au même moment dans le même hôtel, observant la calvitie naissante d'un membre de la délégation américaine aux Nations unies. Il l'embrassait et la caressait avec un enthousiasme et un savoir-faire manifestes, et elle ne manqua pas de lui en faire la remarque.

Ils furent interrompus par un coup de sonnette intempestif. Purdue enfila à la hâte une robe de chambre, ouvrit la porte et signa le reçu que lui tendait le préposé au petit déjeuner, puis il poussa la petite table roulante jusqu'à la chambre.

— Désolé de ce contretemps, s'excusa-t-il.

— Tu aurais dû lui dire que tu venais de manger.

Il éclata de rire et lui tendit une assiette contenant des œufs au plat et des saucisses.

— Combien de temps comptes-tu rester à New York ? demanda-t-il.

— Pourquoi ?

— Comme ma femme n'est pas là, je pensais qu'on pourrait peut-être se revoir.

— Pourquoi ? Tu ne m'as pas vue d'assez près ? dit-elle.

— Il faut croire que je ne m'en lasse pas, répliqua-t-il. Sérieusement, tu es là, ces jours-ci ? Je suis à New York toute la semaine.

— Et ensuite, monsieur rentre au bercail retrouver sa femme.

— C'est dur, crois-moi.

— Dur ? Pourquoi ?

— Ce n'est pas marrant tous les jours d'être le mari d'une femme riche.

— Tu n'as qu'à divorcer.

— Trop tard ! J'ai pris goût au luxe, et je ne vois pas comment je pourrais préserver mon standing avec mon petit traitement de diplomate.

— Si tu veux préserver ton standing sans garder ta femme, tu n'as qu'à trouver quelqu'un pour la tuer.

Il éclata de rire.

— Si tu crois que j'ai envie de relancer ma carrière en faisant l'ouverture des journaux télé…

Marie-Thérèse se disait qu'après tout, un petit séjour à Washington n'aurait rien de désagréable. Il lui suffisait de louer une voiture pour s'y rendre tranquillement, par la route.

— Tu sais, ce genre de chose peut s'arranger discrètement. Je pourrais même m'en charger, si tu veux, proposa-t-elle.

— Tu plaisantes ?

— Ce n'est pas compliqué. Il suffit que tu te trouves au conseil de sécurité, par exemple, en présence de nombreux témoins. Pendant ce temps-là, ta femme peut très bien être victime d'un cambriolage qui a mal tourné. Personne n'ira jamais te soupçonner.

— Tu dis que tu pourrais t'en occuper ?

— Je suis une femme de ressources, tu sais. De toute façon, j'avais l'intention de passer quelques jours à Washington. Je serais ravie de te rendre ce petit service.

— Tu dis ça comme si tu avais l'intention de le faire toi-même.

— Je m'y connais un peu.

— Tu t'y connais en quoi ?

— Je ne t'ai pas dit la vérité, Jeff. Je ne suis pas une bonne bourgeoise texane, je suis une tueuse professionnelle.

Purdue trouva la repartie très amusante.

— Tes tarifs sont un peu trop élevés pour moi, plaisanta-t-il.

— Je suis prête à te faire un prix. Voilà ce qu'on va faire : tu me gardes dans ta suite ce week-end et ta femme passe de vie à trépas en milieu de semaine prochaine.

— Le pire, c'est que tu as l'air sérieuse quand tu dis ça, dit-il entre deux bouchées.

— Le pire, c'est que ça a l'air de t'intéresser, répliqua-t-elle.

Il se figea, la fourchette en l'air.

— C'est vrai, ta proposition m'intéresse, répondit-il, méfiant. Maintenant, explique-moi comment tu comptes faire pour ne pas être arrêté.

— Rien de plus simple. On ne se connaît pas vraiment, si bien que personne ne pourra jamais établir le moindre rapport entre ta femme et moi. Quelle raison aurais-je de vouloir la tuer ? Si ça peut te rassurer, j'ai l'intention de changer de nom en quittant New York. À Washington, je serai quelqu'un d'autre, qui disparaîtra dès que ta femme sera morte.

Purdue reposa son assiette.

— La vie serait tellement plus belle si nos rêves se réalisaient aussi facilement, dit-il d'un air songeur.

— En plus, tu feras un veuf idéal. Belle gueule, bon job, belle fortune. Un brelan imbattable.

— Je ne te le fais pas dire. Dis-moi un peu, si tu es vraiment ce que tu prétends être, pour quelle raison me fais-tu confiance ? Je n'ai qu'à frapper à la porte de la suite présidentielle, au bout du couloir, pour raconter tout ça au directeur du FBI. Je suis sûr que ça l'intéresserait beaucoup.

— Mais tu ne feras jamais ça, Jeff. Comment expliquer à ta femme que tu abritais dans ta suite une tueuse professionnelle ? Elle serait capable de mal le prendre et de te renvoyer à ton petit traitement de diplomate. Non, Jeff, je ne risque rien avec toi.

— Que ferais-tu si je te demandais de m'apporter une preuve de ce que tu avances ?

Marie-Thérèse reposa calmement son assiette sur la table du petit déjeuner et sortit du lit. Elle se dirigea vers la chaise où était posé son sac, sortit un petit pistolet muni d'un silencieux, se remit au lit et le pointa sur la tempe de Purdue.

Ce dernier se pétrifia.

— N'aie pas peur, dit-elle. Je n'ai pas l'intention de te tuer.

— C'est quoi, ce pistolet ? demanda-t-il avec une fascination morbide.

— Une arme de pro, fabriquée spécialement pour la CIA.

— Comment te l'es-tu procurée ?

— C'est un peu long à expliquer.

— Si ma femme était tuée avec ce pistolet, y aurait-il un moyen de faire un rapprochement avec d'autres meurtres ?

— Pas le moindre. Tu peux me croire sur parole.

— Nom de Dieu ! murmura-t-il.

— Réfléchis, poursuivit-elle. Pendant ce temps, je prends une douche.

Elle se leva et s'engouffra dans la salle de bains, prenant soin d'emporter son pistolet et son sac avec elle.

Carpenter replia son téléphone.

— La police de New York est convaincue que La Biche ne retournera pas au Carlyle, et ils comptent se mettre en planque dans les environs de l'immeuble où nous avons nos bureaux, expliqua-t-elle aux participants de la réunion. Ils espèrent qu'elle finira par venir rôder dans le coin, et ils ont posté des tireurs d'élite un peu partout.

— C'est ce qu'ils ont de mieux à faire, commenta le directeur du FBI. Mes hommes surveillent les aéroports et les gares. On a également transmis son signalement aux agences de location de voitures. Sous quel nom s'était-elle inscrite au Carlyle ?

— Elle se faisait passer pour Mme Darlene King, de Dallas, répondit Carpenter. Apparemment, ce n'est pas la première fois qu'elle descendait au Carlyle sous ce nom-là.

— Elle est trop maligne pour s'en servir à nouveau.

— Probablement. Si elle n'a pas voulu retourner au Carlyle, il y a fort à parier qu'elle aura adopté une nouvelle identité.

Mason se pencha en avant.

— Excusez-moi, si vous n'avez plus besoin de moi, je repasserais volontiers au bureau me changer.

— Vas-y, mais fais attention, lui recommanda Carpenter.

Marie-Thérèse se regarda une dernière fois dans la glace. Elle se trouvait particulièrement élégante avec le tailleur-pantalon Armani de Mme Purdue, sans parler du plaisir de porter des sous-vêtements propres. Elle retourna dans la salle de bains où son amant était en train de se raser.

Il la vit s'approcher dans la glace.

— Ah non, pas question de porter ces affaires ! C'est un tailleur de ma femme !

— Et alors ? Elle n'en aura bientôt plus besoin.

— Arrêtons ce petit jeu, veux-tu ? répondit-il tout en se rasant. Tu n'es pas une tueuse professionnelle et ma femme se porte très bien. Maintenant, remets tes fringues et fiche le camp. Tu baises comme une reine, mais je crois qu'il est temps de se dire au revoir.

Le ton de Purdue eut le don d'agacer souverainement Marie-Thérèse. Elle appréciait d'autant moins son attitude qu'il poussait la goujaterie jusqu'à lui tourner le dos.

— Tu sais, Jeff, je comptais vraiment te rendre service. Mais, puisque tu le prends sur ce ton, je crois que c'est à ta femme que je vais rendre service.

Elle sortit son pistolet de son sac et lui tira une balle dans la nuque. Sa boîte crânienne explosa, recouvrant le miroir de la salle de bains d'une purée rougeâtre.

Puis elle accrocha sa robe dans la penderie, au milieu de celles de Mme Purdue afin de ne pas attirer l'attention des enquêteurs, déposa ses sous-vêtements dans le panier à linge sale et sortit de la suite en refermant soigneusement la porte derrière elle. Le garde de nuit n'avait pas encore quitté son poste.

— Bonjour, lui dit-elle avec un grand sourire.

— Bonjour, madame, répondit-il en appuyant galamment sur le bouton d'appel de l'ascenseur.

Un client s'approcha et se planta en silence à côté d'elle. Les portes s'ouvrirent et ils montèrent dans la cabine l'un derrière l'autre.

— Bonjour, dit-il avec un accent anglais traînant.

— Bonjour, répondit-elle en l'observant attentivement. Mais… que je sois pendue si ce n'est pas ce cher Mason ! s'exclama-t-elle en riant.

Il plissa les yeux.

— Comment connaissez-vous mon nom ? Nous nous sommes déjà rencontrés ?

— Non, répondit-elle, mais votre réputation vous aura précédé.

Elle fouilla dans son sac, faisant semblant de chercher son rouge à lèvres. Sa main trouva la crosse de son pistolet. De l'autre, elle poussa le bouton d'arrêt d'urgence de l'ascenseur.

— Que faites-vous ? s'étonna Mason.

— Je descends ici, dit-elle en sortant son arme. Dans tous les sens du terme.

57

La réunion venait de se terminer lorsqu'un agent du FBI entra précipitamment dans la suite présidentielle et s'approcha du directeur afin de lui murmurer quelque chose à l'oreille.

Il écarquilla les yeux.

— C'est une plaisanterie, dit-il en s'étranglant à moitié.

— Malheureusement, non, répondit l'agent.

Le directeur se tourna vers Carpenter.

— Le corps de votre collègue Mason vient d'être retrouvé dans un ascenseur de l'hôtel. Il a été tué de deux balles.

Carpenter se leva comme un diable sortant d'une boîte. Au même instant, la sonnerie de son téléphone se fit entendre. Elle décrocha machinalement.

— Oui ?

— Stone à l'appareil. Dino et moi venons d'arriver au Waldorf. Nous aurions voulu nous entretenir en ta présence avec le directeur du FBI.

— Stone, elle est dans l'hôtel.

— Comment ça ?

— La Biche. Elle vient de tuer Mason dans un ascenseur.

— Ne bouge pas de ta suite, et recommande au directeur de faire de même. Je te rappelle dans un instant.

Il avait déjà raccroché.

— Que se passe-t-il ? demanda Dino.

Son chauffeur les avait déposés au premier sous-sol, et ils se trouvaient dans l'escalier conduisant au hall principal.

— Marie-Thérèse se trouve quelque part dans l'hôtel, répondit Stone. Elle vient de tuer Mason dans un ascenseur.

Dino rebroussa aussitôt chemin et se précipita vers sa voiture.

— Message urgent de Bacchetti, cria-t-il dans sa radio. La Biche se trouve au Waldorf. Rassemblez tous les hommes en surveillance au siège des services secrets britanniques et envoyez-les-moi ici. Contactez les équipes de sécurité de l'hôtel et demandez à toutes les patrouilles disponibles de converger vers le Waldorf. Stoppez toutes les femmes seules qui tentent de sortir de l'hôtel, vérifiez leur identité et retenez-les au moindre soupçon.

Marie-Thérèse commençait à trouver le temps long. Cela faisait un petit moment qu'elle attendait un ascenseur, en vain. Elle comprit soudain : la cabine dans laquelle elle avait pris place avec Mason, quelques minutes plus tôt, était un express réservé à la clientèle de la tour. En appuyant sur le bouton d'arrêt d'urgence, elle s'était arrêtée à un étage trop bas pour être desservi par ce type d'ascenseur, et le trafic sur les autres cabines était intense à cette heure.

Initialement, elle comptait sur l'agitation provoquée par la découverte du corps de Mason pour atteindre le hall d'entrée et s'éclipser discrètement avant que la police et les équipes de sécurité de l'hôtel n'entament leurs recherches. Mais elle avait perdu un temps précieux à attendre un autre ascenseur et son plan était à l'eau. Maintenant, le garde posté à l'étage de la suite présidentielle devait avoir donné son signalement. Elle regarda autour d'elle à la recherche d'une issue de secours, et en aperçut une au bout du couloir. La mention « 15e étage » figurait en grosses lettres sur la porte de l'escalier. Combien de temps lui faudrait-il pour descendre quinze étages à pied ?

Elle tourna la tête et vit une porte entrouverte sur une petite lingerie pleine de draps et de serviettes. Elle s'y précipita et referma la porte derrière elle. Sur une étagère, elle découvrit un uniforme de femme de chambre soigneusement repassé et plié. Elle l'enfila à la hâte pardessus son tailleur, prenant soin de remonter les jambes de son pantalon au-dessus du genou afin d'éviter qu'elles ne dépassent de sa blouse, puis elle trouva une calotte blanche qu'elle se mit sur la tête. Elle terminait tout juste de se préparer lorsqu'elle entendit une clé dans la serrure.

Une femme de chambre entra, poussant un chariot roulant couvert de serviettes-éponges, de savonnettes et autres accessoires de salle de bains. Avant qu'elle ait eu le temps d'ouvrir la bouche, Marie-Thérèse lui demanda :

— Vous pourriez me dire où se trouve l'ascenseur de service ? Je suis complètement perdue.

— De ce côté-là, répondit la femme en lui montrant la direction du doigt. Mais il vous faut une clé.

Visiblement intriguée, la femme comprit brusquement que quelque chose ne tournait pas rond.

— D'abord, que faites-vous ici ? Je ne vous ai jamais vue.

Marie-Thérèse lui attrapa le bras et la tira d'un geste brusque dans la lingerie, puis l'assomma d'une manchette sur la nuque. Elle la fouilla, trouva son trousseau de clés dans l'une de ses poches, sortit de la lingerie en verrouillant la porte derrière elle et se dirigea vers l'ascenseur de service en poussant le chariot roulant, après avoir dissimulé son sac dans le panier à linge. Tout en marchant, elle s'essuya le visage à l'aide d'une serviette afin d'ôter son maquillage.

Stone rappela Carpenter.

— Oui ?

— Je suis avec Dino devant les ascenseurs réservés à la tour. Les équipes de sécurité de l'hôtel ont bloqué toutes les issues. Si jamais elle prend l'ascenseur, on ne peut pas la louper.

— Bien.

— Maintenant, il s'agit de fouiller toutes les chambres et de vérifier l'identité de toutes les femmes répondant de près ou de loin à son signalement.

— Le FBI s'en occupe, dit-elle.

— Dino a fait rapatrier les équipes qui se trouvaient devant vos bureaux ; mais si jamais Marie-Thérèse a déjà atteint le rez-de-chaussée, ils arriveront trop tard. Notre seule chance est qu'elle se trouve encore dans les étages.

— Nous disposons d'un signalement plus précis, répondit Carpenter. Elle a les cheveux blonds coupés courts, un tailleur-pantalon de couleur indéterminée et un assez grand cabas.

— Bon, je note, dit Stone. Rappelle-moi si tu as du nouveau.

Il raccrocha et communiqua le signalement à Dino.

Marie-Thérèse trouva rapidement la clé de l'ascenseur de service et la glissa dans la serrure. Levant la tête vers les voyants lumineux, elle vit que la cabine se trouvait trois étages plus haut et qu'elle descendait. Après un moment qui lui parut durer une éternité, la porte s'ouvrit et elle monta dans la cabine en poussant son chariot. Elle observa les boutons et constata que l'hôtel avait trois sous-sols. Elle introduisit sa clé dans la serrure et appuya sur le bouton du premier d'entre eux. Les portes se refermèrent et la cabine entama sa descente.

À son grand émoi, l'ascenseur s'arrêta presque aussitôt, et les portes s'ouvrirent pour laisser passer un employé d'étage poussant une table roulante. Le chariot de Marie-Thérèse empêchait l'homme d'accéder aux boutons, et il lui demanda d'appuyer sur celui du deuxième sous-sol.

Elle mit sa clé dans la serrure et la cabine reprit sa course.

— Quelle journée ! souffla l'employé avec un fort accent hispanique. J'ai encore une demi-douzaine de tables roulantes à descendre et je me fais arrêter toutes les deux minutes.

— Vous vous faites arrêter ? Mais pourquoi ? s'inquiéta-t-elle.

— Ils recherchent quelqu'un, là-haut, dit-il. Une femme, d'après ce que j'ai cru comprendre. Il y a des gardes partout et plein de types habillés en noir.

— Je suis nouvelle dans l'hôtel, reprit Marie-Thérèse. Qu'y a-t-il aux deuxième et troisième sous-sols ?

— Les cuisines au deuxième sous-sol, et la lingerie au troisième, répondit l'employé. Je vous offre un café à la cantine, un de ces jours ?

— Avec plaisir, répondit-elle.

Marie-Thérèse commençait à suer à grosses gouttes sous son tailleur et son uniforme, l'effet de la peur.

58

La porte du premier sous-sol s'ouvrit. Changeant brusquement d'avis, La Biche appuya sur le bouton du troisième.

— Je croyais que vous descendiez au premier, s'étonna l'employé.

— Je m'étais trompée, répondit-elle. Je dois aller à la lingerie.

— C'est vrai, ça prend un moment avant de se repérer ici, acquiesça-t-il.

Les portes s'ouvrirent à nouveau au deuxième sous-sol et il sortit.

— À bientôt, dit-il en s'éloignant.

— À bientôt.

Un étage plus bas, les portes coulissèrent à nouveau et Marie-Thérèse sortit en poussant son chariot. Droit devant, à son grand soulagement, elle aperçut une pancarte indiquant une sortie vers la gauche. Elle s'engagea aussitôt dans cette direction et se retrouva dans un immense couloir. Tout au bout, elle aperçut l'issue de secours, gardée par un homme en uniforme.

Je devrais pouvoir m'en tirer, pensa-t-elle en s'approchant.

Au moment d'arriver à la porte, elle s'arrêta et tira son sac du panier à linge.

— Désolé, mais vous ne pouvez pas sortir par ici, ma petite dame, l'arrêta le gardien. J'ai des consignes.

Pour mieux lui donner le change, elle prit l'accent hispanique de l'employé rencontré dans l'ascenseur.

— Je ne veux pas m'en aller, je veux juste fumer une petite cigarette dehors. On n'a plus le droit de fumer à l'intérieur des bâtiments.

Elle fit semblant de fouiller son sac à la recherche d'un paquet de cigarettes.

— Je sais ce que c'est. Moi aussi, je suis fumeur, mais je ne peux vraiment pas vous laisser sortir. On vient de m'appeler pour me passer la consigne, et ils n'ont pas l'air de rigoler.

Le garde avait la main nonchalamment posée sur la crosse de son arme. Marie-Thérèse arrêta son manège. Il risquait de tirer le premier si elle tentait de sortir son pistolet.

— Tant pis, dit-elle en haussant les épaules. Je ferai une pause cigarette plus tard.

Elle fit demi-tour, poussant toujours son chariot, et partit à la recherche d'une autre issue. Elle en trouva bientôt une autre, mais le garde posté devant la porte avait l'air encore moins compréhensif que le précédent. En désespoir de cause, elle reprit le chemin de l'ascenseur, inséra sa clé dans la serrure et appuya sur le bouton d'appel. Autant tenter sa chance ailleurs.

Carpenter montra au garde une pièce d'identité et s'engouffra dans l'ascenseur express pour le rez-de-chaussée. Dino et Stone s'approchèrent en la voyant émerger dans le hall d'entrée.

— Elle n'est pas passée par ici, constata Stone. Que donnent les recherches dans les étages ?

— Ça va prendre du temps, répondit Carpenter. L'hôtel est immense, et elle a pu s'introduire dans n'importe quelle chambre.

— Dino, tu devrais demander à un ou deux de tes hommes de prendre la relève, suggéra Stone. Pendant ce temps-là, on pourrait faire le tour des étages.

Le lieutenant donna des ordres dans sa radio et deux policiers en uniforme le rejoignirent bientôt. Il leur transmit la consigne.

— Il faut prendre un autre ascenseur si on veut commencer par les étages inférieurs, déclara Carpenter. Pas la peine de fouiller toutes les chambres, les équipes du FBI le font déjà. Contentons-nous d'arpenter les couloirs en espérant que la chance nous sourie.

Stone et Dino lui emboîtèrent le pas dans un ascenseur qui les conduisit l'étage supérieur.

Marie-Thérèse décida de tenter sa chance au premier sous-sol, qui présentait l'avantage d'être au niveau de la rue. À son étonnement, elle y découvrit les bureaux de l'administration. Un agent de sécurité planté au bout d'un couloir l'aperçut et se dirigea vers elle. En un clin d'œil, elle remonta dans l'ascenseur de service en espérant que le type n'en avait pas la clé. Le rez-de-chaussée devait grouiller de flics, à l'heure qu'il était. Elle appuya au hasard sur le deuxième étage, espérant trouver le moyen de redescendre.

Leur petit tour du premier étage achevé, Carpenter et ses deux compagnons se dirigèrent vers les escaliers de secours.

— Mauvaise idée, affirma Dino. Une fois dans la cage d'escalier, on ne pourra plus ressortir à un autre étage, les portes sont bloquées de l'intérieur. On sera obligé d'aller jusqu'en bas. On ferait mieux de reprendre l'ascenseur.

Il appuya sur le bouton d'appel.

— Tu crois qu'elle se trouve encore dans l'hôtel ? demanda Stone.

— Je n'en ai pas la moindre idée, répliqua Carpenter. De toute façon, on n'a rien de mieux à faire. Si elle a réussi à sortir, elle doit se trouver loin à présent.

— Continuons, proposa Dino. Un vrai boulot de flic de base. Ça ne te rappelle rien, Stone ?

— Oh que si ! soupira ce dernier.

Ils remontèrent dans l'ascenseur et appuyèrent sur le bouton du deuxième étage.

Marie-Thérèse sortit de l'ascenseur de service en poussant son chariot devant elle, son sac dissimulé dans le panier à linge. Parvenue au coin d'un couloir, elle vit une femme et deux hommes sortir d'une cabine d'ascenseur et avancer dans sa direction. Elle les reconnut immédiatement et fut tentée de prendre la fuite, mais il était trop tard pour faire demi-tour.

— Bonjour, dit-elle avec son accent hispanique en les croisant.

— Bonjour, marmonnèrent Carpenter, Dino et Stone.

Ils l'avaient à peine dépassée que Carpenter arrêta ses compagnons d'un geste. Elle mit le canon de son arme sur ses lèvres pour leur faire signe de se taire, se retourna en silence et pointa son pistolet en direction de la femme de chambre qui s'éloignait.

Stone et Dino se retournèrent à leur tour. Une jambe de pantalon avait glissé sur le mollet de la femme de chambre, dépassant de sa blouse blanche.

— Un tailleur-pantalon, murmura Carpenter.

Les deux hommes sortirent leurs armes.

59

Marie-Thérèse avait compris qu'elle était repérée. Son passe de femme de chambre à la main, elle s'accroupit brusquement derrière son chariot, prit son sac dans le panier à linge, ouvrit la première porte venue, se rua dans la chambre et claqua la porte derrière elle.

Un géant de près de deux mètres sortit de la salle de bains. Il devait peser dans les cent trente kilos. Pieds nus, en pantalon et chemise blanche, il n'avait pas eu le temps de nouer sa cravate.

— Ouais ? dit-il.

Elle fouilla fébrilement son sac et en sortit son pistolet.

— Mettez-vous là-bas, ordonna-t-elle.

— C'est quoi ce bordel ? gronda-t-il.

Marie-Thérèse jeta sur le lit défait sa calotte de femme de chambre et entreprit de déboutonner sa blouse.

— Avec un physique pareil, vous avez dû faire du football américain.

— Ouais, et alors ?

— Alors, vous avez déjà été blessé au genou. Je me trompe ?

— Non.

— Ça fait mal, pas vrai ?

— Ouais.

Elle pointa son arme sur le genou droit du géant.

— Eh bien, ça risque de faire encore plus mal cette fois-ci.

L'homme mit aussitôt les deux mains en avant, histoire de calmer l'ardeur de la jeune femme.

— D'accord, d'accord, je ferai ce que vous voulez.

Marie-Thérèse s'approcha de la fenêtre, sans le quitter des yeux, et risqua un coup d'œil au-dehors. Elle n'était qu'au deuxième étage. En nouant une paire de draps, elle n'aurait aucun mal à descendre, mais deux voitures de police bloquaient la rue, gyrophares allumés. Elle se retourna vers son prisonnier.

— Dites-moi ce que vous voulez, dit-il.

— Il faut absolument que je trouve le moyen de m'enfuir d'ici, répondit-elle.

Stone, Dino et Carpenter s'étaient aplatis le long du mur, de part et d'autre de la porte de la chambre.

— Vous n'avez qu'à l'enfoncer, suggéra Carpenter. C'est bien comme ça que font les flics dans les films, non ?

— Pas ce genre de porte, sauf si tu as envie de te casser l'épaule, rétorqua Dino.

Il sortit sa radio et l'approcha de sa bouche.

— Bacchetti au central. Nous avons coincé la suspecte dans une chambre du deuxième étage. Je demande l'envoi d'urgence d'un groupe d'intervention avec un bélier.

— Lieutenant, c'est le sergent Rivera, lui répondit une voix masculine. Il y a un petit problème. Comme vous n'aviez pas réclamé le groupe d'intervention, il va falloir faire venir les gars en catastrophe et ça risque de prendre un petit bout de temps.

— De toute façon, elle n'ira pas plus loin, commenta Stone.

— Bien reçu, répondit Bacchetti au sergent, mais dites-leur de se magner.

— Et maintenant, on fait quoi ? s'inquiéta Carpenter.

— On devrait essayer de lui parler pour la convaincre de sortir, proposa Stone.

— À toi l'honneur, répondit Dino.

L'avocat s'approcha de la porte et toqua à plusieurs reprises.

— Marie-Thérèse, c'est Stone Barrington.

— Bonjour, monsieur Barrington, répondit la voix étouffée de la jeune femme. Quel bon vent vous amène ?

— Je voudrais essayer de vous faire sortir d'ici vivante, dit Stone.

— Je n'y vois pas d'inconvénient, mais comment comptez-vous vous y prendre ?

— C'est simple. Vous ouvrez la porte, vous nous jetez votre arme et vous sortez les mains sur la tête. Je vous donne ma parole qu'il ne vous sera fait aucun mal.

— C'est bien Carpenter que j'ai vue avec vous ?

— Oui.

— Comment pouvez-vous être sûr qu'elle ne me fera aucun mal ? Elle m'a déjà menti au sujet du virement, et j'avoue n'avoir en elle qu'une confiance très limitée.

— C'est faux ! s'indigna Carpenter. J'ai donné l'ordre de virer les fonds, ils doivent être sur votre compte

Stone lui fit signe de se taire.

— Carpenter n'a pas l'intention de vous tirer dessus, mais le groupe d'intervention a été alerté, ils seront là d'une minute à l'autre. S'ils enfoncent la porte, je ne réponds plus de rien.

— Je suis d'accord, ce n'est pas l'idéal. Je vais sortir, mais éloignez-vous de la porte.

Carpenter et ses deux compagnons reculèrent de quelques pas et attendirent.

— C'est bon, nous avons reculé, cria Stone.

— O.K., j'arrive !

La poignée tourna lentement et la porte s'ouvrit vers l'intérieur.

Stone ouvrit des yeux comme des soucoupes en découvrant un géant dont la silhouette gigantesque prenait toute la porte. Il avait les mains entrelacées sur le ventre, et deux pieds de femme dépassaient de ses aisselles. La tête de Marie-Thérèse apparut soudain derrière celle du géant qu'elle tenait par le cou, son pistolet collé à la tempe de l'homme.

— En avant, marche ! s'écria-t-elle. Et pas de faux mouvements.

Le porteur sortit lentement de la chambre.

— Ne leur tournez surtout pas le dos, recommanda Marie-Thérèse à sa monture.

La voix de Dino se fit entendre :

— Mais je vous connais ! lança-t-il à l'homme. Vous n'avez pas été arrière dans l'équipe des Jets, il y a quelques années ?

— Ouais, répondit le géant.

— Billy Franco, le Freezer !

— Ouais, c'est moi. Maintenant, si c'est pas trop vous demander, ce serait gentil de me débarrasser de cette petite dame.

— Désolée d'interrompre vos souvenirs de vestiaire, intervint Marie-Thérèse, mais c'est l'heure de notre leçon de danse. On va tous se déplacer très lentement dans le sens inverse des aiguilles d'une montre, et nous allons intervertir nos places.

Tout le monde lui obéit, et Franco se retrouva bientôt le dos au mur du couloir, tandis que Carpenter et ses deux compagnons s'encadraient en contre-jour dans le chambranle de la porte.

— Si vous n'avez pas envie de me voir repeindre les murs du couloir avec la cervelle de ce célèbre monsieur Freezer, je vous conseille de reculer bien sagement et de refermer la porte derrière vous.

— Et ensuite ? s'inquiéta Franco.

— Ensuite, vous me porterez gentiment jusqu'à la première voiture venue et je disparaîtrai de votre vie pour toujours.

— Je crois que j'ai une meilleure idée, émit Franco.

— Sans blague !

Avant qu'elle ait eu le temps de réagir, le géant recula violemment d'un pas, prenant Marie-Thérèse en sandwich contre le mur.

La jeune femme fit un bruit de baudruche qui se dégonfle et se retrouva assise par terre. Rassemblant ses esprits, elle leva son pistolet, le pointa en direction de ses trois adversaires et tira. Le chien fit un bruit mat en retombant sur la chambre vide.

L'espace d'un instant, le temps s'arrêta, puis Carpenter tira à deux reprises sur la tueuse.

— Arrête ! hurla Stone, projetant Carpenter à terre d'un violent coup d'épaule.

Franco, à plat ventre sur la moquette du couloir, les bras sur la tête, ouvrit un œil.

— Quelqu'un a été touché ? demanda-t-il.

Stone se pencha sur Marie-Thérèse et lui tâta la carotide.

— Oui, dit-il. Touchée à mort.

60

Il était aux alentours de midi lorsque Stone rentra chez lui. Un paquet l'attendait devant sa porte. Il le ramassa machinalement et le déposa sur la tablette de l'entrée. Épuisé, dégoûté, il n'avait pas le cœur à lire son courrier. Tout ce qu'il voulait, c'était son lit.

Il se déshabilla en chemin, laissant derrière lui une traînée de vêtements, et se glissa entre les draps en ayant pris la précaution de débrancher son téléphone.

Lorsqu'il se réveilla, la nuit était tombée. Sur la table de chevet, son réveil lui indiqua qu'il était un peu plus de 20 heures. Il se leva pesamment et se dirigea d'un pas mal assuré vers la salle de bains. Ce n'est qu'après avoir fait couler un jet d'eau brûlante sur sa nuque pendant cinq bonnes minutes qu'il eut l'impression de retrouver forme humaine.

Il retourna dans sa chambre et s'aperçut qu'il avait faim. Il n'avait rien mangé depuis la veille. Il rebrancha son téléphone qui sonna aussitôt.

— C'est Dino. Bouge-toi un peu et viens me rejoindre chez Elaine.

— Je ne suis pas sûr d'en avoir vraiment envie. Je viens juste de me réveiller.

— Carpenter s'en va. Elle a cherché à te joindre, mais tu avais dû débrancher ton téléphone. Elle comptait passer nous dire au revoir chez Elaine sur le chemin de l'aéroport.

— D'accord, j'arrive.

Il raccrocha, se rasa et passa des vêtements propres. Il se sentait toujours un peu vaseux. Il allait sortir lorsqu'il aperçut le paquet sur la tablette de l'entrée. Il avait été posté du Carlyle. Il l'ouvrit et découvrit une liasse de feuilles de papier, ainsi qu'une enveloppe assez épaisse.

« Cher monsieur Barrington,

J'ai la curieuse impression de tourner une page de ma vie, peut-être même d'être au bout du rouleau. J'aurais voulu pouvoir m'arrêter, mais j'en suis incapable. Les choses seront peut-être différentes lorsque j'aurai achevé la mission que je me suis fixée. Je sais que vous me prenez pour une cinglée, vous aviez même réussi à m'en convaincre jusqu'à ce que je découvre la duplicité de mes adversaires. Si tout se passe bien, j'aurai quitté ce pays lorsque vous lirez ces lignes. Dans le cas contraire, comme j'en ai la prémonition, vous trouverez ici mes instructions. Je vous joins les coordonnées de mon avocat à Zurich. Vous n'aurez qu'à le prévenir, il sait ce qui lui reste à faire. Je voudrais être incinérée, il suffira ensuite de lui expédier mes cendres. Merci pour ce que vous avez tenté.

Marie-Thérèse »

Stone s'attarda quelques instants sur les autres papiers. Le premier était un acte notarié, dûment authentifié, l'autorisant à représenter les intérêts de la jeune femme aux

États-Unis, avant et après sa mort. Le document suivant était une copie d'une lettre de Marie-Thérèse à son avocat de Zurich, dans laquelle elle le tenait informé de la mission confiée à Stone. Enfin, il déchira l'enveloppe et découvrit une liasse de billets de cent dollars, pour un montant équivalent à celui qu'elle lui avait déjà versé. Il jeta le tout sur la tablette, sortit de chez lui et se mit en quête d'un taxi.

Stone trouva Dino assis à sa table. Sans un mot, le lieutenant lui tendit un exemplaire du *New York Post* ouvert à la page des faits divers.

« UN DIPLOMATE DU DÉPARTEMENT D'ÉTAT ASSASSINÉ AU WALDORF.

« Le corps de Jeffrey Purdue, membre de la délégation américaine aux Nations unies, a été découvert dans une suite du Waldorf Towers ce matin. Le diplomate a été abattu d'une balle dans la tête. Selon une source proche de l'enquête, Purdue aurait invité dans sa suite une call-girl du nom de Darlene King qui l'aurait tué pour le voler après avoir passé la nuit en sa compagnie.

« Le corps a été découvert tôt ce matin par une femme de chambre qui a aussitôt prévenu la police et la direction de l'hôtel. L'établissement était aussitôt bouclé et une fouille en règle organisée, ce qui a permis à la police de retrouver Darlene King. Se sachant découverte, cette dernière a tenté d'ouvrir le feu sur les forces de l'ordre qui ont dû l'abattre. »

— C'est tout ? s'étonna Stone. Rien sur ce qui s'est passé au Four Seasons, ni sur le meurtre de Mason ?

— C'est la version officielle, répondit Dino. Seul Purdue a droit aux honneurs de la presse.

Comme son ami ne disait rien, le policier leva les bras au ciel.

— Ne me regarde pas comme ça ! Ce n'est pas un petit flic comme moi qui prends les décisions !

— J'ai faim, lâcha Stone en prenant le menu.

Un serveur déposa devant lui un Wild Turkey avec des glaçons.

— Tu partages un osso-buco avec moi ?

— Pourquoi pas ? Je n'ai pas encore dîné. Mary Ann est chez son père.

— Un osso-buco, lança Stone au serveur.

— Avec des pâtes pour moi, précisa Dino.

— Et de la polenta pour moi.

Le serveur partit transmettre la commande.

Au même moment, Carpenter franchit la porte du restaurant dans un costume sombre. Elle rejoignit les deux hommes et s'installa à leur table.

— Tu as faim ? Tu as soif ? s'enquit Dino.

— Pas le temps. Je mangerai dans l'avion.

— Il y a encore un vol pour Londres à cette heure-ci ? s'étonna Stone.

— Un avion de la RAF m'attend à Teterboro, expliqua-t-elle. Je ne rentre pas les mains vides, j'ai deux cadavres avec moi.

— C'est vrai.

— Que va-t-il advenir du corps de La Biche ? demanda-t-elle à Dino.

— Je suppose qu'elle finira dans une fosse commune.

— Pas du tout, les interrompit Stone.

Il leur décrivit l'étrange paquet reçu de Marie-Thérèse.

— Elle veut que je renvoie ses cendres en Suisse, ajouta-t-il.

— Tu ferais mieux de les mettre aux chiottes et de tirer la chasse, suggéra Carpenter.

— Tais-toi un peu, Felicity, dit Stone.

— Tu l'aimais bien, c'est ça ? demanda-t-elle.

— Non, ce n'est pas ça. Mais j'admirais chez elle son… sa détermination, et même ses principes. Si on peut appeler ça comme ça.

— En revanche, je suppose que tu ne m'aimes plus ?

— Si, mais je ne t'admire pas, répliqua Stone.

— Je n'ai pourtant fait que mon devoir.

— Non, tu as fait ce qu'on t'a demandé de faire, ce n'est pas la même chose.

— Quoi qu'il en soit, elle ne risque plus de me faire du mal, c'est déjà ça. Je peux repartir l'esprit en paix.

— À ta place, je n'aurais jamais plus l'esprit en paix, dit Stone.

— J'ai l'intention de démissionner, tu sais.

— Vraiment ?

— J'y pense sérieusement.

— Arrête d'y penser et fais-le pour de bon. C'est la seule chose qui te permettra de redevenir un être humain.

— Je vois que tu n'as rien compris au film.

Stone haussa les épaules.

— Tu le disais toi-même l'autre jour, nous sommes en guerre. C'est tout ce qu'il y a à comprendre.

Elle se leva.

— Il faut que j'y aille.

Elle serra Dino dans ses bras, puis elle se tourna vers Stone.

— Désolé, je n'ai pas envie de t'embrasser, dit-elle.

— Personne ne t'y oblige.

— Appelle-moi quand tu seras à Londres.

— Quand tu auras pris ta retraite.

Elle lui fit un petit signe de la main et s'éloigna.

Les deux hommes, le nez plongé dans leur verre, gardèrent le silence.

— Tu as été dur avec elle, finit par dire Dino.

— Tu crois ?

— On finit tous par se salir les mains à un moment ou à un autre. Il faut bien que quelqu'un fasse le sale boulot.

Stone vida son verre et fit signe au serveur de lui apporter un autre bourbon.

— Ce soir, je crois bien que tu seras obligé de me faire reconduire par une de tes patrouilles.

— Mon chauffeur t'attendra dehors, approuva le lieutenant.

Cet ouvrage a été composé
par Atlant'Communication
aux Sables-d'Olonne (Vendée)

Impression réalisée par Maury
en mai 2008
pour le compte des Éditions Archipoche.

Imprimé en France
N° d'édition : 75
Dépôt légal : juillet 2008